KB032922

LoveMaker
러브메이커

러브메이커

초판 1쇄 찍은 날 | 2017년 2월 22일
초판 1쇄 펴낸 날 | 2017년 2월 28일

지은이 | 문희
펴낸이 | 예경원

편집 | 유경화

펴낸곳 | 예원북스
등록번호 | 제396-2012-000132호
등록일자 | 2012. 7. 25
YRN | 제1-0180호

주소 | 경기도 고양시 일산동구 호수로 646-24 위너스21-Ⅱ 206A호 (우) 10401
전화 | 031-819-9431 팩스 | 031-817-9432
http://cafe.naver.com/yewonromance
E-mail | yewonbooks@naver.com

© 문희, 2017

ISBN 979-11-6098-093-6 03810

※ 파본은 구입하신 서점에서 교환하여 드립니다.
※ 저자와 협의하여 인지를 붙이지 않습니다.
※ 이 책은 예원북스와 저작자의 계약에 의해 출판된 것이므로 무단 전재 및 유포, 공유를 금합니다.
※ 이 도서의 국립중앙도서관 출판시도서목록(CIP)은 서지정보유통지원시스템 홈페이지(http://seoji.nl.go.kr)와 국가자료공동목록시스템(http://www.nl.go.kr/kolisnet)에서 이용하실 수 있습니다.

19세 미만 구독 불가

LoveMaker
러브메이커

문희 장편 소설

YEWONBOOKS ROMANCE STORY

C · O · N · T · E · N · T · S

프롤로그

3월 1일 월요일 17시, 눈이라도 내릴 듯 구름이 하루 종일 하늘을 덮고 있더니 해도 일찍 기울어 어두컴컴해지고 있을 때, 서울의 중심가인 강남의 한 건물에 1톤짜리 작은 탑차 한 대가 들어가고 있었다.

"수고하십니다."

건물은 강남의 다른 빌딩과는 다르게 주변으로 높은 담이 둘러져 있었고 철문 앞에서 검은색 경비복 차림의 무장 경비가 인사를 하는 운전수의 곁으로 다가왔다.

"삼우식품이요."

매일 보는 그인데도 경비는 출입증을 검사하고 트럭 뒤로 향했다.

“문 여세요.”

“매일 보는데 이렇게 빡빡하게 굴 겁니까?”

“…….”

경비는 대꾸도 하지 않고 탑차의 문을 열게 했다.

“맨날 야채하고 음식 재료인데 참 대단하십니다.”

그의 말에 경비는 여전히 묵묵부답이었다. 이곳은 그만큼 경비가 삼엄했다. 뭘 하는지 모르는 회사지만 뭔가 비밀을 다루고 있는 것 같았다.

“통과!”

여태까지 입을 다물고 있던 경비의 입에서 나온 첫마디였다. 차에 오른 운전수는 이마에 맺힌 땀을 닦으며 한숨을 쉬었다.

“휴, 내가 진짜 동생만 아니면…….”

운전수의 등에서도 땀이 흘러내렸다. 오늘 그의 탑차 안에는 음식 재료뿐만 아니라 두 명의 남자가 타고 있었다. 그중에 하나가 사촌 동생이었는데 몰래 들여보내 달라고 너무 간곡하게 부탁을 하는 바람에 안 들어줄 수가 없었다.

어차피 그도 3년간 다닌 이 회사를 곧 그만둘 생각이었기에 오늘 사촌 동생의 부탁을 들어주기로 큰맘을 먹었는데, 아무래도 이런 일은 영 자신과 맞지 않는 것 같았다.

“손발이 다 떨리네.”

그는 정원을 지나 본관 건물 끝에 있는 구내식당용 워킹 냉장고가 있는 곳 앞에 차를 세웠다. 그리고 주변을 다시 한 번 살핀 뒤에야 탑차의 문을 열었다.

"얼른 내려. 내가 아주 제명에 못살겠다."

야채를 덮는 담요를 뒤집어쓰고 있던 사촌 동생과 후배 기자가 그 안에서 나왔다.

"동안아, 건물 안에 사람들이 있어. 건물 밖으로는 거의 나오지 않지만 그래도 들키면 안 돼. 내 밥줄이 날아갈 거야. 30분이야. 더는 힘들어."

"알았어, 형."

동생인지 웬수인지 하여튼 중요한 일이라고 하니 도와는 줬지만 그래도 찜찜하기는 했다. 그는 멀어져 가는 동생 일행을 걱정스러운 듯 한참 바라보았다.

두 남자가 주변을 조심스레 살피고 있었다. 소문이 무성한 곳이라서 그런지 좀 오싹한 기분이 들었다. 바람 때문일까?

겨울의 끝자락에 부는 바람은 아주 매서웠다. 특히 사람 하나 없이 휑한 건물은 더 그러했다. 매서운 바람이 건물의 수없이 많은 기둥을 돌고 돌아 그들을 공격하고 있었다. 남자들은 마치 거북이처럼 자신들의 점퍼 속으로 목을 더 집어넣었다.

그리스 신화에 나오는 신전을 연상시키는 건물은 대리석 구조였다. 건물 전체가 하얀색이었고 커다란 기둥이 건물 전체에 둘러져 있었다. 가끔 TV에 나오는 고대의 신전처럼 이 건물의 외형은 성냥갑 같은 도심의 건물들 사이에서 차별화되어 보였다.

그중 더욱 눈길을 끄는 건 건물 중앙에 위치한 거대한 석상이었다. 그 발밑에는 큐피드라고 쓰여 있는 사각의 금색 현판이 있었다. 하지만 석상의 모습은 일반적으로 알려진 큐피드의 모습이 아니었다. 작은 아이의 등에 날개가 달리고 화살을 들고 있는 모습이 아닌 근육질에 커다란 날개가 달린 모습의 석상이었다.

헤라클레스처럼 큰 근육의 모습은 아니었지만 영화 300에 나오는 전사 같은 몸의 조각상이었다. 그 크기도 어찌나 큰지 광화문의 이순신 장군 동상만 한 것 같았다.

그저 경비가 삼엄한 건물 정도로 생각했다. 강남이긴 했지만 그래도 강남의 중심지에서는 조금 떨어진 곳이었기 때문에 사람들은 사건 사고가 터지지 않는 한 그다지 관심을 두지 않았다.

하지만 요즘 들어 이곳을 눈여겨보는 사람들이 하나둘씩 등장을 했다. 인터넷 소설에 UFO의 추종자 집단의 건물로 등장하기도 했고 유튜브에서는 날개가 달린 천사가 이곳에 내려오는 장면이 촬영된 동영상이 등장하기도 했었다.

모두가 소리 소문 없이 사라지기는 했지만 이렇게 자주 등장한다는 것은 뭔가가 있기 때문이었다. 아니 땐 굴뚝에서 연기가 날리가 없었다. 이는 기자 생활로 잔뼈가 굵은 그의 지론이기도 했다. 그래서 그는 건물 주변에서 은신하며 한 달간 날개 달린 천사에 대해 취재를 하기 시작했다.

주변에 차를 대놓고 정말 무작정 기다렸다. 그러던 어느 날 그의 카메라에 정말 날개 달린 천사 같은 것이 포착되었다. 선명하게 찍히진 않았지만 그 존재는 분명했다. 그래서 그는 이 안에 들어와 보기로 결심을 했다.

더구나 이곳이 철저하게 통제가 되고 있었기 때문에 그의 궁금증은 더 증폭이 되고 있었다. 비밀 기지라도 되는 듯 이곳은 높은 담으로 이루어져 있었다. 옆에 있는 높은 건물에서도 이곳은 외관만 보일 뿐 그 안에서 무슨 일이 벌어지고 있는지 알 수 없었다.

다만 정문에는 군인 같은 경비원들이 출구를 철저하게 통제하고 있으며 들어가는 차가 모두 고급 외제차라는 것이 사람들에게 알려진 전부였다. 거기다가 초자연적인 현상들이 이곳에서 일어난다는 소문까지 더해지자 이곳에서 무슨 일들이 일어나는지 궁금해하는 사람들이 생겨났고 그들은 인터넷을 통해 이곳에 관한 은밀한 소문들을 말하기 시작했다.

10년 차 인터넷 기자인 그와 그의 후배가 이렇게 도둑처럼 건물 안에 들어온 것도 다 이 안에서 일어나는 일들이 궁금했기 때문이었다.

소문으로 듣던 것과 이곳에 직접 들어와서 보는 건 천지 차이였다. 으스스한 느낌이 점점 심해지고 있었다. 아직 퇴근 시간도 아닌데 왜 1층에 이렇게 사람들이 없는 걸까? 담배라도 피우러 나오는 게 정상적인 게 아닐까라는 생각이 들었다.

"동안 선배, 진짜 너무 썰렁한데요."

"그러게."

"빨리 나가야 하는 거 아니에요? 별거 없어 보이는데……."

"아직 형이 말한 30분 안 됐어."

물론 그들이 이곳에 들어올 수 있었던 건 이곳에 음식 재료를 납품하는 업체 사람이 그의 사촌 형이었기에 가능한 일이었다. 사촌 형이 이곳으로 배달을 다닌 지 3년이 지났는데 이곳이 어떤 곳인지 모른다고 했다. 음식을 창고로 운반을 해주고 바로 나가기 때문에 이곳의 요리사들조차 얼굴을 모른다는 것이었다.

오늘은 사촌 형의 차에 숨어들어 형이 물건을 내리는 아주 짧은 시간 동안 주변을 살펴보기로 했다. 그들에게 주어진 시간은 30분 정도였다. 그들은 카메라를 들고 무조건 찍기 시작했다.

기자의 감으로 뭔가가 있었다. 지난번에 UFO의 기사로 인터넷 스타기자가 된 그였다. 뭐 그전에 더 신기한 일들도 많이 기사화하기는 했지만 이번은 왠지 UFO 기사보다 더한 무언가가 존재할 것 같았다.

그랬다. 그는 초자연적인 현상들을 취재하는 기자였다. 10년을 그런 기이한 현상들을 쫓다 보니 자연스럽게 사냥개의 후각을 가지게 되었다.

그는 그 실체를 렌즈에 담았고 오늘은 이곳이 어떤 곳인지 심층 촬영을 해서 그의 카메라에 잡힌 천사와 같이 내보낼 생각이었다. 물론 무단 침입으로 고소당할 수도 있지만 그는 초자연적인 존재가 여기에 왜 나타나는지를 알고 싶었다.

"냄새가 나. 이상해."

"전 더 이상해요, 선배."

후배 기자의 음성이 가늘게 떨리고 있었다. 뒤를 돌아본 그는 후배의 시선을 자연스럽게 쫒았다. 그리고 갑자기 온몸에 털이 다 곤두서는 느낌을 받았다. 마치 아주 무서운 영화를 본 느낌이었다.

그가 움직이는 대로 석상의 눈의 위치가 바뀌고 있었다. 마치 그들을 쳐다보고 있는 것만 같았다. 등골이 오싹한 순간이었다.

"선배, 내가 미친 소리를 하는 것 같겠지만 저 석상이 우리를 계속 쳐다보는 것 같아요."

"아니야."

후배에게 말은 그렇게 했지만 정말 석상의 눈이 그들을 내려다보고 있었다. 그는 석상을 향해 카메라를 들었다. 그리고 무작정 찍기 시작했다.

"넌 주변을 찍어."

"네."

후배는 열심히 주변을 돌며 눈에 보이는 모든 걸 카메라에 담기 시작했다. 그는 석상에 집중했다. 뭔가 특종이 나올 것 같았다.

그때였다. 갑자기 환한 빛이 석상에서 날아와 그들에게 돌진을 했다. 둘은 바닥으로 슬라이딩을 해서 겨우 빛과 부딪치는 것을 피했다.

"천사야."

둘은 서로 얼굴을 쳐다봤다. 그리고 누가 먼저랄 것도 없이 카메라를 들고 뛰기 시작했다. 찍어야 했다.

그렇게 정신이 없이 돌아다니다 보니 형과의 약속 시간이 다가왔다.

"광식아!"

조용히 후배의 이름을 불렀지만 후배의 모습은 온데간데없었다. 그는 미친 듯이 후배를 찾기 시작했다. 주변은 온통 높은 담이었고 눈처럼 하얀 거대한 기둥이 그의 시야를 가리고 있을 뿐 정말 개미새끼 한 마리도 없었다.

조금 전까지 몸을 숨기기 바빴던 남자였지만 지금은 기둥을 이리저리 살피며 정신없이 후배를 찾아다녔다.

그때 갑자기 그의 눈앞에 검은 양복을 입은 남자가 걸어오는 모습이 보였다. 황금색 굵은 웨이브의 머리에 푸른 눈동자를 가진 지나치게 잘생긴 남자가 그를 향해 빠르게 걸어왔다. 현실감이 떨어지는 모습이었다.

아니, 그는 다리를 움직이지 않았다. 순간순간 빠르게 그에게 다가와 그가 인지하기도 전에 그의 목을 한 손으로 잡아 올렸다.

"누구냐?"

영어로 말을 할 줄 알았는데 남자는 한국말을 하고 있었다. 푸른 눈의 남자는 엄청난 힘으로 자신의 목을 움켜잡았기에 그는 자신의 얼굴이 곧 터져 버릴지도 모른다고 생각했다.

"으으……."

말을 하려 했지만 목소리가 나오지 않았다. 그러자 남자가 손힘을 조금 풀었다.

"헉, 그냥 배달 왔다가 궁금해서…… 켁!"

거짓말을 했지만 통하지 않았다.

"무엇을 보았느냐?"

"아, 아무것도."

"미련하구나. 다시 한 번 묻겠다. 무엇을 보았느냐?"

남자의 눈은 흰자위 없이 온통 검은 눈동자로 변하고 있었다. 두려웠다.

"아, 아무것도 보지 못했습니다."

"나는 너에게 기회를 주었다. 하지만 네가 그리고 네 부하가 저버린 것이다."

남자는 순식간에 그의 목을 부러트렸다. 엄청난 고통이 느껴졌다. 그리고 자신이 이젠 이 세상 사람이 아님을 알았다.

그의 시신이 남자의 발아래에서 순식간에 불타고 있었다.

『인간의 궁금증은 언제나 비극을 만들지.』

죽은 기자의 시체가 붉은 빛을 내며 사라지자 그걸 물끄러미 바라보던 하얀 빛에서 목소리가 들려왔다. 큐피드 석상 옆에 앉아 타오르는 시체를 보며 말했다.

『베타, 하지만 너의 행동도 그다지 아름답진 않았다.』

죽은 남자가 찾고 있었던 천사. 석상 옆에 있는 빛은 커다란 날개를 가진 천사였고 그 천사는 검은 옷을 입은 남자를 탓했다.

"죄송합니다. 인간들에게 알려져서 좋을 게 없을 것 같았습니다."

『네 뜻은 안다만, 인간들의 궁금증보다 더 큰 비극은 쓸데없는 자기 헌신이야. 저기 자기 목숨을 바치러 또 하나가 오는군.』

그들에게 어리숙한 남자 하나가 다가오고 있었다. 그는 아까 식자재를 차에 싣고 온 배달부였다.

"동안아! 김동안!"

배달부는 기자의 이름을 부르며 처음으로 석상이 있는 곳까지 걸어오고 있었다.

"도대체 어디 간 거야? 나갈 시간이 지났……."

배달부의 짜증 섞인 말은 끝을 맺지 못했다. 그의 목이 베타의 손에 의해 아까 기자들처럼 꺾여 버렸다.

"신이시여, 언제까지 이곳에 있어야 합니까?"

붉은 빛 속에서 타들어가는 시체 앞에 서서 그가 큐피드 석상 옆의 날개 달린 천사를 향해 물었다.

『얼마 남지 않았다.』

석상 옆의 날개가 달린 천사가 검은 옷을 입은 남자에게 미소를 지어 보였다. 석상과 지금 찬란한 빛을 내뿜고 있는 존재의 모습은 똑같았다. 빛이 너무 강해서 인간의 눈으로는 보기 힘들지만 검은 옷을 입은 남자의 눈에는 선명하게 보였다.

고개를 들어야만 볼 수 있는 크기의 석상이었다. 예전에 그가 솜씨 좋은 예술가에게 특별히 부탁을 해서 만든 예술 작품이었다.

천사의 존재는 바로 에로스, 아주 가끔 궁금증이 많은 그의 주군 에로스는 석상에 잠깐 몸을 숨기기도 했다. 그리고 주변 사람들의 이야기를 살짝 엿듣기도 했다. 오늘은 아마도 오랜만에 금지 구역에 들어온 인간들이 궁금해서 나온 모양이었다.

베타의 입에서 한숨이 새어 나왔다. 인간의 세상에 너무 가까이 있었다. 이곳은 신의 영역이 아니었다. 인간의 지독한 궁금증이 그를 지치게 하고 있었다. 그는 반신반인으로 영원히 그의 신인 에로스를 모시고 살아야 할 운명이었다. 하지만 에로스가 인간들 눈에 자꾸 띄는 바람에 그도 수습하는 게 보통 어려운 게 아니었다.

에로스는 그가 인간을 죽이는 게 무슨 취미인 줄로 알지만 사실은 다 에로스를 인간들에게서 보호하려는 그의 노력이었다.

베타는 이곳 '클럽 에로스' 의 사장이었다. 그래서 인간과 에로스의 중간에서 중심을 이루고 있었다. 이곳에 온 지 인간의 시계로 600년이 되었다. 600년 전에 이곳은 버려진 땅이나 마찬가지였는데 지금은 서울의 금싸라기 땅이 되어버렸다.

인적이 없고 조용하던 이곳에 사람들이 들어오기 시작하면서 그는 날이 갈수록 신경이 날카로워지고 있었고 인간들의 궁금증을 막아내느라 힘이 들었다. 벌써 올해 들어 다섯 명의 목숨을 그의 손으로 거두었다.

세상은 그만큼 발전했고 예전의 구전동화와는 다르게 그들은 모든 걸 사진으로 찍거나 영상물로 남겼다. 이를 막아내려면 아예 죽이는 방법뿐이었다. 그의 본성이 잔악하기 때문이 아니라 그만큼 그들은 존재를 숨기고 살아야 했다.

에로스를 보호하기 위해 그는 스스로 악역을 자처했다. 물론 에로스는 그런 그에게 자비를 베풀라고 말하지만 말이다. 이 모든 발단은 다 에로스에게 있었다.

600년 전에 태양의 신 아폴론과 에로스 간에 작은 충돌이 있었다. 작은 충돌이라기보다 에로스가 아폴론의 꾀에 넘어가서 화살을 빼앗겼고 아폴론이 에로스에게 활을 쏘았다.

자신의 화살에 맞은 에로스가 이 땅에 떨어지며 사단이 일어났다. 아폴론이 쏜 화살은 분노의 화살이었다. 사람들은 에로스의 화살이 금으로 된 사랑의 화살과 납으로 된 미움의 화살만 있는 줄 알지만 사실 다양한 화살이 있었다.

성격이 유한 편인 에로스가 분노의 화살을 맞고 엄청난 힘의 아폴론과 대적해서 싸운 건 그만큼 화살의 힘이 세다는 것이었다.

이 땅의 인간 여인이 화살에 맞아 죽어가는 그를 살리는 기적과도 같은 일이 600년 전에 일어났고 에로스는 그녀에게 세 가지 소원을 들어주기로 했다. 그 소원이 이루어져야 에로스는 다시 천상으로 갈 수가 있었다.

이제 마지막 소원이었다. 과연 사랑의 신인 에로스가 인간과 사랑에 빠질 수가 있을까? 베타는 회의적이었다. 하데스와 사랑에 빠진 그의 어머니도 영원한 사랑을 받지는 못했다. 잠시 동안의 사랑인 것이다.

하지만 에로스의 사랑이 어떨지는 확신을 할 수가 없었다. 그렇게 쉽게 변할 사랑이라면 이렇게 긴 세월의 기다림도 없었을 것이다. 과연 인간과 신이 완전한 사랑을 할 수 있을까? 믿지는 않지만 의문이기는 했다. 왠지 에로스는 그런 사랑을 할 것도 같았다. 사랑의 신이니까 말이다.

하지만 생각해 보면 모든 맞아떨어지게 연결되는 것이 없었다. 갑작스럽게 600년 전 아폴론과 싸우다가 이곳 조선에 떨어진 것 하며 인간의 여인이 구한 것 하며 절대로 하지 말아야 할 세 가지 소원 약속까지, 참 이상한 일들이었다.

평소의 에로스라면 절대로 하지 않을 일들이었다. 그가 그리스 신전에서 이곳으로 불려온 것도 다 기가 막힌 운명의 장난이었다.

하지만 그는 머리를 흔들었다. 인간은 언젠가 신에게 버림을 받는 게 맞았다. 인간은 영원히 살 수 없고 신은 영원히 살기 때문이었다. 그건 인간과 신의 사랑의 결과물인 그가 정확하게 말할 수 있었다.

건물 안으로 들어서자 모두가 바쁘게 움직이고 있었다. 밖의 조용함과는 달리 건물 안은 아주 활력이 넘치고 있었다.

"사장님, 신입사원들과 면담이 있으십니다."

그의 시선을 사로잡은 인간의 여자가 검은 눈동자 안에 그를 가득 담아 바라보고 있었다. 악마의 색깔인 짙은 어둠의 색이 이 여자는 참으로 잘 어울렸다. 1000년을 살아오면서 처음으로 그의 시선을 사로잡은 여인이었다.

"그래, 가지."

그의 손이 자신도 모르게 앞서가는 그녀의 허리 근처까지 갔다가 다시 돌아왔다. 이건 아니었다. 베타는 쓴웃음을 지었다.

에로스는 한 손으로 석상의 얼굴을 짚고는 베타가 건물 안으로 들어가는 모습을 잠시 내려다보았다. 그는 답답한 안보다는 밖의 공기가 좋았다. 비록 멀리 못 벗어난 석상 위라 할지라도.

커다란 석상은 솜씨 좋은 예술가의 작품이라서 그런지 아주 아름다운 근육질의 에로스 상이었다. 이제껏 그를 칭송하는 수많은 작가들이 그의 석상을 만들었지만 단연 이 작품이 최고였다. 아니, 그의 마음에 가장 들었다. 이유는 어린아이의 모습이 아닌 그의 실제와 가장 가까운 모습이었기 때문이었다.

미의 여신인 어머니마저도 그의 남자다움과 섹시함에 감탄을 할 정도였다. 사람들은 그의 모습을 아이에 비교했지만 그는 아주 완벽한 남성의 몸을 가지고 있었다. 사랑의 신인데 아이의 몸으로 무엇을 할 수가 있겠는가? 사람들은 그의 강한 성욕을 감당하지 못했다. 사실 인간이 하는 그 모든 섹스의 동작들은 그로 인해 생겨난 것이었다.

그는 사랑을 주관하기도 했지만 파괴하기도 했다. 그는 처음부터 혼돈 가운데 존재했다. 그에겐 정말 많은 종류의 화살이 있었다. 알려진 건 몇 개가 안 되지만 말이다.

사랑을 하게 만드는 금촉을 가진 화살과 경멸을 부르는 납촉을 가진 화살 정도라 할 수 있겠다. 하지만 그의 능력은 그것만이 아니었다.

냉철한 마음을 가진 베타에게 지난번에 너무나 화가 나서 금촉의 화살을 쏴버렸다. 그리고 그가 처음 본 인간 여인에게 사랑을 느끼게 만들었다.

물론 베타는 알지 못한다. 녀석이 자꾸 예민해져서 사람들을 더 죽이는 단점이 생기긴 했지만 얼이 빠진 녀석을 보는 것도 요즘 재미가 있었다. 냉철한 녀석이 멍청이가 되어가는 모습을 보는 게 날마다 그의 즐거움이 되었다.

석상에서 내려온 에로스는 벌거벗은 모습에서 한 걸음을 걸을 때마다 점점 옷을 입은 모습으로 변해갔다. 아무나 소화하기 힘들다는 흰색 양복을 입고는 그에게는 너무나도 익숙한 그리스 신전의 모습을 한 건물 안으로 들어갔다. 190cm가 넘는 키에 탄탄한 몸매를 자랑하는 그의 얼굴은 아이처럼 선한 모습이었다.

어깨까지 오는 밝은 금발 머리를 하나로 묶자 그의 목 뒤에 선명하게 새겨진 화살 모양의 타투가 보였다. 그게 그의 섹시함을 배가시키고 있었다.

깎아놓은 듯한 그의 얼굴은 남성적인 거친 얼굴이라기보다 미소년에 가까웠다. 특히나 그의 하늘색 눈동자는 푸른색의 베타의 눈동자보다 더 맑은 색이었다. 베타의 눈이 푸른색이라면 그의 눈의 색은 아쿠아블루 색에 가까웠다.

그가 건물 안으로 들어서자 지나던 직원들이 허리를 구부려 인사를 하기 시작했다. 인간의 눈에 그는 완벽한 남자의 모습으로 비칠 것이다. 베타가 도시적인 세련미를 풍긴다면 그는 범접할 수 없는 아름다움을 가지고 있었다.

모든 인간 여자들이 그를 탐욕스러운 눈으로 보고 있었다. 타들어가는 갈망 어린 시선들이 그에게 날마다 쏟아졌다.

그들의 시선은 그를 언제나 즐겁게 했지만 이제는 마냥 즐길 수만은 없었다. 너무 오랜 세월을 허비하고 있다는 생각이 들었기 때문이었다. 처음에는 빨리 해결될 줄 알았는데 시간만 흘러 어느새 600년이었다. 이제는 정말 정신을 차릴 때였다.

인간의 여인에게 세 가지 소원을 들어주겠다고 했고 지난 600년을 거치며 두 가지 소원을 들어주었다. 물론 첫 번째 소원은 자신을 예쁘게 해달라는 것이라서 바로 해결해 주었고, 두 번째 자손들이 예쁘게 태어나게 해달라는 건 그때그때 이루어주었다.

하지만 세 번째 소원인 그와 자손과의 완전한 사랑은 그녀의 딸에 딸 그리고 그 딸의 딸들 모두 그와 연관이 되는 게 없었다. 성인이 되면 매번 몰래 보았지만 그 누구도 그의 마음을 떨리게 하지 않았고 그는 될 대로 되라는 식으로 100년 전부터는 포기한 상태였다.

아폴론의 장난만 아니었다면 이런 일은 없었을 것이었다. 신은 자신의 무기에 의해서만 죽음을 맞이한다. 그게 영원히 사는 신들의 유일한 약점이었다. 아폴론에 의해 그는 자신의 화살에 맞는 신세가 되었고 영원히 잠이 들 뻔했다.

신의 영원한 잠에서 구해준 여인에 대한 보답치고는 세 가지 소원이 아주 약하기는 했다. 하지만 그 약속이 그의 발목을 붙잡고 있었다. 그 소원이 다 이루어지기 전에는 그는 자신의 자리인 천상에 갈 수가 없었다. 그만큼 신의 약속은 엄격하게 이루어지는 것이었다.

남들의 사랑은 만들 수 있지만 그 자신의 사랑은 어찌할 방법이 없었다. 사랑의 신이었지만 진정한 사랑은 해보지 못했다. 여인을 탐하기는 했지만 그것에서 사랑의 화살을 맞은 인간들이 느끼는 환희를 그는 한 번도 경험해 보지 못했다.

아이러니하지 않을 수가 없었다. 사랑의 신이 사랑을 느껴보지 못했다니 얼마나 웃기는 일인가?

그의 힘의 원천은 인간들의 성욕이었다. 숭고한 사랑에서도 에너지를 받기는 하지만 인간의 성욕만큼은 아니었다. 그게 어둡든 그렇지 않든 그는 상관이 없었다. 다만 몸과 마음이 하나가 된 사랑은 그에게 큰 에너지를 주기는 했지만 인간들은 자기 자신만 알아서 그런 사랑은 아주 드물었다.

복도처럼 길게 늘어선 방들에서는 인간들의 성욕을 최대치로 끌어올리는 갖가지 방법들이 인간들에게 교육되고 있었다. 그들의 신음 소리가 그의 귀를 자극하고 있었다.

이곳은 돈 많은 인간들의 은밀한 성적 욕구를 최대치로 끌어올려 주는 일종의 교육기관이었다. 물론 이곳에도 규칙은 있다. 혼자서는 올 수 없었다. 커플이나 결혼할 상대들이 오는 곳이었다. 클럽 에로스는 부부들의 성생활에 도움이 되는 갖가지 체위와 기술을 알려주고 몸을 상대방이 만족하는 상태로 만들어주는 곳이었다.

신에게 돈은 필요치 않았지만 그의 근본적인 힘을 유지시키는 깨끗한 성욕이 필요했다. 기대만큼 인간의 욕망을 갈구하는 마음은 컸고 그의 힘은 천상으로 가지 않아도 유지가 되고 있었다.

에로스는 그의 아름다운 입술을 살며시 올렸다. 이제 그의 걱정은 그를 구해준 여인의 마지막 소원이었다.

강남의 주택가에 오래된 2층 집이 있었다. 작은 정원이 있고 장독대도 있어서 요즘은 도심에서 거의 사라진 장독들이 줄을 지어 있었다. 또 진돗개 한 마리가 장군처럼 집을 지키고 있었다.

12시가 지난 시간, 밤의 요정이 이 집의 2층으로 향했다. 통통한 몸에 비해 작은 날개는 그가 열심히 움직이지 않으면 자꾸만 바닥으로 가라앉았다.

멍멍!

그가 무게를 못 이겨 바닥으로 내려앉자 그의 존재를 알아본 진돗개가 크게 짖어댔다. 요정이 한 손가락으로 입술을 가리며 진돗개를 조용히 시켰다. 그는 지금 몇 년째 밤마다 이 수고를 하고 있었다.

"이젠 좀 만날 때도 되지 않았나?"

그는 이렇게 말을 하며 오늘도 한숨을 내쉬며 주머니에서 꿈의 가루를 꺼내 뿌렸다. 신이 지정해 준 특별한 인간들에게 그는 꿈의 가루를 뿌렸다. 이유는 잘 모르지만 그들은 신과 인연이 있는 인간들로 모두 해당 신들이 그들의 꿈에 등장했다.

이 여자는 무슨 이유인지는 모르지만 거의 몇 년째 매일 오는데도 아직 신과 인연이 닿지 않은 것 같았다.

"에휴, 이제 좀 그만 알아차려!"

그는 투덜거리며 가루를 뿌리고는 무거운 몸을 이끌고 다음 집으로 향했다.

꿈의 가루가 뿌려진 그곳, 향기로운 라벤더향이 가득한 작은 침실에서 여인의 신음 소리가 낮게 울리고 있었다. 섹스의 신음 소리는 작은 방 안에서 부끄러운 줄도 모르고 연신 흘러나왔다. 온통 흰색의 가구들이 가득한 방 안은 창가에 달빛이 비쳐서 그리 어둡지 않았다.

그중에서도 이 방에서 특히 눈길을 끄는 건 공주의 침대를 연상시키는 흰색 캐노피가 달린 침대였다. 소리는 그 침대 안에서 나오고 있었다. 하지만 침대에 누운 사람은 하나였다. 그 침대의 주인은 혼자서 몸을 뒤척이며 잠꼬대를 하고 있었다.

올해로 스물네 살이 되는 침대의 주인은 매일 밤 이렇게 신음 소리를 내고 있었다. 얼마나 뜨겁게 사랑을 나누는지 그녀의 한 손은 자신의 가슴에 다른 한 손은 여성을 감싼 채였다.

흰색의 단순한 디자인의 치마잠옷을 입었지만 그녀의 몸에 걸쳐지는 순간 잠옷은 아주 야한 느낌으로 변했다. 브래지어를 하지 않아도 컵을 엎어놓은 듯 볼륨 있는 가슴과 그에 맞은 유두는 얇은 잠옷을 통해 비춰지고 있었고 그녀의 몸부림으로 허리까지 말려 올라간 치마로 인해 그녀의 길고 가는 다리가 그대로 보이고 있었다.

그녀는 170cm가 넘는 키, 눈보다 하얀 피부에 볼륨 있는 몸매의 소유자였다. 이런 그녀의 몸매를 남자가 본다면 당장이라도 그녀를 차지하고 싶어질 정도로 그녀의 육체는 아주 탐스러웠다.

육즙이 가득한 과일 같은 그녀였지만 이상하게 남자가 없었다. 쫓아다니는 남자가 없는 게 아니라 그녀가 남자들을 멀리했다. 그녀는 이미 어떤 남자를 마음에 품었기 때문이었다.

스무 살이 되는 날부터 이상하게 꿈에서 한 남자가 찾아와서 하라를 거칠게 탐하기 시작했다. 금발 머리를 한 남자는 얼굴이 선명하게 보이지 않았지만 그의 단단한 근육들은 그녀의 손에 생생하게 잡히고 있었다.

하라는 처음부터 거부감이 없었다. 아무리 꿈이지만 저항 한 번을 하지 않았다. 얼마나 좋은지 꿈에서 깨고 나면 팬티가 촉촉하게 젖어 있었다. 지금 그가 그녀의 가슴을 손으로 움켜잡고는 입술에 거칠게 키스를 했다.

꿈속의 남자는 그녀를 끝까지 취하지는 않았다. 그녀가 최고의 정점에 다다를 때까지 애무와 키스만을 반복할 뿐이었다. 그녀는 남자와 끝까지 가고 싶었지만 무슨 이유에선지 남자는 선을 그었다.

자신의 꿈도 마음대로 못 하다니 참 기가 막힌 일었다. 이런 생각을 하는 동안 그의 손이 그녀의 팬티 안으로 들어와 여성을 감싸 쥐었다. 어찌나 다정하게 만지는지 스르르 녹아내릴 것 같았다.

"아흐."

그녀의 입에서 신음 소리가 흘러나왔고 그는 그녀의 신음 소리를 막고자 다시금 그녀의 입술을 자신의 입술로 막았다. 그의 길고 강인한 혀가 그녀의 입안으로 들어와서 그녀의 혀를 휘감았다.

서로의 타액이 섞이자 그녀는 그에게 더 많은 걸 요구하게 되었다.

"오늘은 끝까지 가줘요."

"……."

그녀의 부탁에도 남자는 아무런 답을 하지 않고 그녀의 풍만한 가슴을 손으로 쥐고는 주무르기 시작했다. 그녀의 유두가 흥분으로 인해 단단해지자 그가 손가락으로 그녀의 유두를 튕겼다.

온몸이 타들어갈 것 같은 기분이었다. 그의 손길이 이렇게 닿은 매일 밤은 하라에게는 지옥 같은 쾌락의 시간이었다. 이 달콤함이 끝이 나면 공허한 마음이 드는 그녀였다. 그의 손이 가슴에서 위로 올라와 그녀의 목을 감쌌다.

뜨거운 열기가 그녀의 목에 그대로 느껴지고 있었다. 그도 흥분한 것이 틀림없었다.

"오늘은 제발……."

"……."

목에서 그의 숨결이 느껴지자 하라는 애원을 하기에 이르렀다. 무엇이 꿈속의 그를 이토록 망설이게 하는지 하라는 알 수가 없었다.

그가 갑자기 그녀를 놓았다. 오늘 밤 그는 그녀의 바람을 들어주지 않을 모양이었다. 하라는 오늘은 그를 보낼 수가 없었다. 꿈이라서 그런지 남자에게 이토록 매달리는 자신이 부끄럽지 않았다.

"가지 마요."

그녀가 그의 팔을 잡으려 했지만 잡히지 않았다. 다시 한 번 잡았을 때는 이미 그는 사라지고 없었다.

"가지 마. 가지 말라고!"

하라의 눈이 번쩍 떠졌다. 아직 어두운 밤이었다.

"하!"

깊은 한숨을 내쉬며 하라는 침대에서 몸을 일으켰다. 꿈에서 깨자 그제야 부끄러움이 밀려들었다. 하라는 손을 뻗어 핸드폰을 집었다. 그리고 시간을 확인하자 새벽 2시였다.

오늘은 그녀가 회사에 첫 출근을 하는 날이었다. 긴장을 해서인지 오늘의 꿈은 더 리얼했다. 하라는 다시 침대에 누워 잠을 청했다. 오늘은 더 이상 그가 나타나지 않을 것이다. 매일 이렇게 쾌락에 몸을 맡겨 완벽하게 탈진이 되고 나면 두 번째는 그대로 잠이 들어 아침까지 아무런 꿈도 꾸지 않고 잘 잤다.

"첫 출근을 위해 자자."

출근 첫날부터 다크 서클이 생겨서 갈 수는 없었다. 매일 이런 꿈을 꾸는 게 남친이 없기 때문은 아닌지 요즘 들어 그런 생각이 들곤 했다.

"남자가 필요해."

이번 주말에는 친구 민정이에게 소개팅을 잡아보라고 해야겠다는 생각이 들었다. 아주 섹시한 놈으로 말이다. 민정이의 주변에는 종류별로 많은 남자들이 있었다.

"꼭 섹시해야 해."

그래야 이놈의 처녀 딱지도 뗄 수 있을 것 같았다. 아무리 생각을 해도 꿈에서 끝까지 가지 못하는 게 그녀가 해본 스킨십의 끝이 키스와 애무 정도였기 때문에 그런 것 같았다.

"뭔 경험이 있어야지."

그녀는 이불을 확 뒤집어썼다. 그리고 다시금 잠을 청했다.

1. 운명의 시작

강남의 부촌인 이곳은 아파트가 아닌 주택이 많은 곳이었다. 그 주택 중에서도 오래된 이 집은 할아버지 할머니가 살아 계실 때부터 계속해서 살던 곳이었다. 집 안의 모든 것에 어른들의 손때가 묻어 있어서 다 추억이었다. 엄마, 아빠와 하라, 그리고 두 언니가 투닥거리며 잘살고 있는 집이기도 했다.

팔등신 몸에 샤워기의 물줄기가 느리게 흘러내리고 있었다. 밥그릇을 엎어놓은 듯이 보기 좋고 풍만한 가슴을 지나 굴곡진 허리라인을 따라 흐르는 물이 오늘따라 바쁘게 움직이는 주인의 손과는 달랐다.

첫 출근 날인데 여유롭게 샤워를 할 시간이 없어서 평소보다 빠르게 손을 움직이고 있는 하라였다.

똑똑똑.

"멀었어?"

"다 돼가."

아침의 화장실 쟁탈전에 그녀가 합류하면서 아침부터 여기저기서 불만이 터져 나오고 있었다.

"빨리해."

"안방 화장실 써!"

문 앞을 지키고 있는 둘째 하민에게 하라가 소리를 질렀다.

"언니가 쓰고 있어."

"알았어. 빨리할게."

그녀가 나오자 언니가 쏜살같이 욕실 안으로 들어갔다. 방은 4개였지만 화장실이 두 개라서 이렇게 아침이면 아주 전쟁이었다. 그동안 그녀가 취업이 되지 않아서 백수 생활을 할 때는 몰랐지만 오늘 아침에 아주 심하게 느끼고 있는 중이었다.

머리를 말리고 서둘러 화장을 한 그녀는 아빠가 졸업선물로 사주신 핑크색 정장을 입었다. 전신 거울에 이리저리 자신의 모습을 비춘 그녀는 이내 만족스런 미소를 지었다.

170cm의 늘씬한 키에 긴 다리를 가진 그녀는 마지막으로 커피색 팬티스타킹을 신기 시작했다. 매끄럽게 신겨지는 스타킹이 그녀의 아름다운 다리를 감싸고 있었다.

"아직 멀었어?"

"아니."

"엄마가 밥 먹으래."

큰언니 하은이 하라의 방문을 조금 열고는 말했다. 바쁜 아침 시간이었지만 아침밥을 먹어야 하는 엄마의 룰은 깰 수가 없었다.

"빨리 먹고 나가자."

아빠의 말에 모두가 밥을 먹기 시작했다. 언제나 수다스러운 집이었지만 아침 시간은 예외였다. 빠르게 밥을 먹고 각자의 일터로 가야 하기 때문이었다.

그리 큰 키는 아니지만 회색 머리에 멋진 내과의원 원장인 아버지와 젊은 시절 미인대회 출신의 나이가 든 지금도 아름다운 전업주부인 엄마, 아버지와 같은 병원에서 부원장을 맡아 일하고 엄마의 미모를 그대로 빼닮아 동양적이면서 여성스럽게 생긴 샤프한 성격의 큰언니 하은, 그리고 고등학교에서 국어를 가르치는 예쁘지만 털털한 성격의 하민 언니까지 모두 바쁘게 아침을 시작했다.

"아빠가 하라 첫 출근인데 태워다 줄 테니까 집 앞으로 나와."

아빠가 빠르게 식사를 하시고 자리에서 일어나며 말했다.

"아니요, 통근차량이 집 앞에 옵니다."

"오올~ 좋은 회사야."

둘째 하민이 엄지손가락을 척하고 들어 올리고는 먼저 나갔다.

"그럼, 우리 먼저 간다."

아버지는 큰언니와 함께 집을 나섰다.

"다녀오세요."

엄마는 이렇게 말을 하고는 나가려는 하라의 손을 잡고 다시 거실로 들어갔다.

"엄마, 나 바빠."

"알아. 아는데 조상님께 첫 출근 인사는 드려야지."

미신 마니아인 엄마가 가장 중요하게 생각하는 의식 중 하나였다. 뭐든 처음 할 때는 이곳에 와서 인사를 드려야 했다. 딸이 무신론자인 걸 이제 그만 알아줬으면 좋겠지만 그녀의 의견은 언제나 무시를 당했다.

"엄마."

"다 너 잘되라고 하는 거야."

엄마는 하라의 등을 떠밀어서 집 안에 차려진 조상신이 모셔진 작은 사당 앞에 그녀를 세웠다.

"늦었다면서. 어서 빨리 기도드려."

하는 수 없이 하라는 두 손을 꼭 모으고 초가 켜져 있는 작은 사당에서서 기도를 드렸다. 그녀의 눈앞에는 소원을 들어준다는 조상의 초상화가 그려져 있었다. 단아한 모습의 여인이었다.

어느 시대 분인지는 알 수가 없었지만 대대로 집안의 큰딸에게 이 그림이 대물림되었다고 했다. 이 그림을 받은 큰딸은 아름다운 딸들을 낳는다고 전해졌는데 그 말은 사실인 것 같았다.

집안의 여자들이 정말 다들 한 미모 했기 때문이었다.

"엄마, 나 늦었어."

기도를 마치고 서둘러 집을 나서는 하라에게 엄마는 만족스러운 미소를 지어주었다.

"하여튼 엄마 고집은……."

하라는 이렇게 구시렁거리며 버스가 오기로 한 약속 장소로 향했다. 붐비는 서울 시내에서 통근버스라니, 조금 신선하기는 했지만 늦을까 불안한 마음이 더 컸다.

통근버스나 승합차만 보고 있었는데 검은색 외제 승용차가 그녀의 앞에 섰다. 차에 별로 관심은 없었지만 벤츠 정도는 알고 있는 그녀였다.

"저기 박하라 씨?"

세련돼 보이는 여자가 차창을 내리더니 그녀에게 물었다.

"네."

"어서 타세요."

"네?"

"출근 안 할 거예요?"

여자는 조금 짜증 섞인 말투로 그녀에게 말했다.

"다음 사람까지 태우러 가야 하니까 빨리 타세요."

"네."

여자기 때문에 별일이야 있을까 싶어서 하라는 차에 올랐다. 뒷좌석에 오르고 나서야 차 안에 다른 여자가 있다는 걸 알았다.

"안녕하세요. 전 마시지사 효은이에요."

마사지를 못할 것 같은 마른 체구의 여자가 그녀에게 환하게 웃으며 말했다.

"안녕하세요. 신입사원 박하라입니다."

"반가워요. 운전을 하는 언니는 실장 언니고요. 전 여기에 온 지 2년 차예요."

"네."

하라는 갑자기 군기가 들어가는 것 같았다. 그사이에 다른 한 명이 더 탔다. 그녀는 자신의 소개도 하지 않고 오자마자 눈을 감아버렸다. 인사를 건네려다가 갑자기 민망해진 하라였다. 잠시 후, 하라는 궁금한 마음에 효은에게 물었다.

"원래 통근버스가 오는 것 아닌가요?"

"아니에요. 우리는 경력이 되면 회사에서 이렇게 벤츠나 아우디 같은 차를 뽑아주고 주변의 사람들을 픽업하게 하죠."

"왜요?"

"보안 때문에요."

"보안요?"

"하라 씨도 교육을 받겠지만 여긴 모든 게 보안이에요. 만약에 괜히 입을 함부로 놀렸다가는 해고는 물론 손해배상도 해야 해요. 회사의 일들은 가족에게도 이야기하면 안 된다는 규정이 있죠."

보안상의 규정은 입사 전에 교육도 받았지만 직접 눈으로 보니 더 철저하다는 느낌을 받았다.

"선배님, 마사지를 하는 데 왜 보안이 필요한가요?"

아까부터, 아니, 교육을 받을 때부터 궁금한 것이었다.

"우리의 고객들을 보호하기 위해서."

"마사지 받는 데 무슨 보호가 필요하죠?"

"……."

효은은 대답 대신에 아주 미묘한 미소를 흘렸다.

"선배님!"

"겪어보면 알아요."

왜 이 말이 무섭게 들리는지 하라는 잠시 후에 알게 되었다. 차는 거대한 철문 앞에 도착했고 신분을 확인한 후에야 문안으로 들어갈 수가 있었다. 회사라기보다 아주 경비가 삼엄한 성 같았다.

이래서 면접도 다른 곳에서 봤구나라는 생각이 들었다. 하라는 집안 식구들과는 다르게 공부를 잘하지 못했다. 아니, 취미가 없었다. 대신에 그녀는 태권도를 어려서부터 아주 뛰어나게 잘해서 태권도 선수가 되고 싶었다.

하지만 가장 중요한 시기인 고등학교 때 부상을 당해 겨우 체대에 입학할 수가 있었다. 학교생활도 그렇게 만족한다고 할 수는 없었지만 무사히 졸업을 할 수 있었고 그나마 마사지사 자격증은 가지고 있었다.

졸업 후에 변변한 취직자리를 못 구하던 그녀에게 친구가 그들의 경력에 도움이 될 좋은 회사가 있다고 한번 가보자고 했고, 친구는 떨어지고 그녀는 이렇게 붙게 되었다. 그녀 생에 첫 직장이었다. 그간 백수 생활로 부모님께 걱정을 끼친 걸 한 번에 만회하고 싶었다.

왜냐면 이곳의 연봉이 엄청났기 때문이었다. 그녀가 이런저런 생각을 하는 동안 차는 그리스 신전 같은 건물 속으로 들어가고 있었다.

"와."

"멋지지, 우리는 밖으로 나갈 수 없으니 출근할 때나 실컷 봐."

건물 안 지하주차장에 차는 세워졌고 그 안에는 수많은 명품 차들이 쭉 늘어서 있었다.

"오늘 늦었어."

실장이 이렇게 말을 하고는 먼저 앞장서서 걷기 시작했다. 그녀의 뒤를 따라가며 하라는 어리숙한 시골 처녀처럼 주위를 구경하기에 바빴다. 마치 병원을 연상시키는 곳이었다. 긴 복도를 사이에 두고 양쪽으로 방이 있었다.

복도는 직원들이 다니는 통로였고 양쪽의 방들은 따로 안에 출구가 있거나 회원들이 이동할 때는 모니터에 뜨게 되어 있어서 손님들이 서로 부딪칠 상황이 없다고 했다. 왜 그래야 하는지 하라는 알 수가 없었지만 보안을 강조하니까 이런 것도 필수인 것 같았다.

"하라 씨는 이 방으로 들어가요. 거기에 하라 씨 담당하시는 분이 계실 거예요."

"네."

효은에게 인사를 한 하라는 떨리는 마음으로 방으로 들어섰다. 방의 문을 열자 그녀 말고 3명의 신입사원이 앉아 있었다. 클럽 에로스가 2년 만에 뽑은 신입사원들이라고 했다.

"안녕하셨어요?"

지난번에 다 같이 본 적이 있어서 그들은 가벼운 인사를 나누었다. 그리고 얼마 후에 그 방으로 날카로운 눈매를 가진 여자가 들어왔다. 그녀는 들어오자마자 수첩을 펼치더니 이름을 부르기 시작했다.

"김현지?"

"네."

"최수혁?"

"네."

"유지민?"

"네."

"박하라?"

"네."

모두 학교 다닐 때 출석을 부르는 것처럼 대답을 했다. 그러고 보니 여자는 사감 선생님 같은 느낌을 풍기고 있었다. 출석을 부른 여자는 자신의 이름을 흰색 보드 판에 적었다. 웃음이 터져 나오는 걸 하라는 간신히 참았다.

“전 교육 담당 엘리자베스 킴이에요. 그리고 지금 부른 순서는 여러분들의 입사 등수순입니다. 우리는 월급을 많이 주지만 멍청이는 쓰지 않아요. 여러분들은 3주 동안 평가를 받을 것이고 잘하는 사람들만 이곳에 남게 될 거예요. 그리고 탈락을 하면 생각지도 못한 일이 여러분을 기다리고 있을 거예요. 흥미진진하죠? 돈은 절대 공짜가 없어요.”

웃으면서도 차갑게 얘기하는 아주 희한한 재주가 있는 여자였다. 하라는 언제나 밑바닥인 자신의 신세에 한숨이 절로 나왔다.

“먼저 클럽 에로스는 귀하신 고객분들의 삶의 질을 향상시키기 위해 마련된 곳입니다. 이곳에서 일어나는 모든 일들은 발설하지 않는 것을 원칙으로 하며 발설 시에 생기는 일은 각자 책임을 지도록 합니다.”

그녀가 이렇게 말을 하며 아주 두꺼운 서류철을 그들에게 하나씩 나누어 주었다.

“주로 이런 내용들이며 동의하면 사인을 하시고 그렇지 않으면 곧바로 저 문으로 나가시면 됩니다.”

그들은 사인을 하고 세부적인 사항을 들었다. 뭐가 그렇게 복잡한지 그녀의 말은 점심시간까지 이어졌다. 그리고 그들은 바로 식당으로 내려가서 식사를 했다. 하지만 진짜 웃기는 건 여기는 식당에서도 각 그룹만 들어가는 방 안에서 식사를 했다.

이곳에 다니지만 그만둘 때까지 얼굴도 못 보는 동료가 있을 것 같다는 생각이 들었다. 점심을 마치고 본격적으로 훈련을 받을 줄 알았는데 이번에도 엘리자베스 킴에게 지루한 생활교육을 받았다.

시간이 흐르고 6시가 되자 그들의 공간으로 한 남자가 들어왔고 하라는 너무 놀라서 하마터면 소리를 지를 뻔했다. 그들의 교육 장소에 들어온 사람은 금발의 남자였다. 매일 밤 그녀를 탐하는 금발의 남자 말이다.

우연이라고 말하기엔 조금 당황스러웠다. 그리고 그의 머리는 꿈속의 남자보다 약간 더 짙은 금발이었다. 놀란 하라는 입을 다물지 못하고 있었다.

"이분은 우리 클럽의 사장님이십니다."

"베타라고 편하게……."

남자의 눈과 마주치자 하라는 어찌할 바를 몰라 했고 놀란 건 남자도 마찬가지인 것 같았다. 이게 무슨 운명인지 도저히 이해할 수가 없었다. 얼굴은 알 수가 없지만 금발의 남자라니, 하라는 이 상황에 나타난 이 사람이 궁금해지기 시작했다.

철컥!

인간들과의 인연은 클럽 에로스를 오픈하고부터 시작이 되었다. 인간은 귀찮은 존재들이었다. 다만 그걸 그들에게 티를 내면 사업을 운영하는 데 좋을 게 없었기 때문에 그는 직원들에게 그저 무뚝뚝한 사장 정도의 선을 항상 유지하고 있었다.

직원들이 그의 뒤통수를 치지 않는 이상 그는 차가운 본성을 드러내지는 않았다. 가끔은 그런 자신이 싫기는 했지만 말이다.

문고리를 돌리고 문을 여는 순간 베타의 얼굴 표정이 달라졌다. 그의 얼굴에 차가움 대신에 미소가 가득했다. 1000년의 세월을 살아오면서 그가 할 수 있는 건 자신을 속이는 능력을 가지게 됐다는 것이었다. 첫 아이의 얼굴과 그 아이를 맞이하는 부모처럼 그렇게 그들을 향해 따뜻한 미소를 지은 그였다.

"이분은 우리 클럽의 사장님이십니다."

그는 얼굴 전체가 잘 짓지 않는 미소를 띠며 그들을 사랑스럽게 바라보았다.

"베타라고 편하게……."

웃고 있던 그의 얼굴이 순식간에 굳어버렸다. 앞에 앉아 있는 여인이 에로스의 사무실에 있는 그림의 얼굴과 너무나 흡사하기 때문이었다. 물론 그림 속의 여인은 지금 그의 앞에 있는 여인의 미모는 따라갈 수 없지만 그는 직감적으로 그녀의 후손임을 느낄 수가 있었다. 어쩌면 이 긴 기다림의 끝에 이 여인이 있을 수도 있었다.

에로스가 관심을 두지 않아서 그가 지금의 후손까지 보았지만 이 여인은 처음 보았다. 큰딸이 아닌 것 같았다. 그는 주로 큰딸만을 꾸준히 관리하고 그들의 성장을 지켜보았기 때문이다. 하지만 진짜 그녀의 조상과 풍기는 느낌이 너무 닮아 베타는 너무 놀랐다.

밤마다 천상을 그리워하는 에로스의 모습이 그를 슬프게 했는데 이 여인이 어쩌면 세 번째 소원의 실마리를 잡고 있을 수도 있었다.

"사장님?"

엘리자베스의 부름에 그가 정신을 가다듬었다.

"아, 여러분들을 진심으로 환영합니다. 우리 클럽 에로스는 즐겁게 근무할 수 있는 곳입니다. 앞으로 잘 부탁드립니다."

그는 이렇게 간단하게 말을 하고는 엘리자베스에게 먼저 회식 장소로 가라고 말을 했다. 물론 회식 장소는 회사의 구내식당에 특별하게 마련된 룸이었다.

베타는 서둘러 에로스가 있는 사무실로 향했다. 제발 에로스가 그곳에 있기를 바라면서 말이다. 자유로운 에로스는 천상을 제외하고는 어디든지 가버렸다. 그러면 그를 찾아 헤매는 건 언제나 베타의 몫이었다.

벌컥!

"이제는 노크도 안 하나?"

오랜만에 머리를 풀고 있는 에로스의 모습이 눈에 들어왔다. 대부분은 묶고 있는데 이렇게 풀고 있으면 눈부시도록 하얀 날개를 달고 하늘을 나는 에로스의 본래 모습이 생각나는 베타였다.

하얀색을 좋아하는 에로스였지만 에로스가 감정을 조절하지 못해 빛을 뿜으면 흰색에 반사가 되어 눈도 제대로 뜨지 못하기 때문에 사무실만은 온통 블랙으로 꾸몄다. 거울도 모두 치웠고 반사가 되는 일체의 물건들이 그의 사무실뿐 아니라 건물 자체에도 거의 없었다.

몸에서 나오는 빛뿐만이 아니라 잘못하면 그의 날개가 거울에 비칠 수 있기 때문이었다. 하지만 아무리 가린다고 해도 그의 빛을 발하는 아름다움은 가릴 수가 없었다.

베타를 보는 에로스의 모습은 심장이 조일 만큼 아름다웠다. 하지만 겉으로 보여지는 아름다움과 그의 내면은 달랐다. 아름다운 얼굴 때문에 여린 성격이라고 생각한다면 그건 오산이었다. 에로스가 화가 날 때면 냉혈한에 가까운 베타조차도 꼬리를 내렸다.

"지금 식당에 가보셔야 합니다."

뜬금없는 그의 얘기에 에로스는 흥미가 없다는 듯 고개를 돌렸다.

"난 배고프지 않다."

인간의 형상일 때 에로스는 베타와 같이 인간의 말을 했다.

"그것이 아닙니다."

평소 냉철한 성격의 베타와는 다르게 서두르는 모습이 에로스의 흥미를 끄는 것 같았다.

"무슨 일이야?"

에로스가 묻자 베타는 사무실 한쪽에 자리한 초상화 액자를 가리키며 말했다.

"저 그림 속 여인의 자손이 오늘 이곳에……."

그의 말이 채 끝이 나기도 전에 에로스는 사라졌다. 벌써 구내식당으로 간 것 같았다. 베타 또한 에로스를 쫓아 구내식당으로 향했다.

쾅!

그가 갔을 때는 이미 한발 늦은 상태였다. 식당의 문이 거의 부서질 듯이 열리고 여인들의 비명 소리가 들렸다. 에로스의 눈이 그가 보았던 여인에게로 향해 있었다. 하지만 이상하게 그 여인은 에로스를 두려워하지 않았다.

그리고 아까 그를 보았던 두려움은 없지만 놀란 표정으로 에로스를 보고 있었다. 이건 에로스가 문을 부쉈기 때문에 그런 것이 아니었다. 여인에게는 뭔가가 있었다. 대체 그게 무엇이란 말인가?

에로스의 얼굴이 순간적으로 굳었다. 베타가 그에게 무엇을 말하고 싶었는지 알 수 있을 것 같았다. 그를 처음 본 사람들과는 아주 다른 반응을 여자는 보이고 있었다. 600년 전에 그를 구했던 용감한 그녀의 조상의 얼굴이 묘하게 겹쳐졌다.

그를 두려워하지 않았던 인간은 그를 살리기까지 했다. 그녀의 두 번째 소원 때문인지 그녀의 자손들은 너무나 아름다웠다. 하지만 지금 그의 앞에서 두 눈을 동그랗게 뜨고 있는 여인의 아름다움과는 비교조차 되지 않을 것 같았다. 아름다웠다. 그가 천상에서 보았던 그 어떤 여신의 아름다움보다 그녀의 아름다움이 더 컸다.

미의 여신인 그의 어머니조차 이 여인에게는 명함조차 내밀지 못할 것 같았다. 가슴이 따끔거리기 시작했다. 아름다움에 익숙한 그의 눈에 그녀가 세상에서 제일 아름답다는 생각이 들었다. 그의 눈에 콩깍지가 씌워진 건지 어떤 건지 알 수가 없었다. 마치 그의 화살을 맞은 것 같은 충격이 그에게 몰아치고 있었다. 그녀의 조상이 그에게 남긴 마지막 소원이 이루어질 것 같은 불길한 예감이 들었다.

그와 사랑을 나눌 여인을 600년이 흐른 지금 이렇게 만난 것이었다.

"회장님?"

엘리자베스가 그녀의 독특한 목소리로 그를 불렀다. 10년을 넘게 클럽 에로스에 근무를 하는 그녀였지만 지금 이토록 큰소리로 그를 부른 적은 없었다.

"회장님!"

"하하하, 내가 요즘 힘이 넘쳐 나는 것 같군."

문에서 뜯겨져 나간 손잡이가 그의 손에 잡혀 있었다.

"네, 그러신 것 같습니다."

"하하하, 우리 클럽에 온 걸 환영하네. 그럼 난 이만."

에로스는 억지웃음을 지으며 하얗게 질린 얼굴로 그를 보는 사람들을 뒤로한 채로 구내식당을 빠져나왔다. 그리고 그의 뒤를 베타가 따르고 있었다.

"말렸어야지."

그가 이상하게 그를 쳐다보는 직원들의 시선을 피하며 베타에게 낮은 소리로 질책했다.

"너무 빠르셔서……."

"그래도."

"죄송합니다."

"후, 아니다. 다 내 잘못이다."

에로스는 깊은 한숨을 내쉬었다. 그들이 그만둘 때는 기억을 사라지게 하는 약을 아주 많이 먹여야겠다는 생각을 했다.

"이상했지?"

에로스가 다시 베타에게 물었다.

"아주 이상했습니다."

에로스는 고개를 가로저었다. 그리고 커다란 자신의 사무실로 베타와 함께 들어갔다. 그리고 그의 사무실에 걸린 여인의 초상화를 멍하게 바라보았다.

"확실히 때가 온 것 같아. 600년을 하루같이 기다렸는데 드디어 진짜 마지막 소원을 들어줄 수 있을 것 같군."

그가 여인의 얼굴을 멍하게 보았다.

"나를 너무 오랫동안 기다리게 했다. 네 마지막 소원을 들어줄 때가 된 것 같구나. 이제 그때가 온 것 같아."

그의 입가에 옅은 미소가 걸렸다.

숟가락을 든 채로 하라는 멍하게 있었다. 방금 그녀는 꿈속의 금발 머리를 또 보았다. 첫 번째와는 확실하게 다른 무언가가 더 있는 남자였다. 꿈속의 금발과 거의 똑같은 황금색이었고 그리고 힘도 무식하게 셌다. 그리고 첫 번째 남자를 봤을 때와는 달리 가슴이 이상하게 따끔거렸다.

하지만 세 번째 금발이 올지도 모른다는 생각이 들자 이번에는 청심환이라도 꼭 갖고 다녀야겠다는 생각이 들었다.

"하라 씨, 밥 먹어요."

"아? 네."

식사를 마치고 집으로 돌아오는 내내 하라는 머릿속이 아주 복잡했다. 그녀는 실장님의 차에 오르자마자 눈을 감았다. 효은이 말을 시키면 생각을 할 수 없기 때문이었다.

"오늘 피곤했나 봐요."

그들의 말은 이미 그녀의 귀에 들리지 않았다. 그리고 그녀는 생각에 잠겼다. 꿈속의 남자와 오늘 본 금발 머리의 남자들 사이에 관계를 말이다. 꿈이 예지몽일 수도 있었다. 그리고 오늘 그녀는 꿈속의 남자일지도 모르는 두 명의 남자를 만났다.

예지몽일 바에는 얼굴을 보여줘야지, 금발뿐이라니. 세상에 금발이 얼마나 많은데……. 진짜 급 좌절이었다.

그녀가 이렇게 꿈에 집착하는 이유가 있었다. 꿈의 내용도 그러했지만 그녀의 집안에 대대로 내려오는 세 가지 소원의 이야기 때문이었다. 이 이야기는 우리나라의 미인대회가 생긴 이래로 계속해서 진을 배출할 정도의 미모를 가진 그녀 집안의 신화 같은 이야기였다.

항상 그 이야기가 사실이기를 바랐다. 그럼 아직 이루어지지 않은 세 번째 소원을 그녀가 이룰 수도 있었기 때문이었다.

아직 그 소원이 이루어지지 않은 이유는 날개가 달린 금발에 푸른 눈을 가진 남자와 사랑에 빠진 조상의 이야기를 듣지 못했기 때문이었다. 날개는 없더라도 금발에 푸른 눈도 아직 없었다. 그렇다면 세 가지는 충족을 못해도 어쩌면 부자에 금발에 푸른 눈을 가진 남자와 진실한 완벽한 사랑을 할 수도 있었다.

일단은 조건이 되는 두 명을 오늘 만났다.

그림과 함께 이야기 형식의 책이 대대로 집안 장녀에게 물려 내려왔다. 하지만 웃긴 건 책의 어디에도 장녀여만 한다는 말은 없었다. 그러므로 그녀도 해당이 될 수 있는 것이었다.

이렇게 집착을 하는 건 부자에 잘생긴 남편이 오직 나만을 사랑한다는 좋은 얘기니까 싫을 리가 없었다. 그리고 그녀는 언니들은 꾸지 않는 꿈을 몇 년이나 꾸었다.

엄마가 장녀였기 때문에 그녀는 언문으로 된 책을 읽을 수 있었다. 아니, 읽지 않더라도 자라는 내내 엄마가 수도 없이 해준 이야기였다. 날개달린 하늘의 천사와 조상의 이야기 말이다. 그 이야기를 들으면서 언제나 그녀는 그 세 번째 소원의 주인공이 되고 싶었다. 너무 환상적인 이야기니까 말이다.

그리고 그녀는 책 속의 금발의 천사를 상상하곤 했다. 너무나 신비로웠다는 조상의 말 때문에 그녀는 언제나 그 금발의 천사가 보고 싶었다.

어릴 때 잠을 잘 때면 엄마가 언제나 들려주던 단골 얘기였다. 이야기는 아주 오랜 옛날이 시작이었다. 이야기를 들려주던 엄마의 목소리가 떠올랐다.

"옛날 옛날에……."

600년 전.

개경에 어진 왕만큼이나 백성들에게 추앙을 받는 관찰사가 있었으니 그의 이름은 김영이었다. 보릿고개가 들면 굶주린 백성들에게 자신의 곳간 문을 열어주었고 아첨하는 수령과 향리들은 가

차 없이 벌하기로도 유명했다.

그의 선행은 임금의 귀에까지 들어가 임금의 총애를 한 몸에 받는 인물이었다. 그러나 그는 겸손하여 누구에게도 자신의 업을 드러내지 않았다. 그는 어진 관리였고 집안에서는 자상한 남편이자 아비였다.

육 척이 넘는 키에 사내다운 풍모는 그가 행차를 하는 곳곳에서 여심을 사로잡을 정도였고 그의 부인 안씨 또한 지아비에 견주어 손색이 없을 만큼 곱디고운 외모였다.

남부러울 것 없이 다 가진 그에게도 걱정거리가 하나 있었으니 그것은 다름 아닌 그의 무남독녀 김은수였다. 아들 없이 딸 하나인데 눈에 넣어도 안 아플 만큼 그에게는 소중한 아이였지만, 아비를 닮아 육 척에 가까운 키와 떡 벌어진 어깨하며 남자들보다 힘이 좋아 소도 한 방에 때려눕히고, 거기에 다루지 못하는 무기가 없으며 학문까지 뛰어나니 여자로서 좋을 게 한 가지도 없기에 그의 근심이 이만저만이 아니었다.

아들로 태어났으면 이 같은 걱정도 없으련만 혼기가 꽉 찬 은수에겐 아직 혼처가 한곳도 들어오지 않았다. 여자 나이 스물이면 가난한 촌부의 딸이라도 시집을 가고도 남을 나이인데 천하를 호령하는 김영의 딸에게 아직 이렇다 할 혼처가 나타나지 않으니 그의 속은 날마다 타들어가고 있었다.

탁! 타닥!

그의 이런 마음을 아는지 모르는지 별당 뒷마당에서 목검을 들고 열심히 수련 중인 딸을 보며 김영은 깊은 한숨을 쉬었다.

"허허, 어찌 저런……."

"대감, 너무 심려치 마시어요. 이제 은수도 나이가 찼으니 나아지지 않겠습니까?"

"지금 저게 나아지는 걸로 보이시오?"

"……."

부인 안씨의 입에서도 작은 한숨이 새어 나왔다.

"내 이리는 더 못 참겠소."

"어쩌시게요?"

김영은 밤낮으로 고민 끝에 한 가지 결론에 이르렀다. 물론 그가 가장 싫어하는 결론이었지만 어쩔 수가 없었다. 태어나서 처음으로 그는 자신의 권력을 이용하기로 마음먹었다. 딸아이를 처녀귀신으로 늙게 하느니 자신의 자존심을 잠시 접어두기로 한 그였다.

그의 묘책은 그녀의 여식을 평소 그의 말이라면 목숨이라도 내놓을 것 같은 수령의 아들과 연을 맺어주는 것이었다. 같은 남자로서 너무나 미안했지만 이건 어쩔 수가 없는 선택이었다. 단오날이면 많은 여인들이 자유로이 밖으로 나가 자신의 짝을 찾는 걸 아는 그는 그의 딸을 한적한 냇가로 보내 수령의 아들과 만나게 할 생각이었다.

수령에게는 아들에게 무슨 수를 써서라도 딸아이의 옷을 훔치게 하라고 말을 해놓은 그였다. 그리고 드디어 단오날, 그는 딸아이를 한적한 산으로 보냈다.

"우리가 잘하는 걸까요?"

"방법이 없지 않소? 저러다가 딸자식 처녀귀신 만들기 딱이지."

여종 하나 없이 숲속의 냇가로 보내는 게 걱정이긴 했지만 그것보다 딸의 무예 실력이 남달라 혹시나 예비사위가 다치지나 않을까 더 걱정이 되는 그였다. 여자 옷을 남자에게 입혀놓은 것 같은 딸의 뒷모습을 보며 김영은 한숨이 절로 나왔다.

"다녀오겠습니다."

걱정 어린 시선의 부모님의 표정과는 달리 은수는 무덤덤한 표정으로 집을 나섰다. 단오날이라서 그런지 집 앞의 모든 곳이 잔치 분위기였다. 들뜬 표정의 여인들이 가리개를 뒤집어쓰고는 이곳저곳을 기웃거리며 남정네들에게 추파를 던지고 있었다.

은수와는 정말로 맞지 않는 게 단오날이었다. 은수는 남자에 관심이 없었다. 그녀가 처음부터 그런 것은 아니었다. 하지만 그녀의 키가 머슴들보다 더 클 때쯤엔 포기를 한 상태였다. 아무도 덩치가 산만 하고 어머니처럼 어여쁘지 않은 그녀를 마음에 두지 않았다.

그녀는 더욱 학문에 파고들었고 무예에 더 전념을 했다. 그리고 점점 남자란 존재를 멀리하기 시작했다. 하지만 그녀의 마음에 상처가 없는 것은 아니었다.

은수는 다리에 자꾸만 감기는 고운 비단치마를 내려다보았다. 아버지의 말씀이라 거역하기 힘이 들어 평소 즐겨 입던 남정네의 복장이 아닌 치마저고리를 걸치고 있자니 여간 불편한 것이 아니었다.

"그깟 혼인 안 하면 뭐가 어때서."

산길에 접어들자 은수는 치마를 들어 올리고 걷기 시작했다. 이제야 조금 걷기가 편하였다. 어젯밤 욕조에 향을 가득 품은 꽃들을 채우고 그녀를 억지로 들어가게 한 후에 어머니는 신신당부를 하셨다.

"은수야, 어미의 소원은 네가 행복한 가정을 이루는 것이지 남정네들처럼 칼을 휘두르는 것이 아니란다."

어머니의 말은 이해하지만 세상에 그녀의 짝은 없었다. 어떤 남자가 자신보다 큰 덩치에 문무가 뛰어난 여인을 아내로 맞이하겠는가? 그녀는 자신에 대해 너무 잘 알았다.

오늘 그녀는 자신이 왜 이곳에 온 줄 알고 있었다. 그리고 그녀의 배필로 점지해 준 남자가 누구인지도 알았다. 이곳의 수령 아들인 박영복이라는 남자였다. 그의 풍채는 그녀보다 컸고 외모 또한 멋진 남자였다. 하지만 소문에 그는 연모하는 여인이 따로 있다고 들었다.

오늘은 그냥 아버지의 뜻에 따라 나온 것이라고 스스로에게 최면을 걸기도 했지만 속으로는 그가 궁금했다.

사각사각.

나뭇잎과 흙 밟는 소리가 조용한 산중을 울리고 있었다. 뒷산이라 하여 가벼이 여길 산이 아니었다. 그들이 뒷산이라 칭한 이곳은 개경의 명산인 송악산이었다. 산세가 험하기로 치면 이곳은 금강산에 버금가는 곳이었다.

아버지는 딸이 다른 사람들의 눈에 띄일까 이곳을 택한 것이었다. 태어나서 처음으로 그녀는 계곡에서 멱을 감게 되었다. 그녀가 향하는 곳은 아주 깊은 산중은 아니나 사람의 발길이 드문 곳이었다.

사각사각.

여전히 들리는 건 숲의 소리와 그녀의 발자국 소리뿐이었다. 불빛 하나 없는 산을 오로지 달빛에 의지하여 걷고 있는 은수였다. 사람은 무섭지 않으나 요즘 한창 호랑이와 산짐승들이 나타나 사람을 해한다는 소리를 들은지라 은수의 눈이 바쁘게 움직이고 있었다.

"저기 있군."

그녀의 눈에 작은 폭포가 보였다. 그녀가 갈 계곡이 그리 멀지 않은 곳에 있었다. 빠르게 발걸음을 옮긴 은수는 도착하자 계곡의 맑은 소리와 산뜻한 기운에 그곳에 온 이유도 잠시 잊고 바위에 앉았다. 그리고 눈앞에 펼쳐진 자연의 기적에 그녀는 빠져들고 있었다.

푸드덕.

짐승의 날갯짓 소리에 은수는 소리 나는 쪽으로 빠르게 고개를 돌렸다. 작은 새의 날갯짓 소리가 아니었다. 뭔지는 모르겠으나 굉장히 커다란 동물의 소리 같았다.

은수는 몸을 일으켜 봇짐 안의 단검을 뽑아 들었다. 무슨 일이 생길지 몰라 챙기긴 했는데 잘한 것 같았다. 은수는 조심스레 주변을 살피며 소리가 들렸던 쪽으로 한 걸음씩 조심스럽게 몸을 움직였다.

푸드덕.

또 한 번 소리가 들렸다. 그리고 소리는 조금 전보다 훨씬 가까운 곳에서 들렸다. 은수는 순간 자신의 눈을 의심했다. 뭔가 밝은 빛이 소리가 들리는 쪽에서 났다. 갑자기 두려운 생각이 들었다. 혹시나 사람을 현혹해서 이리저리 끌고 다닌다는 도깨비불이 아닌가 하는 생각이 들었다.

불빛처럼 붉게 타오르는 것이 아니라 흰색의 밝은 빛이었다. 마치 낮의 햇빛과 비슷한 느낌이었다. 두려웠지만 은수의 발길은 멈추지 않았다. 몹쓸 호기심에 그녀는 멈출 수가 없었다. 그리고 소리가 나는 그것과 은수 사이에는 이름 모를 작은 나무가 전부였다.

그녀는 나무를 살짝 젖히고 나무 뒤의 것을 훔쳐보았다. 그리고는 그 자리에 그대로 얼어붙었다.

푸드덕 푸드덕.

그곳에는 망측하게도 옷을 벗고 있는 남자가 그녀를 쏘아보고 있었다. 아주 경계 어린 표정의 그것은 보통 남자보다 훨씬 컸고 믿기 어렵지만 눈보다도 하얀 날개를 등에 달고 있었다. 머리카락은 금빛이었고 그녀보다 길었다.

표정은 험악했지만 이상하게 그녀를 해칠 것 같지는 않았다. 그리고 지금 그것은 날개가 올무에 감겨 있어서 꼼짝을 할 수가 없었고 어깨에 화살이 박혀 있었다. 그것의 어깨에 박혀 있는 화살 또한 범상치 않았다.

"사람이냐? 귀신이냐?"

"……."

앞에 있는 그것의 표정이 묘하게 변하고 있었지만 아까의 경계하는 표정과는 달랐다. 푸른 눈을 가진 그것은 참으로 아름다웠다. 그녀와 생김은 달랐지만 그녀가 보았던 그 어떤 것보다 아름다웠다.

끼이익!

이상한 소리가 하늘에서 났다. 그러자 그것이 몸을 웅크렸다. 순간 은수는 그것에게서 나오는 빛을 막아야겠다는 생각이 들었다. 그래서 자신의 치마를 벗어 그것에게 덮었다. 그리고 자신의 봇짐을 가져와 또 하나의 치마로 그것을 덮었다.

그러자 그 빛이 조금은 가려졌다. 그리고 숲속에 있으니 하늘에서 그들을 발견하기는 쉽지 않을 것 같았다.

끼이익!

소리가 나는 하늘을 자세히 보자 집채만 한 커다란 검은 새가 날고 있었다. 그녀의 앞에 있는 것보다는 위에 있는 것이 위험해 보였다.

한참이 지나자 하늘 위에서 소리가 나지 않았다. 그녀는 그제야 앞의 아름다운 것이 그녀를 험악하게 본 것이 아니라 고통으로 인해 얼굴이 일그러졌다는 것을 알았다. 아무리 보아도 사람은 아니었다. 은수는 용기를 내어 그의 몸을 덮은 그녀의 치마를 치웠다.

그러자 그것의 몸에서 나는 빛 때문에 불을 켜지 않아도 상처의 정도가 눈에 훤히 보였다. 아까 보았던 요상하게 생긴 활에서 피가 조금씩 새어 나오고 있었다.

"사람인지 뭔지는 모르겠으나 이걸 뽑지 않으면 안 될 것 같아."

말이 끝이 나기가 무섭게 은수는 그것의 가슴에 꽂힌 활을 두 손으로 쥐고는 있는 힘껏 빼내었다.

"윽!"

파박!

은수는 활을 뽑아 쥔 채 그것으로부터 상당히 멀리 떨어져 날아갔다. 아마도 활을 뽑는 고통으로 인해 그것이 그녀를 튕겨낸 것 같았다. 힘이 무척이나 센 그 무언가 때문에 은수는 나무에 등을 부딪쳐 숨조차 쉴 수가 없었다.

하지만 정신을 차리고 다시 그것이 있는 곳으로 향했다. 피를 흘리고 있는 그것이 그녀를 보았다.

"피를 멈추게 해야 해. 나에게 피를 멈추게 할 약초가 있어. 이건 사람에게 쓰는 것이긴 하지만 너의 피도 붉은색이니 잘 들을 거야."

어디서 이런 용기가 생기는 것인지 몰라도 그녀의 속에서 자꾸만 앞에 있는 이상한 것을 도와야 한다고 말을 하고 있는 것 같았다.

"괜찮을 거야."

그녀는 계곡물에 마른 천을 적셔 그것의 어깨에 흐르는 피를 닦아내고 봇짐 안에서 종이에 싼 와송가루를 꺼내서 그것의 어깨에 뿌렸다.

"와송가루는 피를 멈추게 하고 독을 제거하는 데 특효약이야."

그리고 자신의 치마를 찢어 그것의 어깨를 감쌌다.

"됐다."

그리고 그것의 날개를 감싸고 있는 금빛 올무를 풀어주었다.

"조금 있으면 괜찮아질 거야. 당장 날 수는 없지만 깊은 산속으로는 걸어 들어가 당분간은 숨어 지낼 수 있어. 뭘 먹고 살지? 알아야 줄 수 있을 텐데…….”

은수는 지금 그녀 앞의 아름다운 것에 매료가 되어버렸다. 언제 또 볼 수 있을까? 참으로 묘한 인간, 아니, 짐승이었다.

『나를 왜 도와준 것이냐?』

“어? 말을…….”

하지만 지금 그녀 앞의 그것은 입을 움직이지 않았다. 그것은 그녀의 머릿속에 들어와 말을 하고 있었다.

“그러니까. 다쳤으니까요. 그냥 지나칠 수가 없어서…….”

『그게 다인 것이냐?』

은수는 자신의 눈앞에 펼쳐진 광경에 입을 다물지 못하고 있었다. 눈처럼 하얀 날개가 그녀의 앞에서 쫙 하고 펼쳐지니 양쪽으로 그 크기가 칠 척은 되어 보였고 그 날개의 빛이 낮과 같았다. 그리고 아무것도 걸치지 않은 그의 몸은 백옥과도 같이 흰색이었지만 몸의 근육 하나하나는 무사와 같았다.

은수는 넋을 그를 보았다. 옷을 입지 않은 남자는 처음 보았으나 왠지 거부감이 들지는 않았다.

『사랑을 주관하는 나 에로스에게 인간이여 바라는 것이 있는가?』

처음 듣는 말이었다. 에로스가 무엇인가? 저승사자나 선녀, 산신은 알지만 처음 듣는 말이었다. 다만 그가 사람이 아니라 그녀가 알지 못하는 큰 영적인 존재라서 무언가 그녀의 소원을 들어준다는 말인 것 같았다.

"저는……."

『말하라. 세 가지 그대의 소원을 들어줄 것이다.』

갑작스러운 일에 은수는 무언가로 머리를 맞은 듯 멍했다. 아마 아까 나무에 부딪친 이유인 것 같았다. 그게 아니라면 지금 그녀의 눈앞에 펼쳐진 믿기지 않는 일에 머리가 멈춰 버린 것 같았다.

그가 빨려 들어갈 것 같은 바다색의 눈으로 그녀를 쳐다봤다. 그 눈빛은 분노라기보다는 고마움이 가득했다. 그녀가 자기 편한 대로 느끼는 것인지도 몰랐지만 말이다.

『시간이 없다. 누군가 오고 있구나.』

그녀를 보러 수령의 아들이 오는 모양이었다. 지금 그녀의 앞에 있는 무언가가 신이라면 지금 그녀는 천금과도 같은 기회를 잡은 것이었다. 마치 어릴 때 어머니가 들려주셨던 금도끼 은도끼 같은 이야기가 그녀에게 현실로 일어난 것이었다.

"저는 첫째로 지금 저를 만나러 오는 분이 저를 사랑하여 아내로 맞이하기를 원합니다."

그녀의 말에 앞에 있는 아름다운 신이 미소를 지었다.

"두 번째로는 앞으로 세상에 나오는 저의 핏줄 중에 딸들은 모든 이들이 우러르는 아름다운 딸들이 태어나기를 바랍니다."

『좋다. 그리고 마지막으로는 무엇을 원하느냐? 그가 가까이 왔구나.』

은수는 그의 앞에 있는 이런 아름다운 신의 은애를 받는다면 얼마나 좋을까, 라는 생각이 들었다. 하지만 그건 그녀가 감당할 수 없을 것 같았다.

"마지막으로 제 후대에 당신과 완벽하고 아름다운 사랑에 빠질 아이가 나왔으면 합니다."

『무어라?』

그도 그녀의 소원에 놀란 것 같았다.

"이것이 저의 소원의 끝입니다."

『이 산을 금으로 바꿔달라고 해도 바꿔줄 것이다. 이 나라를 달라 하면 너에게 줄 것이다. 세 번째 소원은…….』

"꼭 이루어졌으면 합니다. 무엇을 바라고 한 일은 아니지만 말입니다."

그가 은수에게 미묘한 표정을 지었다.

『신과의 사랑은 꼭 행복하다 말할 수 없다. 그래도 좋으냐?』

"누구나 경험할 수 있는 일이 아닙니다. 그리고 당신이 저의 후손과 만나 사랑에 빠진다면 오늘의 일을 기억하게 되길 바랍니다. 미천한 여인이 당신을 도왔다는 것을 말입니다."

『알았다. 인간이여 너의 소원은 이루어질 것이다.』

그가 날개를 펴더니 어두움 속으로 사라졌다. 꿈같은 일이었다. 하늘을 멍하게 바라보고 있는데 누군가 올라오는 소리가 들렸다. 그녀는 아까 신에게 치마를 덮어씌우느라 자신이 지금 치마를 벗고 있다는 걸 잊어버리고 있었다.

『여인이여, 옷을 벗고 물속으로 들어가라. 달빛이 너의 추함을 아름다움으로 바뀌게 할 것이다.』

발소리가 바로 근처까지 가까워지자 은수는 저고리마저 벗고는 물속으로 뛰어들었다. 차가운 물이 어지러운 정신을 맑게 하고 있었다. 그리고 날개가 달린 이도 사라졌다.

"꿈인가?"

이렇게 생각을 하지 헛웃음이 나왔다. 그래, 현실일 리가 없었다. 아니, 진짜 꿈인지도 몰랐다. 너무나 현실적인 꿈 말이다.

"내가 요즘 수행을 너무 열심히 해서 그런지 헛것을 보았나 보다. 하하하."

웃음이 나왔다. 은수는 몸을 물 위로 띄우고는 하늘을 쳐다보았다. 밤하늘은 아무 일도 없는 듯 수많은 별들이 아름답게 빛나고 있었다. 조금 전 발소리의 주인이 그녀를 바라보고 있다는 것도 잊은 채 말이다.

"하늘을 바라보는 그대는 정녕 사람이오?"

낮은 저음의 목소리가 계곡의 소리를 뚫고 그녀의 귓가에 울렸다. 이 목소리는 분명 수령의 아들이었다. 은수는 황급히 몸을 물속에 담갔다.

"놀라지 마시오. 내가 잘못했소."

"……."

남자는 쩔쩔매며 그녀가 혹시나 달아날까 전전긍긍하고 있었다.

"내가 태어나서 이토록 아름다운 여인을 본 적이 없어서……."

남자의 목소리가 심하게 떨렸다.

"당신이 김영 대감의 여식 은수 낭자가 맞소?"

그녀가 조심스레 고개를 끄덕였다.

"어찌 나에게 이런 행운이 있을 수 있단 말이오. 첫눈에 나의 배필을 찾을 수 있다니 나 같은 복 받은 남자가 어디 또 있겠소."

은수는 이 상황에 웃음이 터질 것 같았다.

"내 이름은 아시오?"

은수가 고개를 저었다. 말을 하면 웃음을 멈추지 못할 것 같기 때문이었다.

"내 이름은 박영복이오. 기억해 주시오."

그가 갑자기 물속으로 들어와서 은수는 소스라치게 놀랐다.

"뭐 하는 짓입니까?"

"그대를 가까이 보고 싶소."

"아니 됩니다."

"부끄러워 마시오."

멀리 봐서 그녀를 아름답게 본 것일지도 몰랐다. 순간 자신감이 없어진 은수는 뒤로 물러나기 시작했다. 하지만 그녀보다 남자의 동작이 빨랐다. 그가 물속에서 그녀의 허리를 잡았다.

"이렇게 가는 허리를 가지고 어떻게 걸어다닐 수가 있단 말이오."

아무래도 남자가 제정신이 아닌 것 같았다. 그녀의 허리가 가늘

다니 지나가던 개가 웃을 말이었다.

"농도 잘하십니다."

"당신은 경대도 보지 않는단 말이오."

달빛에 비치는 그녀의 모습은 그대로였다. 하지만 남자의 눈빛은 사랑에 빠진 눈빛이었다. 참으로 묘한 일이었다. 아까의 꿈같은 일이 현실이 되고 있었다. 갑자기 남자가 그녀의 입술에 입을 맞추었다.

"미안하오. 하지만……."

그의 입술이 다시 그녀의 입술을 머금었다. 이것은 정말 신의 놀라운 능력이 아니고서는 그 답을 찾을 수가 없는 일이었다.

그날 이후 남자가 너무나 서두르는 바람에 그녀의 결혼은 빨리 이루어졌다. 이상한 건 그녀의 외모는 여전히 그대로였다. 하지만 신랑의 눈에는 그녀가 양귀비보다도 더 아름다워 보이는 것 같았다.

잘생긴 신랑 덕인지 아니면 그날의 소원 덕인지 그녀는 아름다운 첫째 딸을 얻었다. 놀라울 만큼 아름다운 딸아이는 그녀가 그날 보았던 신의 축복을 받고 태어나 모두들 아이의 신비로운 아름다움에 빠져들었다.

신은 그녀의 두 가지 소원을 들어주었다. 나머지 한 가지 소원이 이루어질지 알 수가 없으나 지금의 기적이 이루어진 걸로 봐서는 에로스라 자신을 말한 신은 그 약속을 지킬 것 같았다.

은수는 자신이 죽기 전에 자신의 믿어지지 않는 이야기를 작은 책에 기록해 후세에 전했다. 그리고 그녀는 자신의 초상화를 함께 남겼다. 후세에 자신의 모습을 남기고 싶었기 때문이었다. 자신의 있는 그대로의 모습을 남기고 싶었던 그녀의 마음이 들어 있었다.

"하라 씨!"

하라의 집 근처에 가까이 오자 효은이 그녀의 어깨를 살짝 흔들었다. 눈을 감고 있어서 그녀가 잔 줄 아는 모양이었다.

"오늘 좀 힘들었지?"

"아닙니다. 오늘 감사했습니다. 내일 뵙겠습니다."

하라는 차에서 내리자 뛰기 시작했다. 집에 오자마자 하라는 저녁 식사를 차리는 엄마에게 달려가서 그 책을 보여달라고 했다. 엄마는 언문으로 된 책과 할머니가 한글로 옮겨놓은 책을 신당에서 가져와 그녀에게 주었다.

하라는 말없이 그 책을 보았다.

"금발에 푸른 눈……."

오늘 본 사장과 회장이 그랬다. 그리고 회장을 본 순간 그녀는 가슴이 조여왔다. 이유는 알 수가 없었지만 왠지 꿈속의 남자와 연관이 있는 것 같았다. 아니, 여러 가지로 느낌이 비슷했다. 너무 몰아가는 경향이 있기는 했지만 말이다.

"왜, 세 번째 소원의 주인공이라도 되고 싶어?"

책을 뚫어지게 보고 있는 그녀를 향해 둘째 언니가 말을 했다.

"금발의 푸른 눈을 가진 신과의 사랑을 우리 가문의 여자들 중에 꿈꾸지 않았을 사람이 있었을까? 나중에는 다 아빠 같은 사람을 만나는 거야.”

“네 아빠가 어때서?”

듣고 있던 엄마가 발끈했다.

“알았어요. 두 분 금슬 좋은 거 다 알아요.”

하민 언니는 이렇게 말을 하며 냉장고에서 반찬들을 꺼냈다.

“밥 먹어.”

언니의 말에 하라는 보던 책을 덮고는 식탁으로 향했다. 집안 식구들은 식사 시간에는 될 수 있으면 같이 밥을 먹으려고 애를 썼다. 그게 엄마, 아빠가 그녀들에게 잔소리를 하는 유일한 시간이었고 하라나 언니들도 모두 부모님의 뜻을 따라 저녁식사 시간에 맞춰 집에 일찍 귀가를 했다.

하라도 회식을 하긴 했지만 회장의 갑작스런 등장 이후로 먹는 둥 마는 둥 해서 다시 저녁을 먹기로 했다.

모두가 식탁에 둘러앉아 아침과는 다르게 하루의 일과를 얘기하고 있었다. 하지만 하라의 머리는 여전히 집안의 전설에 향해 있었다. 집안의 여자들치고 누구 하나 이 이야기의 마지막 소원의 주인공이길 원하지 않은 사람은 아무도 없었다.

“근데 진짤까?”

둘째 하민이 밥을 먹다가 말고 하라를 보며 물었다.

“만약에 사실이라면 첫째인 나의 이야기가 아닐까?”

"워워, 언니는 상철이 오빠나 잘 간수하셔. 오빠가 금발에 파란 눈은 아니잖아."

하은이 언니는 오래된 연인이 있었다. 그건 하민이 언니도 마찬가지였다.

"내가 보기에는 성우 오빠도 금발에 파란 눈은 아니지."

"그럼 우리 하라가 유력한 후보인가?"

모두가 웃으며 하라를 바라보았다.

"……."

하라는 말없이 밥숟가락을 들었다.

"너 왜 갑자기 센치한 표정을 짓고 그러냐? 안 어울리게."

둘째 언니의 말에도 하라는 반응을 하지 않았다.

"엄마, 쟤 왜 저래?"

"가만히 놔둬. 오늘 첫 출근해서 힘들어서 그럴 거야."

"힘든데 웬 책?"

모두의 말에도 하라는 한마디 대꾸도 하지 않았다. 그녀의 머릿속에는 클럽 에로스의 회장과 사장의 얼굴만이 떠오르고 있었다.

"왜 하필 둘 다……."

"어? 둘 다 뭐?"

그녀의 혼잣말을 하민이 잘랐다.

"아니야."

"아니긴, 내가 널 몰라? 빨리 말해."

모두의 시선이 그녀에게 쏠려 있었다.

"오늘 회사에 가보니까, 회장님하고 사장님이 모두 푸른 눈의 금발이었어."

"대박. 그런데?"

"그렇다고. 별다른 건 없고."

"그래서 오자마자 엄마에게 책을 달라고 한 거야?"

"응."

"하긴 나라도 그렇게 생각할 거야. 진짜 사실이라면 완전 낭만적이다."

평소 감수성이 예민한 하민은 밥숟가락을 놓고는 자신의 양손을 잡고 얼굴에 가져다 댔다.

"자자, 다들 너무 그 이야기에 신경 쓰지 말고 밥이나 먹읍시다. 지금은 21세기라고."

"아빠!"

딸들의 반격에 아빠는 더 이상 아무 말도 하지 않았다.

밥을 먹은 후에 하라는 다시 신당으로 가서 평소에 신경을 쓰지 않았던 할머니의 할머니 초상화 앞에 섰다.

"할머니, 진짜예요?"

초상화 속의 조상님은 말없이 그녀를 쳐다볼 뿐이었다.

2. 클럽 에로스

오늘도 검은색 벤츠에 몸을 싣고 출근을 했다. 아직 이 커다란 건물 안에서 그녀가 무엇을 해야 하는지 알지 못했다. 출근 첫날인 어제 그녀가 교육받은 것이라고는 철저한 보안이 전부였다.

3주간의 교육이라는데 과연 보안을 제외하고 무엇을 배울 수 있을지 그녀는 알지 못했다. 다만 오늘은 다른 걸 좀 배웠으면 하는 마음으로 회사 안으로 들어갔다.

"효은 선배는 정확하게 무슨 일을 하시는 거예요?"

운전을 하고 있는 실장의 눈치를 보며 하라가 옆에 있는 효은에게 작은 소리로 물었다.

"나는 바디라인을 잡아주는 일을 해."

효은도 실장의 눈치를 보며 작게 말했다. 아마 자신이 무슨 일을 하는지도 말하면 안 되는 모양이었다. 뭔 놈의 보안이 사람의 숨통을 조이고 있었다.

"마사지가 아니고요?"

"마사지 맞아. 경락 같은 거라고 생각하면 돼."

"저도 그런 일을 할까요?"

"그야 모르지. 하라 씨는 워낙에 예쁘니까. 러브메이커 팀에 갈지도 몰라."

"러브메이커요?"

"응, 거기가 월급이 더 세."

"진짜요? 뭐 하는 건데요?"

효은은 어깨를 으쓱여 보였다.

"몰라, 우리는 그저 우리 일만 하면 돼. 남의 일까지 관심을 가질 필요 없어. 그리고 우리 앞의 실장님이 러브메이커 팀 실장님이야."

"다들 시끄러워요."

"……."

실장의 한마디에 모두들 입을 다물었다.

신입사원 연수실로 들어간 하라는 어제와 다른 분위기에 조금은 놀랐다. 같이 들어온 신입사원들의 자세가 어제와 다르게 기합이 바짝 들어가 있었다.

"현지 씨, 무슨 일 있었어?"

"아니, 다들 어제 보안 훈련 때문에 신경이 쓰이나 봐."

다들 취업을 했으니 열심히 하고 싶은 모양이었다. 그녀도 정신을 차리고 오늘 수업에 임해야겠다고 생각하며 마음을 다잡았다.

어제 온 엘리자베스 실장과 그녀를 마침마다 데려다주는 실장이 그들 앞에 서 있었다.

"안녕하세요. 저는 러브메이커 팀 실장 조옥희입니다."

이름이 촌스러워서 말을 안 한 것 같았다. 저렇게 세련된 외모에 옥희는 너무 어울리지 않았다.

"오늘은 여러분들이 이제 앞으로 일을 하게 될 부서에서 기초 교육을 받게 될 예정입니다. 김현지 씨, 최수혁 씨는 바디메이커로 엘리자베스 킴 실장님께 가시면 되고 박하라 씨, 유지민 씨는 저와 함께 가시면 됩니다."

"네."

그들은 인사를 나눌 틈도 없이 두 팀으로 나뉘어졌다.

"조 실장님, 저희는 뭘 하는 겁니까? 마사지는 안 하나요?"

"……."

그녀는 하라의 질문을 완전히 무시하고는 앞장서서 걸었다. 항상 느끼는 거지만 차가운 건지 싸가지가 없는 건지 도통 알 수가 없었다. 일단은 몇 번 보지 않은 사람을 뭐라고 단정하기 그래서 하라는 입술을 깨물며 참았다.

그들이 조 실장을 따라 도착한 곳은 건물의 2층이었다. 어제 머물렀던 1층과 지하와는 다른 분위기였다. 이곳은 진짜 호텔의 복도 같았다. 그리고 호텔처럼 201호라는 호수가 쓰여 있었다. 201호의 문을 열고 들어가자 침대와 의자가 있었다. 침대를 중심으로 4개의 의자가 앞에 있었다.

"이게 뭐죠?"

방 안에 들어가자마자 설문지를 그녀에게 내미는 실장이었다.

"질문은 종이에 가득한데 나한테 굳이 할 필요가 있을까요?"

이렇게 말을 하며 볼펜을 하라에게 건넸다. 하라는 볼펜을 받아 들고는 준비된 의자에 앉아서 질문을 읽기 시작했다. 그리고 자신의 눈을 의심했다.

"첫 경험은 언제입니까?"

지민이 기가 막힌지 소리 내서 질문의 내용을 읽었다.

"네, 답을 쓰면 돼요."

조 실장의 반응은 차가웠다.

"제가 이런 걸 왜 써야 하는지 모르겠어요."

"그건 면접부터 지금까지 뭐든지 하겠다는 서류에 사인을 한 것과 아주 깊은 관계가 있죠. 당신들은 왜 그렇게 높은 연봉을 받는다고 생각을 하는 거죠?"

"그야……."

"한국대를 나와서 대기업에 들어가도 이 정도의 연봉은 받을 수가 없어요."

"……."

그녀의 말이 맞았다.

"뭐든 대가가 따르기 마련이죠. 이곳에서는 보안과 더불어 직장에서 하는 일과는 아주 다른 일을 합니다. 때로는 이곳의 고객들이 원하는 건 뭐든지 해야 하는 상황도 있죠."

"몸을 파는 일인가요?"

하라는 자기도 모르게 툭하고 내뱉고 말았다.

"아뇨. 우리는 고객들의 사랑의 행위를 지켜볼 뿐이죠. 그리고 그들에게 도움을 주는 것 이상의 일은 하지 않아요. 매춘을 생각한다면 그건 오해예요."

"이해가 가질 않아서 드리는 말씀이에요. 설문을 쓰는 건 얼마든지 할 수 있지만 아무것도 모른 채 일을 한다면 많이 당황할 것 같아서요. 그리고 정말 못 할 일이면 그만둘지 어떨지 생각을 해야 하지 않을까요?"

조 실장은 이렇게 말을 하는 하라를 말없이 바라보았다.

"좋아요. 여기는 아주 귀한 분들이 오는 곳으로 대부분 결혼 전에 와서 섹스 교육을 받는 곳이라고 보면 돼요."

입안이 갑자기 마르고 있었다. 섹스 교육이라니 믿을 수가 없었다.

"뭐 다들 자신들의 파트너와 오니까 우리가 그분들의 파트너가 된다는 생각은 하지 않아도 돼요."

여전히 조 실장은 침착하면서도 냉소적으로 말을 하고 있었다.

"분명히 우리는 말했어요. 평범한 일은 아니라고 보안을 요하는 일이라고도 했어요. 그건 바디메이킹을 하는 부서도 마찬가지예요. 서로의 성적인 만족을 위해 상대방이 원하는 스타일의 몸을 만들어주는 일이니까요. 물론 바디 쪽에서는 우리의 일을 정확하게는 알지 못해요."

"저는 못 하겠습니다."

지민이 자리를 털고 일어났다.

"알았어요. 그런데 이 방을 나가는 순간 약을 먹어야 해요."

"네?"

"그렇게만 하면 돼요. 어차피 지민 씨는 그렇게 깊게 알지 못하니까 오늘의 기억만 지우면 되는 일이에요."

"무슨 말씀이신지?"

"못 알아들었으면 그만 방에서 나가요. 교육에 방해되니까."

차갑다 못해 얼어붙을 것만 같았다.

"난 하라 씨가 그만둘 줄 알았는데 예상 밖이네요."

지민이 씩씩거리며 나간 후에 조 실장이 하라를 보며 말했다.

"무슨 약인가요?"

"우리를 기억하지 못하게 될 거예요."

"네?"

"약을 먹으면 며칠간의 기억이 완전하게 사라질 거예요. 그리고 더 많은 것을 알 때는 더한 일들이 기다리고 있죠."

"그럼 나중에 이곳을 그만둘 때는요?"

"우리는 이곳에서의 일들을 기억하지 못할 거예요."

조 실장은 확실하게 말을 맺었다. 그리고 그녀에게 설문지를 쓸 것을 요구했다. 하라는 한숨을 쉬며 약간의 거짓말을 했다. 왠지 처녀라고 하면 안 좋을 것 같다는 생각이 들어서 그녀는 남자와 첫 경험을 대학교 1학년 때로 썼고 그동안 다섯 명의 남자와 사귀고 성관계를 가졌다고 기록했다.

그 설문지를 본 조 실장의 얼굴에 처음으로 만족의 미소가 보였다.

"좋아요. 이러면 잡다한 설명을 하지 않아도 되니까 훨씬 수월하겠군요."

하라는 오늘부터 포르노를 찾아서 공부를 해야겠다는 생각이 들었다. 그래야 서투르게 보이지 않을 것 같았기 때문이었다. 솔직하게 아까 지민을 쫓아서 나가고 싶었지만 지금 하라는 회장과 사장의 정체를 아는 게 더 중요했다.

그들과 그녀의 꿈속의 남자와 무슨 관계가 있는지 알고 싶었다. 이런 마음에 확신이 생긴 건 어제 몇 년 만에 처음으로 그녀는 금발의 남자가 나타나는 꿈을 꾸지 않았기 때문이었다. 이곳의 두 남자와 자신의 꿈이 뭔가 관계가 있을 것만 같았다.

금발의 외국인들은 많았지만 이런 마음이 든 건 처음이었다. 뭐가 다른 것일까? 하라는 그게 궁금했다. 그래서 이곳을 그만둘 수가 없었다.

"하라 씨, 오늘은 저와 함께 각 방을 둘러볼 거예요. 각 방의 메이커님들에게 방해가 되지 않도록 조용히 있어야 합니다."

"네."

"혹시 낯이 익은 얼굴이 있다고 하더라도 놀라는 기색을 보여서는 안 됩니다."

"네."

낯이 익은 얼굴이란 무엇을 의미하는지 하라는 알 수가 없었지만 지금은 뭐든지 알았다고 하는 수밖에 없었다. 조 실장이 자리에서 일어나 바로 옆방으로 들어갔다. 아직 고객분이 오지 않으셨는지 그곳은 한창 세팅 중이었다.

"여기는 가장 첫 번째로 회원분들이 오시는 곳입니다. 이곳의 철칙은 절대로 혼자서는 올 수가 없다는 것입니다. 결혼을 전제로 만나는 분들이 우선순이지만 때로는 연인들이 오는 경우도 있습니다."

조 실장의 설명에 하라는 기계적으로 고개를 끄덕이고 있었다.

"5분 후에 회원님께서 오십니다."

그 방을 책임지고 있는 분이 그렇게 말을 하며 그녀에게 다가왔다.

"오셨습니까?"

"그래, 오늘 온 신입이야."

"안녕하십니까? 박하라입니다."

"안녕하세요. 저는 상담을 담당하고 있는 윤서우 메이커입니다."

상당히 큰 키의 여자였다. 170cm가 넘는 하라보다 한참은 더 큰 여자였다. 완벽한 모델 몸매의 서우는 여자가 봐도 멋있었다.

"여기 분들은 다 모델처럼 멋있으신가 봐요?"

그녀의 말에 서우가 웃었다.

"이곳의 이미지니까요. 이곳의 모든 여직원들은 다 아름답죠. 하라 씨도 상당한 미인이신데요."

서우는 상담사라 그런지 사람의 마음을 편하게 해주는 것 같았다. 누가 들어올지 몰랐지만 하라의 손에 땀이 가득했다. 이제부터 일어날 일들이 궁금하기도 하고 두렵기도 했다. 하라의 눈은 문으로 향해 있었다.

넓게 트인 하늘이 보고 싶을 때면 이렇게 날아오르곤 했다. 그가 날고 싶은 때 언제든지 그는 하늘을 날았다. 누구의 간섭도 받기 싫어하는 그였다. 그는 다른 잡다한 신들과는 달리 혼돈 가운데서 생겨났다.

물론 나중에 아프로디테와 아레스의 아들이 되기는 했지만 그는 제우스나 하데스처럼 혼돈 가운데 있었다. 그는 사랑의 신이기는 했지만 복수의 화신이기도 했다. 자유로운 신 중에 하나인 그였지만 지금은 꼭 그렇지만도 않았다.

그는 천상의 끝까지 날아오르고 싶었다. 하지만 지금은 할 수가 없었다. 그를 위해 만들어진 석상 위에서 곧바로 하늘로 오른 그는 인간세상의 모습 따위는 관심이 없었다. 다만 구름을 벗어나서 태양의 빛과 함께 있을 때 그는 편안한 마음을 느꼈다.

이렇게 하늘을 날 때면 가끔 태양의 신 아폴론이 생각났다. 600년 동안은 그가 이렇게 천상과 인간세상의 중간을 날고 있을 때는 나타나지도 않았다. 그의 눈에 띈다면 그를 가만히 두지 않을 것임을 알기 때문이었다.

슈웅!

빛의 속도로 그는 대기를 움직이고 있었다. 인간들이 그렇게 움직이는 그를 아주 가끔 카메라에 담을 때가 있었다. 그들이 담고 싶어서가 아니라 그가 우연히 찍힌 것이었다.

지난번에 하늘을 날다가 클럽으로 들어가는 모습이 찍혀서 유튜브에 떠돌고 있었다. 찍힌 그의 모습을 보고 사람들은 클럽 에로스에 관심을 갖기 시작했다.

그걸 올린 사람을 베타가 어떻게 찾았는지 찾아내서 깔끔하게 없애 버렸다. 그를 찍은 카메라도 그리고 그 카메라의 주인도 말이다.

빛의 수많은 색들이 그의 하얀 날개 위를 스치고 있었다. 이 얼마나 아름다운 색이던가? 마치 사랑을 나누고 절정을 느끼는 인간들의 표정과도 같은 색이었다.

한참을 날다 보니 그가 예전에 땅으로 떨어졌던 송악산 계곡에 도착했다. 이곳에 대한 기억이 그리 좋지는 않았지만 그래도 처음 이 땅에 그가 오게 된 계기였다.

이곳의 성적인 욕망의 에너지는 그가 주로 에너지를 얻었던 서양과는 많이 달랐다. 억제된 사랑이 이곳을 그가 찾지 않도록 만들고 있었다. 그래도 이곳도 600년의 세월을 거치며 아주 많이 변하고 있었다.

돈과 권력 그리고 섹스가 그가 원하는 아주 지극히 자극적인 에너지를 만들어내고 있었다. 그것이 솔직히 아가페적인 사랑의 에너지일 필요는 없었다. 보다 자극적인 에로스의 사랑을 그는 더 원했다.

나무의 내음이 그의 코를 즐겁게 했다. 요즘 서울의 공기는 그렇게 좋지 않았기 때문이었다. 그는 차가운 물가에 발을 살짝 넣었다. 그러자 이상하게 여인의 얼굴이 선명하게 그의 머리에 떠올랐다.

그리고 갑자기 그녀와 그가 정신없이 침대에서 정사를 나누는 모습이 보이기 시작했다. 그녀의 풍만한 가슴이 그의 손에 가득 담겨 있었다.

인간의 여인 중에 선택받은 특별한 여인만이 신들을 감당할 수 있었다. 그렇지 않고는 그의 손에 닿으면 한 줌의 재가 되는 것이었다. 그래서 인간의 여인과는 사랑을 나누지 않는 그였다. 자신의 몸과 맞는 여인을 찾고자 수많은 여인을 죽일 수는 없기 때문이었다.

그는 인간들이 사랑을 나누는 모습을 보는 게 더 좋았다. 그들의 사랑이 격할수록 그가 보는 재미가 더했다. 물론 에너지는 덤으로 그에게 왔다.

하지만 어제 그가 만났던 여인은 참으로 묘한 느낌이었다. 한 번도 이렇게 이상한 감정을 가져본 적이 없었다.

그는 다시 하늘을 날아올라 자신의 사무실로 향했다. 자신의 검은 대리석 책상에 앉아 수십 개의 모니터를 바라보았다. 그의 방 안에는 클럽 에로스 안의 모든 방이 보이는 수십 개의 모니터가 있었다.

그의 시선은 화면 안에 있는 어제의 여인에게 향해 있었다. 그리고 그는 그 화면을 점점 확대시켜 여인의 얼굴을 크게 만들었다. 주위를 둘러보며 낯선 환경에 어리둥절하고 있는 여인의 모습이 보였다.

똑똑!

그때였다. 눈치가 없는 베타가 그의 사무실 안으로 들어왔다. 1000년을 함께하면서 느낀 점이지만 참 눈치가 없었다. 잘생기지 않았다면 진작에 다른 신에게 보내 버렸을 것이다.

"에로스 님."

베타의 말에 에로스는 못마땅을 가득 담은 얼굴로 그를 쳐다봤다.

"오늘 한 명의 인간이 탈락했습니다."

"……."

"분부하신 대로 약을 먹였지만 기억을 다시 찾아서 처리했습니다."

"언제까지 그렇게 인간들을 죽일 셈이지? 한 번 더 약을 먹일 생각은 못하나?"

"우리의 신분이 노출이 되는 것보다는 나을 듯합니다. 인간들에게 우리의 존재가 알려지면 큰 혼란이 야기될 게 뻔하지 않습니까? 작은 희생은 불가피한 것입니다."

"그래? 그런데 요즘 무슨 안 좋은 일이라도 있나?"

"네?"

에로스는 연희와 베타의 일을 살짝 떠보았다.

"살이 좀 빠진 것 같기에. 나야 살이 빠진 너의 모습도 사랑한다마는……."

"걱정하실 일은 없습니다."

"그런가?"

"네."

"인간의 여인과는 사랑에 빠지지 마라. 그 여인이 너를 받아들일 수 있다면 모르겠지만 그렇지 않으면 죽는다는 걸 알고 있지 않느냐. 이는 무분별하게 인간의 여인들을 취함을 막기 위한 제우스의 뜻이다."

에로스가 베타를 살짝 떠보았다. 얼마나 그의 화살이 베타에게 영향을 미치는지 알아보고 싶은 마음이었다. 신들은 이렇게 인간이나 다른 신들을 두고 장난을 칠 때가 있었다.

이 법은 난봉꾼 제우스가 헤라의 성화에 못 이겨 만든 법이었다. 스스로 자신의 발목을 잡은 것이기도 했지만 인간 여인들의 아름다움에 맥을 못 추는 신들이 여러 여인들을 취하는 것을 막기 위한 법이기도 했다.

신들의 무분별한 성욕 때문에 인간과 신들의 전쟁도 많이 일어났었다. 그렇게 무분별한 소모전은 끝없이 이어졌고 결국 지금은 특별하게 신을 받아들이는 여인이 아니라면 모두 죽음을 당해야 했다.

멀쩡하게 살아 있는 신들에게도 여인에 대한 기억이 남아 있기 때문에 그 또한 고통의 시간이었다. 그런 일들을 경험해 본 후 신들은 점점 인간의 여인들을 멀리하기 시작했다. 이번에 베타에게 괜한 장난을 친 것 같았지만 때로는 그런 기억들이 인간을 배려하는 마음을 만들기도 했다.

"압니다."

자신의 화살에 맞은 베타가 안쓰럽기도 했지만 그는 보는 재미가 있었다. 베타의 아름다운 얼굴이 근심으로 그늘이 져 있었다. 살도 약간 빠진 듯 보였다.

"걱정거리가 있거든 나에게 말하라."

"없습니다."

고집이 쇠심줄 같은 녀석이었다. 그게 매력이긴 했지만 지금은 에로스 자신도 골칫거리가 있기 때문에 마냥 베타의 일에 재미를 느낄 수만은 없었다.

"어제 들어온 하라 씨 아닙니까?"

"네가 어찌 이름까지 아느냐?"

모니터 화면을 본 베타가 그녀에 대해 관심을 갖는 게 괜히 마음에 들지 않았다.

"클럽 에로스의 직원들은 그렇게 많은 인원이 아닙니다. 그리고 신입사원을 2년 만에 뽑았는데 이름도 모르면 안 되는 것 아닙니까?"

베타의 말이 맞았지만 그래도 에로스는 마음에 들지 않았다.

"에로스 님이야말로 하라 씨에게 관심이 있으신 것 아닙니까?"

"내가? 왜?"

"그렇지 않고서야 클로즈업 화면을 보실 이유가 없지 않습니까?"

"그게 아니라 저 여인과 지금 내 방에 걸려 있는 여인의 초상화가 비슷하다는 생각을 했기 때문이다."

베타의 표정이 굳었다.

"제 생각도 그렇습니다. 하라 씨가 더 아름답지만 뭔가 두 분이 아주 비슷합니다."

"그녀의 자손이라 그렇겠지."

에로스의 확신에 찬 말에 베타가 말을 했다.

"제가 정확하게 조사해 보겠습니다. 솔직히 전 후손들 중에 장녀들만 보았지 다른 딸들은 살피지 않았으니까요."

"그래도 너무 느낌이 비슷해."

"그렇다면 이번엔 그분일까요?"

"글쎄, 지켜보면 알 수 있겠지."

에로스는 한숨이 절로 나왔다. 뭐든 자신의 문제는 싫었다. 그는 그저 지켜보는 게 편했다.

"그런데 무슨 일이지?"

"이번에 새로 들어온 대영그룹의 아들이 회원으로는 자격에 부적합합니다."

"왜지?"

"이번에 러브라인의 실장과 부적절한 관계를 맺었습니다."

"누구지?"

"이연수 실장인데 지금 연락이 되지 않고 있습니다."

"사고가 터질 때가 됐지. 한참 잠잠했으니까. 내가 알아보도록 하지."

"네."

가끔씩 귀찮은 일들이 생겼다. 섹스 에너지는 그냥 생기는 것이 아니었다. 신들도 자신의 몫을 다해야 얻을 수 있는 것이었다. 제우스가 인간들의 기도의 힘으로 영생을 누리듯이 에로스 또한 인간의 성욕으로 영생을 누리는 것이었다.

에로스는 눈을 감고 연수가 있는 곳으로 이동했다. 어디든 그가 원하는 곳으로 갈 수가 있었다. 그건 신의 능력이기도 했다. 빛을 뚫고 나가자 그는 어떤 방 안에 들어와 있었다. 창문으로 보니 밝은 숲이었다.

재벌집 아들이다 보니 별장에 여자를 데리고 온 모양이었다. 현대적인 방이었다. 모두가 화이트 톤이었고 멋스러움이 방 안에 가득했다. 흰색을 좋아하는 에로스다 보니 잠깐 방 안을 둘러보았다. 하지만 그의 귀에 야릇한 소리가 계속 들리자 그는 소리가 나는 쪽으로 향했다.

"아흐."

여자의 거친 신음 소리가 민망할 정도로 강하게 방 안을 울리고 있었다. 그가 계속 보고 있는데도 그들은 서로의 몸에 빠져서 그의 존재조차 인식하지 못하고 있었다. 물론 연수에게 이 모든 기술을 가르친 건 그였지만 이렇게 그를 배신하라고 가르친 건 아니었다.

한번쯤은 눈을 감아주어도 좋지 않냐고 묻겠지만 하나가 둘이 되고 둘이 셋이 되어 그의 존재가 세상에 퍼질 수밖에 없었다. 실장 정도의 직급이면 클럽의 일뿐만 아니라 혹시 그에 대해 의구심을 가질 수도 있었다. 그는 그저 책 속의 존재여야만 했다. 신들은 밖으로 나와서 좋을 게 없었다.

"아흐."

연수가 대영그룹의 아들 위에서 허리를 흔들고 있었다. 그녀의 질은 대영그룹 아들의 페니스를 조이고 있었다. 이렇게 남자의 페니스를 조이는 방법 또한 그가 가르쳐 준 것이었다. 남자의 넋을 빼놓는 아주 원초적인 기술들 말이다.

옛날부터 방중술이라 하여 인간들의 성행위를 돕는 기술들이 책을 통해 전해졌다. 물론 그것들의 시작은 그에게서 비롯된 것이었다. 그는 인간의 성행위 자체에서만 에너지를 얻는 것이 아니었다.

여자를 탐하는 남자의 눈길에서나 부인을 두고 다른 여인을 바라보며 간음을 생각하는 인간의 어두운 욕망에서도 에너지를 얻었다. 어둠의 에너지는 그가 사용하는 납화살인 복수의 화살로도 사용되고 진실한 사랑은 그의 금화살인 사랑의 화살에 힘을 실어주었다.

연수의 환상적인 곡선의 웨이브가 대영그룹 아들의 몸 위에서 출렁이고 있었다.

“아흐, 완전 좋아. 자기는?”

“나도.”

여자의 여우 같은 몸짓에 완벽하게 넘어간 남자였다. 에로스는 코웃음을 치며 그들의 정사를 쳐다보았다.

“더 움직여 봐.”

“응.”

연수의 콧소리에 에로스는 인상을 찌푸렸다.

“아, 자기야. 이런 기술은 다 어디서 배운 거야?”

“아흐, 이건 다 사장님이 교육해 주신 결과물이야. 그래야 회원님들이 좋아하지. 그런데 자기야, 그 여자랑 나 둘 중에 누가 더 잘해?”

“그야 자기지. 자기는 정말 대단해. 아니, 자기네 사장이 대단한가? 자기야, 이제 내가 올라갈게.”

“응.”

연수가 그의 페니스를 빼려고 하자 그녀의 질이 그를 더욱 조였다.

“자기야, 너무 좋은데 그만 힘 줘. 내 거 잘릴 것 같아.”

“이상해. 안 빠져.”

“어?”

그때서야 사태의 심각성을 안 그들이었다.

“설마, 살살 빼봐.”

"안 돼."

"야, 무슨 말도 안 되는 소리야? 어서 안 빼?"

남자는 두려움에 화를 내고 있었다.

"진짜 안 빠져."

남자가 두 손으로 힘껏 연수의 엉덩이를 들어 올렸지만 그녀의 엉덩이는 움직일 생각을 하지 않고 있었다.

"장난하지 말고 얼른 빼."

남자는 화를 내고 있었다.

"아니야, 진짜 안 빠져."

연수가 울먹이고 있었다.

"야, 미쳤어?"

남자의 목소리가 방 안을 쩌렁쩌렁 울리고 있었다. 그리고 그와 동시에 남자의 눈이 에로스와 마주쳤다.

"누, 누구야?"

"너희 둘은 약속을 어겼다."

"뭐야?"

"회, 회장님."

연수가 뒤를 돌아보고는 두 눈을 동그랗게 떴다.

"클럽 에로스 1항 클럽 안의 일은 무슨 일이 있어도 비밀로 한다. 2항 클럽의 회원과는 어떠한 경우에도 사적으로 얽히지 않는다."

연수의 얼굴에 핏기가 사라졌다.

"그렇지 않을 경우는 어떠한 처분이 내려져도 받아들인다."

"뭐야, 새끼야. 넌 무단 침입이라고!"

남자가 소리를 질렀다.

"무단 침입? 그런가?"

에로스는 여유롭게 이렇게 말을 하고는 연수의 얼굴을 향해 혐오의 화살을 날렸다.

"아무도 너의 말을 믿어주지 않을 것이며 넌 평생을 외로이 지낼 것이다. 그리고 너, 클럽 에로스와 관계가 된 일들은 모두 잊을 것이며 너는 죽을 때까지 성욕을 느끼지 못하게 될 것이다. 물론 너는 자손도 없을 것이다. 지금 이후로 너희 둘은 서로를 기억하지 못할 것이다."

그는 다시 빛 속을 가르며 자신의 사무실로 돌아왔다. 그의 사무실 안에서는 베타가 그를 기다리고 있었다.

"처리하셨습니까?"

"……."

"이런 일로 신경을 쓰게 해드려 죄송합니다."

"아니다."

그가 다시 책상에 앉자 베타가 사무실을 나갔다. 여전히 그의 시선은 모니터 안의 하라에게 가 있었다.

찰칵!

경쾌한 문소리를 내며 한 쌍의 남녀가 들어왔다. 서로 만난 지 얼마 되지 않은 것 같은 그들은 둘 다 서먹한 느낌이 들었다. 하라는 조 실장과 함께 뒷자리 의자에 앉아 그들을 상담하는 걸 지켜보았다.

"앉으세요."

"네."

서우의 말에 남자와 여자가 자리에 앉았다. 이 방은 테이블과 의자가 전부인 곳이었다. 뭔가 병원의 진료실 같은 분위기였다. 그래서인지 여자는 주변을 빙 둘러보고는 약간 실망한 듯한 표정을 보였다.

뭔가 기대를 하고 온 느낌이었다.

"별거 없죠? 하지만 이곳을 나가서 다른 방에 들어가셨을 땐 많이 다르실 겁니다. 이곳에서는 두 분의 취향을 알아서 어느 방으로 보내 드릴지 순서를 정하는 곳이라서 인테리어가 많을 필요가 없습니다."

서우의 포스에 눌린 여자가 자세를 바로 하고 앉았다. 하지만 남자의 경우는 서우의 말에 그닥 신경을 쓰는 것 같지 않았다.

"두 분은 결혼 상대신가요? 아니면 연애만 하실 계획이신가요?"

"우리는 석 달 후에 결혼합니다."

"네."

서우가 계속해서 질문을 했다.

"두 분은 섹스를 하신 경험이 있으신가요?"

"네?"

서우의 노골적인 질문에 여자가 놀란 눈치였다.

"기현 씨, 너무 촌스러운 거 아냐?"

남자가 여자에게 핀잔을 주었다.

"우린 아직 안 잤어요. 뭐 보다시피 결혼을 하면 어쩔 수 없이 자게 되겠지만 말이에요."

남자의 말에 서우는 표정 하나 변하지 않고 계속해서 질문을 했다.

"그럼 두 분은 아직 잠자리가 없었고, 변우진 회원님은 몇 명의 여자와 어느 정도의 관계를 가지셨나요?"

"그걸 세나?"

그의 말에 옆에 있던 여자의 표정이 달라졌다.

"수없이 많으시단 말씀이시군요. 그럼 만족도는 어떠신가요?"

"그야 다들 홍콩에 다녀왔다고 하지."

"네, 그럼 김기현 회원님은 처음이신가요?"

"그건 아니지만……."

"경험이 많이 없으시군요."

여자가 고개를 끄덕였다.

"그럼 변우진 회원님은 경험이 많은 여자가 좋으신가요?"

"아주 모르는 숙맥보다는……."

"그럼 앞의 설문지 작성을 해주십시오."

그들은 시험을 보는 학생들처럼 열심히 설문지를 작성하고 있었다. 남자도 툴툴거리며 이야기를 할 때와는 다르게 진지하게 설문에 응하고 있었다.

"서로가 원하는 배우자 스타일입니다. 이곳에서는 결혼 전까지 그 모습에 맞추기 위해 노력을 할 것입니다. 스타일부터 침실에서의 테크닉에 이르기까지 두 회사의 합병처럼 두 분의 결혼도 좋은 결과물이 생길 수 있도록 돕겠습니다."

"그야 봐야 알지."

"저희 메이커들이 최선을 다할 겁니다. 다소 무리한 요구가 있다고 하더라도 상대방을 위해 최선을 다해주시기 바랍니다."

그들은 설문지를 서우에게 주었다.

"차 한 잔 하시고 계시면 10분 후에 다른 방으로 모시겠습니다."

그들 앞에 차를 놓고는 서우는 빠르게 설문지를 훑어나가기 시작했다. 그리고 그들에게 알맞은 방을 배정해 주었다.

"상담하는 게 어려워 보이네요."

사람들이 나가자 하라가 조 실장에게 말했다.

"각자의 취향을 파악하는 게 쉽지만은 않은 일이죠. 우리는 한 팀의 상담을 더 본 후에 다른 방으로 이동할 겁니다."

"네."

한 팀의 상담을 더 본 후에 조 실장과 그녀는 상담실과 연결이 되어 있는 방으로 들어갔다. 그 방으로 들어가자마자 하라의 눈이 커다랗게 변했다. 아니, 소리를 지르지 않기 위해 노력을 하는 중이었다.

여자가 의자에 앉아 있었고 그 위에 얼음이 매달려 있었다. 그리고 여자는 얼음을 혀로 녹이고 있었다.

"이건 이겨야 하는 게임이 아닙니다. 얼음을 느끼시고 될 수 있으면 천천히 녹이세요."

의자에 앉은 여자의 눈은 검은색 천으로 가려져 있었고 손은 의자에 묶여 있었다. 그리고 웃긴 건 그런 여자를 남자가 넋을 놓고 보고 있다는 것이었다. 지금 교육 중인 사람은 처음 본 여자였지만 상당히 카리스마가 있는 미모의 여인이었다.

"혀를 더 움직이세요."

여자가 혀를 움직이기 시작했다.

"이 방에는 당신과 나 둘뿐이라고 생각하세요. 당신이 생각하는 최대한 유혹적인 모습으로 얼음을 녹이세요. 당신의 파트너를 생각하면서 녹여도 좋고."

담당자의 말에 신기하게 여자의 혀 놀림이 조금은 과감해졌다.

"잘했어요. 굉장히 자극적이에요. 이번에는 당신의 섹시한 목소리를 들려줘요."

"으으응."

"좋아요."

여자는 연속해서 신음 소리를 냈고 그 옆에서 러브메이커는 그녀를 돕고 있었다. 그리고 방금 전 자신만만하던 남자는 여자의 모습에 빠져든 모습이었다.

솔직히 상담을 받을 당시에는 여자에게 큰 매력을 느끼지 못하는 것 같았는데 지금은 아주 대놓고 침을 흘리고 있었다. 확실히 그녀가 상담 받을 때 봤던 남자의 모습과는 달라져 있었다. 처음 보는 희한한 광경에 하라는 넋을 놓고 있었다.

이렇게 오전 시간이 끝이 나고 하라는 점심을 먹기 위해 지하에 위치한 식당으로 갔다. 지난번처럼 그녀의 보스가 갑자기 나타나지 않을까 하는 기대 반 걱정 반으로 하라의 눈이 좌우로 바쁘게 움직이고 있었다.

오늘 식사는 조 실장과 둘이 먹었다. 차가운 조 실장은 여전히 그녀를 대하는 게 완벽하게 딱딱했다. 뭔지 모르겠지만 그녀는 하라를 좋아하지 않는 것 같았다.

"실장님."

하라가 식사 후에 커피를 그녀에게 건넸다.

"이런 거 다음부터는 하지 마요."

"네?"

“여기는 동등하게 일하는 곳이에요. 굳이 이렇게 하지 않아도 된다는 말이에요.”

“네.”

커피를 마시는 내내 둘 사이에 냉기가 흘렀다.

“실장님, 제가 혹시 실수라도 한 게 있나요?”

“아뇨.”

“그럼, 원래 이렇게 차가우신지…….”

“난 이곳에 인간관계를 하러 온 게 아니에요.”

“알겠습니다.”

그녀는 자리에서 일어났다.

“다음은 한 단계 수위가 높을 거예요. 아까처럼 그렇게 놀라는 얼굴을 해서는 안 돼요. 오전에는 눈을 가리는 키스 연습이라서 여자 회원님이 우리를 보지 못했지만 지금부터는 완전히 오픈된 상태니까. 촌스럽게 굴지 마요. 어차피 연인 사이에는 다 하는 일이니까.”

“그래도 좀 살살 가르쳐 줘요.”

“…….”

뒤에서 들려온 남자의 낮은 저음에 하라와 조 실장 둘 다 고개를 돌렸다.

“우리 조 실장은 너무 업무에 철저해서 우리 하라 씨가 놀라겠어요. 다 처음은 그런 거니까 조 실장이 이해해요.”

갑작스러운 베타 사장의 출현에 하라는 깜짝 놀랐다. 그리고 사장은 하라의 어깨를 다독여 주었다.

"우리 하라 씨 잘 부탁합니다."

우리 하라 씨라니, 남들이 들으면 완전히 친한 사이인 줄 알 것 같았다. 사장이 가자 조 실장의 얼굴은 아까보다 더 굳었다.

"사장님과 아는 사이에요?"

조 실장의 목소리에 날이 섰다.

"아닙니다. 그리고 말씀 놓으십시오."

"진짜 모르는 사이야?"

조 실장의 목소리가 날카로웠다.

"네, 원래 저렇게 신입들에게 친절하신 것 아닌가요?"

"아니, 사장님은 이름을 부르지 않으셔."

"그럼요?"

"조 실장, 박 메이커 이렇게 부르셔."

"아!"

할 말이 없었다. 정말 모르는 사람이었다.

"혹시나 몰라서 묻는 건데요. 여기는 꿈속에 상대방이 나타나는 주술 같은 것도 쓰나요?"

"아니."

조 실장이 아주 기가 막히다는 듯이 하라를 쳐다보았다.

"그렇죠. 그냥 하도 희한한 게 많다 보니 그런 것도 하시나 해서요."

꿈속의 그 남자는 아닌 것 같았다. 사장 대신에 자꾸만 회장의 모습이 떠오르기 때문이었다.

"그럼 여기서 주술이라도 부린다는 거야?"

"아닙니다."

조 실장은 머리를 좌우로 흔들더니 그녀의 앞에 서서 걷기 시작했다.

"죄송합니다."

조 실장은 더 이상 말은 하지 않았지만 그녀를 한심하게 생각하는 것 같았다. 생각보다 조 실장의 비위를 맞추는 게 힘이 들었다. 정말로 변화무쌍한 성격이었다. 그래도 어쩌겠는가. 직장 상사인 것을 말이다.

"실장님?"

하라는 조 실장을 부르며 그녀의 뒤를 따랐다.

3. 함정

고대 그리스 신전인 파르테논 신전과 거의 흡사하게 대리석으로 만들어진 이곳은 지상 6층 정도의 높이의 건물로 1, 2층만 사용하고 나머지는 금지 구역으로, 그 외 회장과 사장의 집으로 구성이 되어 있다고 들었다.

직원은 회장과 사장 그리고 50명의 메이커와 10명의 실장들이 있었다. 그리고 요리사와 경비원들까지 합하면 거의 100명에 가까운 인원이었다. 하지만 그들은 서로에 대해 알지 못했고 철저하게 실장들에 의해 분리와 감시가 되고 있었다.

지하는 식당과 휴게실이 있었고 1층은 바디트레이닝과 간단히 시술을 받을 수 있는 성형과 피부 클리닉이 있었다. 그리고 2층은 상상하기 어렵겠지만 섹스를 트레이닝해 주는 곳이었다. 지금은 간단히 할 수 있는 바디 터치를 가르치는 곳에 와 있었다.

아직 다 가보진 못하고 설명을 들은 것이긴 했지만 클럽 에로스에는 신기한 일들이 많을 것 같기는 했다.

신입인 하라가 정신없이 회원들의 교육을 보고 있는 사이에 옥희는 몰래 가지고 온 소형 카메라로 내부를 찍기 시작했다.

옥희는 이곳에 온 지 10년이 가까웠다. 그녀는 이곳이 싫었다. 얼마 전까지만 해도 그녀는 출근하는 하루하루가 좋았지만 지금은 이곳을 세상에 까발리기 위해 자료를 하나씩 모으고 있는 중이었다.

베타, 그녀의 첫사랑이자 끝 사랑이라고 생각했던 그가 지금은 그녀의 숙적인 김연희에 완전히 빠져 있었다. 10년 동안 보아온 그녀의 베타는 여직원들에게 관심이 없었다. 무뚝뚝하게 자신의 할 일만 할 뿐이었고 그녀는 그런 베타의 모습에 점점 빠져들었었다.

하지만 요즘 들어 이상하게 베타의 눈길이 연희에게 가 있었다. 처음에는 잘못 본 줄 알았는데 그게 아니었다. 그가 선임인 옥희가 연희를 야단치고 있는 걸 본 후에 베타가 그를 불러 연희에게 부드럽게 대해줄 것을 요구했고 연희가 당직인 날에 베타가 연희를 집까지 차로 태워다 준 사실을 알게 되었다. 이건 있을 수 없는 일이었고 그 뒤로 그녀의 마음속의 화가 풀리지 않았다.

사실, 정확하게 말을 하면 베타의 재력과 능력 때문에 그가 마음에 든 것도 사실이었다. 그녀는 풍족한 삶을 어려서부터 원했지만 사실 그렇게 넉넉하게 살지는 못했었다. 그리고 언제나 이상하게 돈은 그녀의 편이 아니었다.

이제 이곳을 나가면 베타에 대한 복수와 함께 한몫을 챙기고 싶다는 생각도 있었다. 뭐든 대가가 있어야 한다는 게 그녀의 생각이었다. 이곳에서 상상을 초월한 월급을 받았지만 그녀의 씀씀이 또한 예전에 비해 어마어마하게 커져 있었다.

속마음이야 어쨌든 그녀의 지금 복수의 대상은 베타와 연희였다. 그리고 그녀는 한 가지 아주 특이한 영상을 우연히 확보하게 되었다. 원래는 금지 구역인 석상 근처에 우연치 않게 나갔다가 카메라 한 대를 발견하게 되었다. 그리고 집으로 가지고 온 그녀는 카메라 안의 영상을 보고 경악을 금치 못했다.

그건 석상 옆으로 뭔가가 날아다니는 모습과 사람들이 불에 타는 모습이었다. 물론 그들을 죽인 게 무엇인지는 찍혀 있지 않았다. 아니, 발만 찍혔다. 그건 카메라가 바닥에 놓여 있었기 때문이었다. 그리고 그녀는 이곳에 엄청난 비밀이 숨겨져 있을 거라는 생각이 들었다.

이곳에서 다루는 야릇한 일 때문에 보안에 신경을 쓰는 줄 알았는데 사실은 숨겨야 하는 더 큰 이유가 있을 것 같았다. 그녀에게 다른 조력자가 필요할 것 같았다. 베타에 대한 배신감이 그녀에게 이런 큰일을 저지르게 만들고 있었다.

조금 전에 하라를 대하던 그의 모습에 한없는 질투심을 느낀 그녀였다. 하지만 연희를 대할 때와는 다른 것이라는 걸 옥희는 알았다.

"음, 실장님?"

하라가 조용히 그녀를 불렀다.

"끝이 났는데요."

"알았어. 다음 장소로 이동. 그리고 이곳에서 보고 느낀 건 보고서로 제출해야 하니까 잘 메모해 두도록 해."

"네."

일단 일은 일이었기 때문에 그녀는 마음에 들진 않았지만 하라에게 기본적인 설명을 해주고 있었다. 베타 때문에 마음이 떠나고 나니 자꾸만 일을 하기가 싫어졌다. 확실하게 자료를 모아서 한 방 터트리고 그만두면 그뿐이었다. 하라를 데리고 다음 장소로 이동하는 옥희의 눈에서 빛이 났다.

시간이라는 게 참으로 빠르게 흘러가는 것 같았다. 조 실장과의 일주일 개별 교육은 초반에 그녀를 힘들게 했지만 지금은 김연희 실장님을 만나서 아주 즐거운 시간은 아니어도 힘들지 않은 나날을 보내고 있었다.

김 실장은 바디체크가 끝이 난 분들의 가장 기본적인 여성 교육을 하는 분이었다. 말하자면 여자들의 케겔 운동을 시키는 분이셨다. 김 실장님의 방 안에는 상상 이상의 도구들이 자리를 하고 있었고 이곳은 여자 회원만 들어올 수가 있었다.

"저는 이곳에는 다 침대만 있는 줄 알았어요."

"그래?"

"네."

날씬하지는 않지만 볼륨감 있는 연희는 소위 말하는 호리병 몸매의 소유자였다. 차분하지만 차가운 면이 있는 사람으로 일할 때는 조 실장과 비슷했지만 쉬는 시간이나 점심시간에는 그녀를 친동생처럼 잘 챙겨주었다. 직원들 간에 사이가 좋으면 안 될 것 같은 분위기에서 조금 다른 존재였다.

"2주 교육이 오늘로 끝이 났고 내일부터는 하라 씨도 여기 있는 도구로 질 운동을 하도록 해."

"네?"

밥을 먹다가 말고 딱 걸린 하라였다.

"그건 좀……."

2주 동안 그녀가 본 건 질의 힘을 강화하는 훈련이었다. 남자의 페니스를 꽉 조일 수 있게 하는 훈련이었다. 선천적으로 그런 명기를 가진 사람들도 있었지만 약간의 과학의 힘과 노력만 있으면 얼마든지 타이트한 질을 가질 수 있었다.

그걸 지금 그녀에게 가르쳐 준다고 하니 기가 막힐 노릇이었다.

"그게……."

"이거 다 하는 과정이야. 알아야지 가르치지."

"아, 네."

"내일부터 연습하는 거다. 알았지? 이거 배워두면 남친이 아주 좋아해."

"네."

마지못해 답은 했지만 조금 민망한 마음이 들었다. 퇴근 시간이 돼서 조 실장의 차에 오른 하라는 조금 더 친해진 효은과 이런저런 이야기를 나누며 집으로 향했다.

"실장님, 오늘은 큰길 앞에서 세워주세요."

"왜?"

조 실장 대신에 효은이 물었다.

"오늘 큰언니 생일이라서 엄마가 케이크 하나 사 오라고 하셨거든요."

"그래? 언니가 있어?"

"네, 두 명이나 있죠."

"부럽다. 나도 언니가 있었으면 좋겠다. 난 혼자거든."

조 실장이 제과점 앞에 차를 세워주었다. 말은 투박하게 하지만 그래도 부탁은 잘 들어주는 조 실장이었다.

"수고하셨습니다."

그녀는 인사를 하고 차에서 내렸다.

쾅!

제과점의 문 앞에 선 순간 폭탄이 터지듯 큰 소리가 그녀의 등 뒤에서 났다. 하라는 자신도 모르게 자리에 주저앉고 말았다. 그리고 뒤를 돌아본 하라는 경악을 하고 말았다. 조 실장의 차 뒷부분에 다른 차가 그대로 박혀 있었다.

"실장님! 효은 선배!"

하라는 그대로 그들의 차로 향했다. 차 주변에 사람들이 몰려들기 시작했다. 하긴 벤츠 두 대가 박은 일은 그리 빈번한 일이 아니니까 지나가던 차들도 도로에 시선을 고정시키고 있었다. 떨리는 손으로 구급차를 부르며 하라는 신호가 바뀌기를 기다리고 있었다.

그런데 그녀는 보고도 믿기 어려운 광경을 보고 있었다. 진짜 거구의 타는 듯한 붉은 머리카락을 가진 남자가 차문을 거의 뜯어내고는 조 실장과 효은 선배를 차에서 끌어냈다. 오늘 다른 선배는 먼저 내린 후라 그나마 다행이었다.

신호가 바뀌자 하라는 그들의 옆으로 다가갔다. 놀랐는지 아니면 머리를 다쳤는지 효은 선배는 완전히 기절 상태였고 조 실장은 너무도 멀쩡하게 남자와 얘기를 하고 있었다.

"조 실장님, 괜찮으세요?"

"응."

"그래도 교통사곤데 검진을 받으시는 게 좋을 것 같은데요."

"알았어. 내가 알아서 할게."

"곧 구급차 올 거예요."

"그래."

그녀들의 대화를 듣고 있던 남자와 눈이 마주친 하라는 깜짝 놀랐다. 머리카락 색도 놀라운데 그의 눈동자도 붉은색에 가까운 갈색이었다. 마치 고양이와 같다는 생각이 들며 그의 모습에서 범상치 않은 기운을 느꼈다. 그때 구급차의 소리가 요란하게 들렸다.

"여기는 걱정하지 말고, 언니 생일이라며? 먼저 가."

"그래도."

"아니, 먼저 가."

조 실장의 목소리가 단호했다.

"많이 본 얼굴이군."

"……."

남자가 혼잣말처럼 그녀를 보며 그렇게 말을 했다.

절대로 잊을 수 없는 남자의 모습이었다. 2m에 가까운 키에 보디빌더 같은 몸을 가진 남자였다. 검은색 양복이 그의 근육질 몸때문에 거의 터질 것 같았다.

동양적인 얼굴과 서양적인 얼굴이 공존을 하고 있는 대단한 미남이었다. 한번 보면 절대로 잊을 수 없는 모습이었다. 그런데 그가 그녀에게 많이 본 얼굴이라고 했다. 사고 현장에서 여자에게 작업을 거는 스타일도 아닌 것 같은데 그의 말이 마음에 걸렸다.

"하라 씨, 안 가?"

하라는 자꾸만 가라는 조 실장의 성화에 못 이겨 그 자리를 떴다. 케이크를 사가지고 집으로 오는 내내 좀 찜찜한 생각이 들었다.

"병원에 갔어야 했는데……."

케이크를 사들고 집에 들어가자 언니들의 남자친구들까지 쳐들어와서 집 안이 아주 북새통이었다.

"하라 왔어?"

큰언니의 남친인 상철이 그녀를 보며 반갑게 인사를 했다. 워낙 어릴 때부터 봐서 그런지 가족 같은 마음이 들었다.

"네, 몸에서 소독약 냄새 나요."

"그래? 향수까지 뿌렸는데?"

"소독약을 향수로 잘못 알고 뿌린 거 아니에요?"

"그랬나?"

그녀의 장난도 쉽게 믿는 정말 순진한 사람이었다. 언니한테는 평생 잡혀 살 것 같았다.

"왜 이렇게 늦었어?"

엄마가 케이크를 상자에서 꺼내며 물었다.

"오다가 사고가 났거든."

"안 다쳤어?"

"나 내리자마자 벤츠가 와서 뒤를 그대로 박아버렸어."

"큰일 날 뻔했구나?"

"응."

"다친 사람은?"

"한 명은 구급차에 실려 갔고 다른 한 명은 멀쩡해."

"아닐 텐데……."

의사가 세 명이나 있으니 한참을 교통사고와 척추에 관한 상관관계를 들어야만 했다.

"이거 생크림 케이크라 빨리 먹어야 해."

그녀가 주제를 얼른 다른 곳으로 돌렸다. 모두가 쌍쌍인데 그녀만 솔로다 보니 자연스럽게 화제는 하라의 남친 얘기였다. 그럼 하나를 해주든가. 하라는 속으로 이렇게 구시렁거리고 있었다.

그나마 매일 야릇한 꿈이라도 꿨는데 지금은 피곤해서인지 눈을 감았다가 뜨면 아침이었다. 하라는 내일 출근을 해야 한다는 핑계를 대고 먼저 방으로 들어와서 효은에게 전화를 걸었다.

"여보세요?"

[어, 하라 씨.]

"괜찮으세요?"

[응, 정신만 잃었던 거야. 검사해 보니까 괜찮아.]

"조 실장님도 검사를 받으셔야 할 텐데요."

[아주 멀쩡해. 그리고 이상한 게 아까까지 목이 아팠는데 우리 사고 낸 남자가 내 목을 만지니까 아주 따뜻해지더니 멀쩡해

졌어.]

"다행이에요. 조 실장님은요?"

[그 남자하고 차 수리에 대한 얘기를 한다고 나갔어. 나도 조금 있다가 괜찮아지면 퇴원하라고 했어.]

"병원에 하루 더 있어보세요. 그러다가 다시 아프기라도 하면……."

[나도 쉬고 싶은데 내일 VIP 회원님 결혼 전에 마지막 바디 체크 일이라서 가봐야 해.]

"그러시구나."

[엄마랑 아빠 오셨어. 그럼 내일 봐.]

"네."

그 남자의 느낌은 그렇게 좋지 않았다. 보고만 있어도 아주 핫한 남자였다. 조 실장이 은근히 걱정이 되었지만 조 실장은 그녀보다 훨씬 더 노련한 사람이니 걱정은 잠시 접어두기로 했다. 하라는 오늘 밤은 금발의 그가 오기를 내심 바랐다. 그가 오늘 온다면 반드시 그의 얼굴을 확인해 볼 생각이었다. 그리고 그녀는 침대에 올라 깊은 잠에 빠져들었다.

새벽 공기를 가르며 에로스의 커다란 날개가 펼쳐지고 있었다. 오늘은 그녀를 가까이서 볼 생각이었다. 처음 본 후로 그의 머릿속에 항상 머물러 있는 하라를 그는 가까이서 보며 확인을 하고 싶었다.

그가 이런 복잡한 감정을 가진 건 처음이었다. 그는 커다란 날개를 접고는 하라의 방 안에 들어왔다. 편안한 흰색 트레이닝 바지에 흰색 반팔티를 입은 그는 온통 흰색으로 가득한 그녀의 방에서 편안하게 잠들어 있는 하라를 보았다.

그는 침대 옆으로 다가가서 하라의 얼굴을 가만히 내려다보았다. 아름다운 여인이었다.

"그녀의 조상과는 확실히 달라."

그녀의 조상은 아름답지 않았다. 그래서 그에게 아름다움을 주문했고 후세에 그와 사랑에 빠지는 행운의 주인공이 있길 바랐다. 그녀의 세 번째 소원은 이번에도 이루어지지 않을지는 몰라도 확실한 건 그가 지금 그의 앞에 누워 있는 하라에게 지대한 관심이 있는 건 확실했다.

"으으음."

하라가 몸을 뒤척이자 그녀의 미끈한 다리가 그의 눈에 들어왔다. 잠옷이 위로 말려 올라가서 핑크 팬티와 납작한 그녀의 배까지 고스란히 드러났다. 그의 눈 안에 여인의 몸이 가득 찼다.

"으음."

꿈을 꾸는지 하라가 자꾸만 몸을 뒤척였고 그는 그런 하라를 넋을 잃고 보았다. 한번 탐하고 싶었지만 신에게 선택받은 여인인지 알 수가 없었다. 어차피 그가 그녀의 몸을 탐해도 그녀는 꿈인 줄 알 것이다. 하지만 그게 영원히 하라가 깨어나지 못하는 일이 될 수도 있었다. 그런 일을 하기엔 아직 그녀를 사라지게 하고 싶지는 않았다.

그가 손을 들어 하라의 길고 매끈한 다리를 쓰다듬었다. 그의 손길이 닿자 하라의 온몸에 소름이 돋기 시작했다. 자는 가운데 그를 느끼고 있었다. 부드러운 느낌이 좋았지만 더 이상 그녀를 건드릴 수는 없었다. 그렇게 된다면 아마 멈출 수가 없을 것 같았기 때문이었다.

그가 자신의 날개를 펴자 그녀의 방 안에서는 다 펴지지도 않았다. 그는 다시 날개를 접었다. 그리고 침대에 앉아서 한참을 자고 있는 하라의 얼굴을 보고 있었다. 새하얀 날개가 그의 뒤에서 움찔거렸다.

그가 긴장을 하거나 즐거울 때면 그의 날개가 반응을 했다. 그 스스로는 느끼지 못하고 있었지만 에로스는 처음으로 여인의 얼굴을 보며 기쁨을 느끼고 있었다.

강남의 대형 프렌차이즈 커피숍에 비주얼로 사람들의 시선을 끌어 모으는 남녀가 앉아 있었다. 사람들은 지나가면서 아는 영화배우나 가수가 아닌가 하고 그들을 힐끔거리며 지나갔다.

붉게 타오르는 것 같은 머리에 어마어마한 근육을 자랑하는 그는 태양을 다스리는 아폴론이었다. 그가 끌고 다니는 태양의 수레는 땅에서는 필요가 없었다. 그래서 장만한 차들은 그의 질주 본능을 이기지 못하고 매번 거의 폐차 수준이 되게 망가져 버렸다. 물론 오늘의 작은 사고는 그가 일부러 낸 것이긴 했지만 말이다.

그의 앞에는 순수하지 못한 영혼이 앉아 있었다. 아름답기는 했지만 그녀의 영혼은 점차 썩어가고 있었다. 시간이 지나면 썩은 영혼의 악취로 말미암아 가까이 있을 수도 없을 것이다. 하지만 지금은 그녀가 필요했다.

"괜찮으십니까?"

커피숍에 마주 앉아 그녀를 그윽한 눈길로 쳐다보며 그가 이렇게 물었다.

"네."

그녀의 목소리가 떨리고 있었다. 하긴 그의 겉모습에 넘어가지 않는 여자들은 없었다.

"일행 분은 별탈 없을 겁니다."

"알아요."

그는 치유의 능력으로 목에 골절이 간 뒷좌석의 여인을 고쳐 놓았다.

"아까 살짝 아팠는데 이상하게 제 손을 잡자마자 다 나은 것 같았어요."

여자는 같이 동승한 여자에겐 눈곱만큼의 관심도 없는 것 같았다.

"그렇게 느끼셨다니 다행입니다."

그는 여인의 눈을 보며 그 여인의 생각을 읽기 시작했다. 그리고 왜 그녀에게서 썩은 냄새가 나기 시작하는지 알게 되었다. 그리고 뜻밖의 소득도 얻었다.

사실 그가 오늘 차를 받은 건 그 차가 에로스가 있는 건물에서 나왔기 때문이었다. 정보를 얻기 위해 접근했는데 아주 적절한 여자를 고른 셈이었다. 에로스에게 복수를 하고 싶은 마음은 그와 같았기 때문이었다.

에로스가 없는 천상은 아주 평온했다. 그를 그리워하는 건 그의 어머니인 아프로디테뿐이었다. 화살 하나로 신들의 세계를 어지럽힌 에로스였다. 600년 전 그의 화살에 맞아 그는 한 여인을 사랑하게 되었고 그 여인과 사랑을 나누다가 여인을 죽이게 되었다.

그 여인이 신을 받아들일 수 없는 여인인 줄 뻔히 알면서 그의 눈을 멀게 만들었고 그가 죽을 때까지 잊지 못하는 죄책감으로 남게 만들었다.

그래서 그는 에로스의 화살을 빼앗아 에로스에게 쏘았다. 불행하게도 그가 쏜 화살은 사랑의 화살이 아닌 그냥 분노의 화살이었다. 그래서 에로스는 그에게 분노에 차서 덤벼들었고 싸움으로는 둘째가라면 서러운 그에게 거의 치명적인 상처를 입었다. 신들은 치유 능력이 있었지만 자신의 무기에 입은 상처는 스스로 치유할 수가 없었다. 그 뒤로 그는 미꾸라지처럼 그의 그물에서 빠져나갔고 지금까지는 조용히 지내고 있었다.

아폴론은 그동안 많은 기회를 노렸지만 천상에 있지 않고 지상에 있는 한은 싸울 수가 없었다. 인간세상에서 신들은 싸울 수가 없었다. 그렇다면 방법은 에로스를 천상으로 부르든지 아니면 그가 아닌 인간이 에로스를 없애든지 둘 중의 하나였다.

"죽여 버리겠어."

갑자기 에로스를 생각하자 자기도 모르게 툭 하고 말이 튀어나왔다.

"네?"

"아, 아닙니다."

그는 주먹을 불끈 쥐었지만 얼굴은 온화한 표정을 유지하고 있었다.

"혹시 성함이?"

"제 이름은 조옥희예요. 촌스럽지만 할아버지가 돌아가시기 전에 지어주신 이름이라서 전 좋아요."

여자는 가증스럽게 순진한 척을 하고 있었다. 그녀의 이름은 그녀의 어머니가 작명소에 가서 지은 이름이었다. 그는 그녀의 과거가 스크린을 보고 있는 것처럼 보였다.

"그렇군요."

"그럼 앞에 계신 분의 성함은?"

"전 썬입니다."

"썬이요? 태양?"

"네."

"한국 분 아니세요?"

"뭐 그렇게 볼 수도 있고."

"혼혈이시구나."

여자는 생각보다 그에게 적극적이었다. 여인들을 끄는 매력이 신들에게는 있었고 지금은 아주 유용하게 쓰일 수 있을 것 같았다.

"무슨 일을 하시는지 궁금합니다."

"저는 클럽 에로스에 다닙니다."

솔직히 에로스의 신전에는 가까이 가지 않았다. 지금 신전처럼 차려진 곳에도 가본 적이 없었다. 하지만 아주 중요한 첩보에 따르면 그의 세 번째 소원의 상대가 나타났다는 정보를 들었다.

아폴론은 생각했다. 자유로움을 원하는 신들의 기본 성향을 볼 때 에로스의 600년은 결코 짧은 시간이 아니었다. 그러면 그 여인을 찾아 없애 버린다면 그는 세 번째 소원의 상대를 찾아 또다시 길고 긴 기다림을 가질 것이다.

아폴론은 아까 차 사고 당시 잠시 만났던 여인을 떠올렸다. 그 여인은 신들이 좋아하는 스타일이었다.

또 하나 앞의 여자가 에로스가 신이라는 걸 폭로하는 순간 요즘처럼 빠른 정보의 세상에 에로스는 더 깊이 숨어 지내게 될 것이고 제우스가 안다면 그때는 진짜로 용서하지 않을 것이다. 아폴론의 일이 터졌을 때도 제우스는 에로스를 가만히 두지 않겠다고 했었다.

궁지로 몰아넣어야 했다. 무엇이 되었든 그 꼴 보기 싫은 얼굴을 어쩌면 영원히 보지 않을 수도 있었다. 그렇게 하기 위해서는 첩자가 필요했다.

"뭘 하는 회산가요?"

그는 이렇게 말을 하며 여인에게 주술을 걸었다. 무엇이든지 말하게 하는 주술을 말이다.

"섹스를 가르치는 곳이죠."

에로스다웠다.

"그래요? 그리고요?"

"우리나라의 재벌들이 결혼 전에 오는 특별 코스예요. 아주 웃기는 일이죠. 자신들의 성생활을 극대화하기 위해 이곳을 찾아요."

여자는 앞을 멍하게 보며 그에게 말을 했다.

"난 이곳을 없애 버릴 거예요. 베타가 날 배신했거든요."

에로스의 껌딱지인 베타 녀석이 한 건을 해준 셈이었다. 베타의 미모는 인간의 것이 아니었다. 신들마저도 감탄한 미모였다. 물론 생긴 걸로 치자면 얄미운 에로스가 더 잘생기긴 했지만.

"어떻게 할 거지?"

"나에게 증거가 있어요. 사람들에게 다 폭로할 거예요. 그곳에서 이상한 일들이 일어난다고요."

"어떤 이상한 일들이지?"

"석상 옆에 뭔가가 움직였어요. 아니, 날아다니는 게 카메라에 찍혔어요. 마치 영화에서 나오는 CG 같았어요."

"사람들이 믿을까?"

"더 자료를 모으고 있으니까. 조만간 아주 큰 걸 잡을 수 있을 것 같아요."

"내가 옥희를 믿어보도록 하지. 아참, 혹시 거기 보스에게 애인이 있나?"

"우리 회장님요?"

"그래."

"우리 회장님은 여자에게 관심이 없어요."

"잘 살펴봐."

"알았어요."

아폴론이 그녀의 눈을 쳐다보자 옥희의 눈이 다시 원상태로 돌아왔다.

"그러는 태양 씨는 뭘 하세요?"

"나는 태양열에 관한 사업을 하지."

"그래요?"

여자의 눈에 노골적인 하트가 그려지고 있었다.

"혹시 애인 있으세요?"

"아니, 하지만 한번 만들어볼까 하는 마음이 드는군."

"호호호, 그래요? 저랑 같은 생각을 하시네요."

여자의 마음은 갈대와 같다더니 금방 베타에게 복수를 한다고 해놓고 그에게 꼬리를 치는 모습이라니, 확실히 아름다운 영혼의 여인은 아니었다. 자신에게서 썩은 냄새가 난다는 걸 알고 있을까?

아폴론은 앞에 앉아 있는 옥희를 보며 그런 생각이 들었다. 어찌 되었든 간에 이제 에로스를 사냥하기 위한 덫을 놓았으니 점차 목을 조이면 되는 것이었다. 그리고 소문의 여인도 동시에 찾아 나서면 되는 일이었다.

"기다려, 에로스."

아폴론의 눈에서 뜨거운 태양의 이글거림이 나타나고 있었다.

어젯밤에도 그녀의 꿈속에는 금발의 남자가 찾아오지 않았다. 다만 아주 신기한 일이 있었다. 아침에 일어나 보니 그녀의 침대 바닥에 아주 커다란 흰색 깃털이 떨어져 있었다. 마치 유럽의 펜촉에 달린 그것처럼 커다란 깃털이었다.

그녀는 전해 내려오는 이야기 속의 날개 달린 금발의 파란 눈을 가진 천사가 자꾸만 그녀의 짝일 것 같다는 생각이 들었다. 그렇지 않고서는 깃털이 그녀의 방에서 발견될 리가 없었다.

"진짜로 천사가 온 것일까?"

"뭐라고?"

연희가 옆에서 오늘 회원 명단을 정리하다가 그녀를 보며 말했다.

"오늘부터 연습하는 거 알지?"

"실장님!"

"왜 어때서. 다 연애를 할 때 도움이 되는 거야. 어디 가서 배울 수도 없고. 이리 와봐."

그녀는 하라를 끌고 손님들이 앉아 있는 케겔 운동 기구에 그녀를 앉혔다.

"무서울 것 없어. 이건 워밍업이고 이다음부터가 진짜야."

"실장님."

"한 시간 후에 첫 회원님이 오시니까 그전까지 하라 씨가 연습을 하면 돼."

기구의 종류도 많았고 또 옛날 분들이 하던 방식들도 있어서 조금 민망한 것들도 있었다. 물론 여자들끼리니까 덜 민망하기는 했지만 말이다.

"하라 씨, 팬티 벗고 여기에 앉아."

의자에 앉으면 질 입구 쪽으로 기구가 들어가서 그 기구를 조이는 연습을 하는 것이었다. 처음에는 작은 게 들어가고 나중에는 그 사이즈가 커졌다.

"저는 이거 안 해도 되는데……."

"나중에 어떻게 설명을 할 건데?"

하는 수 없이 하라는 자신의 다리를 벌렸고 그 안으로 연희가 작은 기구를 넣었다.

"힘 줘봐."

하라는 질 쪽으로 힘을 주었지만 이게 생각대로 되는 게 아니었다.

"힘이 안 들어가는데요?"

"당연하지. 항문에 힘을 주면 자연스럽게 힘이 들어가."

연희의 말대로 하자 진짜 질에 힘이 들어갔다.

"근데 이런 걸 남자들이 좋아할까요?"

"그럼 당근이지. 우리 하라 씨는 아주 힘이 좋은데? 젊어서 그런가?"

부끄러운 말을 김 실장은 아주 자연스럽게 잘했다. 그때 갑자기 문이 열리더니 사장이 들어왔다.

"연수 중이었군."

사장은 아무렇지 않게 말을 하더니 연희 선배에게 뭔가를 건네고는 그 자리에 서 있었다.

"저기, 사장님……."

기계가 삽입이 되어 있어서 발을 내릴 수도 없는 난감함에 하라가 그를 불렀다.

“난 신경 쓰지 마요.”

어떻게 팬티를 벗고 다리를 들어 올린 채로 있는데 신경이 안 쓰일 수가 있겠는가? 아무리 측면으로 있어도 부끄러운 건 매한가지였다.

“그래도…….”

“우리 하라 씨가 부끄러움이 많은데, 김 실장이 신경을 좀 더 써야겠어요.”

“네, 알겠습니다. 원래 신입 때는 부끄러워하는 법이죠.”

이유는 알지 못했지만 사장의 목소리는 꿀이 떨어지는데 연희의 목소리는 아주 차가웠다.

“이거 둘이 마셔요. 아주 향이 좋은 귀한 커피니까.”

“네, 그리고 이런 거 다음에는 가지고 오지 마세요.”

사장을 내보내며 연희가 조용히 말했다. 하지만 방이 너무 조용하니 하라에게까지 그들의 말이 들렸다.

“아니, 난 내가 하고 싶은 대로 해.”

오올, 이건 무슨 시추에이션인가? 둘의 관계가 아주 의심스러운 대목이었다. 사장이 나가자 하라가 빨리 기계를 빼달라고 졸랐다.

“아주 타이트한 질을 가져서 이런 운동이 필요 없을 것 같아서 그만하는 거야.”

“네, 그럼 안 해도 되나요?”

"그래."

"감사합니다."

"대신에 내일부터는 다른 방에 들어가야 해."

"어디로요?"

"조 실장 방이야."

"안 가면 안 되나요?"

"여기서의 교육은 끝이 났어."

아쉬웠다. 연희도 너무 좋았고 여기는 남자들이 들어오지 않으니까 마음이 편했지만 조 실장의 스타일로 봐서는 완전 야한 방일 것 같았다. 조 실장이 워낙에 강한 스타일이니까 그 방의 난이도가 얼마나 높을지 안 봐도 비디오였다.

점심시간, 지하로 내려가는 길에 하라는 회장과 사장이 나란히 걸어가는 모습을 보았다. 하라는 그들이 옆으로 지나가자 허리를 굽혀 인사를 했다. 하라와 눈이 마주친 회장의 표정이 굳었다. 얼굴도 쳐다보면 안 되는 걸까?

순간 기분이 나빴다. 그러나 회장의 뒷모습에서 무언가를 발견한 하라는 넋을 놓고 잠시 동안 그를 보았다. 그의 하얀색 양복에 흰색 깃털이 붙어 있었다. 그들은 출입금지 지역인 3층으로 향하고 있었다. 왜 그렇게 궁금한 생각이 들까, 왜 그에게 깃털이 붙어 있을까, 하라는 그들을 뒤쫓기 시작했다.

이러면 안 되는데 하는 마음이었지만 참을 수 없는 궁금증은 커져만 갔다. 마치 판도라의 상자를 여는 기분이라고나 할까? 다행히 모두가 식사를 하러 가느라 2층 로비가 비어 있는 틈을 타서 하라는 그들의 뒤를 쫓았다.

3층에 다다르자 신발을 벗고는 주변을 살피기 시작했다. 3층은 2층의 구조와는 아주 달랐다. 커다란 문이 있을 뿐 겉으로는 아무것도 없었다. 사장과 회장은 들어갔는지 보이지 않았다.

하라는 어디서 그런 용기가 생겼는지 문 앞으로 살금살금 발걸음을 옮기기 시작했다. 문 앞에는 CCTV 같은 것도 없었다.

그냥 회장과 사장의 집이 맞는 모양이었다. 문 앞으로 가자 섹스의 모든 자세가 문 전체에 조각되어 새겨져 있었다. 넋을 놓고 보고 있다가 정신을 차린 하라는 주변에 문을 여는 버튼을 찾기 시작했지만 그 어디에도 문을 여는 장치가 없었다.

"뭐지?"

그녀는 문을 살짝 만졌다. 그러자 거짓말처럼 문이 열렸고 그 안에 커다란 의자에 앉은 회장과 그 옆에 앉은 사장이 그녀를 보고 있었다. 마치 그녀를 기다리기라도 한 것처럼 말이다.

"박하라 씨!"

사장이 그녀를 엄하게 불렀다.

"길을 잘못 찾아서……."

아주 궁색한 변명을 했지만 그들에게 통할 리가 없었다.

"베타는 내려가서 하라 씨가 사정이 있어서 조금 늦을 것 같다고 말해. 아니, 오늘 일찍 퇴근했다고 해.”

“네.”

“저기, 회장님.”

하라가 회장을 불렀지만 그녀의 말은 무시되었고 사장이 그녀와 회장만을 남겨두고는 방을 나갔다. 방 안에는 왕들이나 앉을 만한 커다란 의자가 있었고 모든 가구가 화이트 톤이었다. 가구라고 해봐야 금으로 장식이 된 화려한 의자와 알 수 없는 석상이 전부였다.

미술시간에 그렸던 석고상들처럼 하얀 조각상들이 의자를 중심으로 빙 둘러져 있었다. 뭘 의미하는지 모르겠지만 이곳은 사람이 생활을 하는 곳이라기보다는 커다란 박물관 같은 느낌이었다.

“그러니까 제가 왜 이곳에 오게 됐냐면은…….”

“편하게 말해.”

그의 목소리가 방 안을 울리고 있었다.

“옷에 깃털이 묻어 있어서…….”

“이거 말인가?”

그가 옷에서 작은 깃털을 집어 들었다. 그녀의 방에 떨어진 깃털보다는 확실하게 작았다.

“이 털이 무엇인지 궁금했나?”

하라가 고개를 끄덕였다.

“코지!”

그러자 하얀색 앵무새가 갑자기 나타나 푸드덕 소리를 내며 그의 어깨에 앉았다.

"우리 코지의 털이지."

갑작스러운 새의 등장에 하라는 좀 놀라긴 했지만 괜한 의심을 한 모양이었다. 회장이 그녀의 방에 올 리가 없지 않은가?

"죄송합니다."

"뭐가 죄송하지?"

"요즘 제가 상상의 나래를 잘못 펴고 있는 것 같습니다."

"무슨 상상이지?"

"아닙니다."

그가 앵무새를 날려 보내고는 그녀의 곁으로 걸어오고 있었다. 매번 느끼는 거지만 그는 너무나 컸다. 일반 여자들에 비해 큰 키를 자랑하는 하라가 고개를 들 정도였다. 예전에 친구들과 농구선수들하고 미팅을 했는데 그때보다 더 위압감을 느꼈다.

"이곳은 접근금지인 거 교육받지 못했나?"

"받았습니다. 그런데 그게……."

"그게?"

"잘못했습니다."

"잘못했다?"

그가 그녀의 얼굴 바로 앞까지 왔다. 이상하게 그에게서 달콤한 꽃 향이 났다. 아주 그윽하고 매혹적이었다. 그가 가까이 오니 숲에 온 듯 청량한 내음이 그녀를 감싸고 있었다. 이렇게 넋이 빠질 상황은 아니지만 그는 정말 잘생겼다.

그가 지금 그녀를 얼마나 한심하게 보고 있는지 알 것 같았다. 하지만 하라는 그에게서 눈을 뗄 수가 없었다.

완벽하다 못해 아름답기까지 한 그였다. 오늘따라 단정하게 묶은 머리를 풀고 그녀의 손가락으로 쓸어주고 싶은 마음이 들었다. 자꾸만 만지고 싶은 생각이 들게 하는 남자였다. 이렇게 남자를 보며 야릇한 생각을 한 적은 없었다.

근본적으로 섹시미를 풍기는 남자였다. 그를 유혹하고 싶고 그에게 유혹당하고 싶었다. 하라는 한동안 이런 생각에 멍하게 서서 그를 바라보고 있었다.

4. 알 수 없는 이끌림

다다다다.

계단을 내려오는 베타의 발걸음이 아주 빠르게 움직이고 있었다. 누가 보면 다른 사람에게 쫓기는 듯한 걸음이었다. 마음 같아서는 그의 능력을 쓰고 싶었지만 지금은 보는 사람들이 많았다.

"식사하셨습니까?"

"네."

보는 사람마다 점심 식사를 잘했냐고 묻고 있었다. 하지만 베타는 그들의 인사에 겨우 대꾸만 하고는 연희가 있는 방으로 가기에 바빴다. 조금 있으면 오후 회원들이 올 시간이었다. 드디어 연희가 있는 방의 문 앞에 섰다.

왜 그런지 몰라도 가슴이 너무나 뛰었다. 그는 터질 듯한 심장을 손으로 부여잡고는 노크도 없이 문을 열었다.

"하라 씨, 커피 마셔."

"……."

뒤돌아 앉아서 커피를 타고 있는 연희였다.

"오늘 오후 회원님은 30분 뒤니까 커피 타임을 가질 수 있어."

그녀의 유난히 발달된 호리병 몸매가 그의 시선을 사로잡았다.

"내일부터는 조 실장님이랑 하니까 조금 강도가 있을 거야. 힘내."

그녀는 따뜻하게 위로를 하고 있었다. 그에게는 한 번도 보이지 않은 모습이었다.

"사장님!"

뒤를 돌아본 연희의 모습이 오늘따라 그의 눈을 사로잡았지만 그녀는 놀랐는지 커다란 두 눈이 더 커졌다.

"여기는 어떻게……."

"하라 씨가 오후에 일이 생겨서 급하게 간다고 전해달라고 해서."

"무슨 일인데요?"

"집안일인가 봐."

"그래요?"

하라에게 전화를 하려고 하는지 그녀가 핸드폰을 들었고 베타는 자신도 모르게 그녀의 손을 잡았다.

"사장님, 지금 뭐……."

연희의 뒷말은 그의 입술에 의해 막혔다. 그녀가 기절하지 않기를 바라며 그는 연희의 입술을 머금었다. 다행히 연희는 키스는 받아들일 수 있는 단계의 사람이었다. 약한 영혼을 가진 인간은 신의 입맞춤에 그대로 기절해 버리니까 말이다.

안도감이 들자 베타는 조금 더 진전을 시켜보기로 마음을 먹고는 자신의 혀로 그녀의 입술을 가르고 들어갔다. 그녀의 보드라운 혀가 그를 반기고 있었다. 키스를 처음 해본 것처럼 그는 깊은 울림을 느끼고 있었다.

그녀의 혀가 주는 느낌이 그를 아주 미치게 만들고 있었다.

"으으읍, 그만! 그만요."

그녀가 그에게서 얼굴을 돌렸다. 그렇게 그와의 키스가 싫었던 것일까?

"미안."

"……."

"내가 실수를 한 것 같군."

"아닙니다. 그동안 틈을 보인 제 잘못도 큰 것 같습니다."

차갑게 말을 하는 연희의 태도가 베타의 마음을 아프게 만들었다.

"난 연희에게 관심이 있어."

"압니다. 충분히 표하셨고 전 그런 관계는 싫습니다."

연희의 표정은 단호했다.

"왜?"

"너무 차이나는 사람과는 만나지 않고 싶습니다."

"……."

"다신 그런 일로 상처를 받고 싶지 않습니다. 저에게 느끼시는 호기심은 금방 사라질 겁니다."

연희는 분명 상처를 받은 것 같았다. 그래서 그를 멀리하고 있었다.

"호기심이 아니야."

연희의 한쪽 눈썹이 올라갔다. 그의 말이 무엇이든 안 믿겠다는 표시 같았다.

"그럼 뭐죠?"

달리 할 말이 없었다. 그냥 직접 고백하는 수밖에 없었다. 그녀는 그가 왜 그러는지 의아할 것이다. 왜 이렇게 그 혼자 타오르고 있는지 말이다. 그는 에로스의 화살을 맞았다. 쏘려면 연희에게도 쏴주든지. 에로스의 장난이었다. 그건 에로스가 말하지 않아도 알았다. 갑자기 생긴 감정이었고 1000년 만에 처음, 그것도 갑자기 드는 마음이니 에로스의 화살이라고 생각할 수밖에 없었다.

"난 그렇지 않아. 난 연희를 사랑한다고."

"사랑? 그런 건 없습니다."

베타의 가슴이 무너지고 있었다. 왜 이렇게 그의 사랑은 이토록 힘이 든다는 말인가?

"나가주십시오."

연희의 단호함에 베타는 하는 수 없이 방에서 나왔다. 그리고 자신의 사무실로 어떻게 갔는지 기억에 없을 만큼 그는 큰 충격에 휩싸였다.

하라의 커다란 눈 안에 회장의 가슴이 보였다. 어쩌면 저렇게 하얀지 빛이 나고 있다고 착각을 할 정도였다. 그녀가 그의 흰 와이셔츠를 뚫어지게 보고 있는 사이 회장이 무릎을 굽혀서 그녀와 눈높이를 맞추었다.

아쿠아블루 색의 맑은 눈동자 안에 그녀의 모습이 보였다. 갑작스런 그의 행동에 하라는 심장이 쿵 하고 내려앉은 느낌이었다.

"변명이 궁색하다는 생각이 안 드나? 난 하라 씨가 왜 이곳에 왔는지 그 사실이 궁금해."

"그러니까 그게……."

하라가 뒷걸음질 치자 그가 한 걸음 아까보다 더 가깝게 다가왔다. 심장이 터질 것 같았다. 정신을 차리기 위해 하라는 자신의 허벅지를 슬쩍 꼬집었다.

이제 정말 거짓말은 소용이 없다는 생각이 들었다.

"아침에 일어나 보니 깃털이 침대 밑에 떨어져 있었습니다."

정말 속사포처럼 숨도 안 쉬고 사실대로 말했다.

"새를 키우나?"

"아닙니다. 작은 새가 아닌 독수리처럼 큰 새의 깃털이었습니다."

"그런데?"

회장의 그려놓은 듯한 눈썹이 움찔거렸다.

"그런데 아까 점심을 먹으러 가는 길에 보니 회장님의 옷에 깃털이 묻어 있었습니다. 그때는 그 깃털이 앵무새의 것이라고 생각을 못했습니다."

"그런가? 그럼 내가 날개라도 가졌다고 생각하나?"

"미쳤다고 생각하실지 모르겠지만 그렇습니다."

"하하하, 그래?"

"네, 저희 집에는 전설이 있습니다. 오래전에 저희 조상이 날개 달린 천사를 구해주고 세 가지 소원을 들어준다는 약속을 받았습니다. 그 후로 두 가지 소원은 들어주었는데 마지막 소원은 아직까지 이루어지지 않았고 재미로 그렇게 전해진 얘기겠지만 저는 믿고 있습니다."

"그 마지막 소원이 뭐지?"

"그 날개 달린 신과의 사랑이죠."

"……."

"믿으실지 모르겠지만 이상하게 전 금발의 남자와 몇 년간 꿈속에서 만났습니다."

"그게 나의 얼굴이었나?"

회장은 아주 흥미롭다는 듯이 그녀에게 물었다.

"얼굴은 보이지 않았습니다."

"그래?"

그의 향이 코끝에 닿자 하라는 태어나서 처음으로 심장의 두근거림을 느끼고 있었다. 그의 얼굴이 가까울수록 그녀의 호기심은 더해갔다.

"하지만 사장님도 금발이시라서 조금은 헷갈립니다."

그의 표정이 순식간에 어두워졌다. 이렇게 표정이 정직한 사람은 처음 보았다. 그의 청량한 내음이 그가 가까이 올수록 그녀를 매혹시키고 있었다. 이제는 그녀의 심장 소리가 방 안에 울리는 것만 같았다.

"제가 무슨 실수라도……."

"아니, 실수는 없었어."

그의 표정이 여전히 굳어 있었다.

"제가 실수를 한 게 아니라면 이만 내려가 보겠습니다."

인사를 하고 나가려는데 그가 문 앞에서 그녀의 팔을 아프게 잡았다. 그의 손끝에서 그가 화가 났음이 느껴졌다.

"아, 아파요."

그의 손의 힘이 더 강해지고 있었다.

"실수는 여기에 온 것부터였어."

탁!

그가 그녀를 문과 그 사이에 가두었다. 딱딱한 문이 그녀의 등을, 단단한 몸이 그녀의 가슴을 누르고 있었다. 그의 들썩이는 몸이 그대로 그녀의 눌린 가슴을 통해 느껴지고 있었다.

"도대체 넌 뭐지?"

그가 하라의 얼굴을 손끝으로 들어 올렸다.

"신경 쓰여. 너의 아름다운 얼굴도, 너의 터질 듯한 가슴도 그리고 지금쯤 젖어 있을 너의 그곳도 모두 맛보고 싶어."

"……."

그의 충격적인 고백에 하라의 심장이 미친 듯이 뛰었다.

"내가 변태 같은가? 정 떨어지나?"

하라가 가로저었다. 그러자 그가 그녀의 입술을 손가락으로 쓸어내렸다.

"너의 입술을 맛보고 싶다고 날마다 생각했다. 그 입술을 빨아들이면 어떤 느낌일지도……."

"회장님……."

"쉿, 아무 말도 하지 마. 이런 내가 나도 싫으니까."

"키스해 주세요."

그녀는 자신이 말을 하고도 깜짝 놀랐다.

"뭐? 진심인가? 지금 이런 말을 하면 어떤 일이 일어날지 알고나 하는 말인가?"

"몰라요. 하지만 후회는 안 할 것 같아요."

그가 갑자기 그녀의 팔을 잡고는 어디론가 끌고 갔다. 그 힘이 어찌나 센지 팔이 떨어져 나갈 것 같았다.

"아파요."

"소리를 질러도 여기는 아무도 들어오지 않아."

그의 말에 맥이 빠지긴 했지만 하라는 소리를 질렀다.

"아!"

이건 그가 쥔 손이 너무 아프기 때문이지 그가 싫어서가 아니었다.

그는 꿈쩍도 하지 않고 아까는 보이지도 않던 문안으로 들어갔다. 분명히 아까는 문이 없었다. 방 안은 그녀의 방처럼 흰색 캐노피가 쳐진 커다란 침대만 있었다.

"여기는……."

방 안에 들어서자마자 그가 거칠게 그녀의 입술을 삼켜 버렸다. 그러다 갑자기 그녀를 놓고는 그녀의 얼굴을 이리저리 살피기 시작했다.

"키스는 견딜 수가 있군."

뭐라고 하는지 도통 알아들을 수가 없는 이야기를 하며 그는 다시금 그녀의 입술을 빨아들였다. 입안에서 아카시아향이 퍼지고 있었다. 무슨 치약을 쓰는지 다음에 물어봐야 할 것 같았다.

그의 혀가 그녀의 부드러운 혀를 감싸며 빨아들였다. 키스만으로 이렇게 황홀할 수 있다니 하라는 놀라웠다. 그는 이성을 잃은 듯 그녀의 혀를 뽑을 듯이 빨기 시작했다. 호흡이 그의 입안으로 삼켜지고 하라의 정신이 아득해지기 시작할 무렵 그의 손이 하라의 가슴을 움켜쥐었다.

“갖고 싶어.”

그의 충격적인 말에 하라는 몸을 움츠렸지만 이상하게 저항할 수가 없었다.

“너의 몸을 가져도 될까?”

그건 그녀에게 묻는 게 아니라 그가 고민을 하며 스스로에게 말하는 것이었다. 그의 손이 그녀가 입고 있는 검은 정장의 재킷을 벗겨내고 검은 반팔 니트를 밀어 올렸다. 그녀가 입은 건 검은색 브래지어와 스커트뿐이었다.

그는 한 번의 터치로 신기하게 그녀의 브래지어를 풀고 맨가슴이 나오게 만들었다. 어떻게 그렇게 했는지 알 수는 없었지만 그녀의 가슴이 지금은 시원하게 드러나 있었다. 그가 커다란 손으로 그녀의 풍만한 가슴을 감싸 쥐었다.

“이것이 인간의 몸인가?”

그는 감탄사를 연발하며 그녀를 꼼짝하지 못하게 만들고 있었다. 그녀의 가슴을 손바닥으로 부드럽게 문지르며 그녀의 입술을 빨아들이고 있었다.

“여기서 멈출 수가 없다.”

그는 이렇게 말을 하며 그녀의 가슴을 빨아들이기 시작했다. 그가 유두를 물었을 때는 하라는 그만 뒤로 쓰러질 뻔했다. 그의 손길 하나하나가 짜릿한 느낌을 주었다. 그녀의 아랫배가 그가 움직일 때마다 따가웠다.

처음 느끼는 생소한 감각에 그녀의 온몸에 소름이 돋았다.

"민감해."

그는 이렇게 말을 하며 그녀의 치마를 손으로 순식간에 내리고 그녀의 스타킹과 팬티도 한꺼번에 벗겨냈다. 그녀의 완벽한 나신은 그를 기쁘게 하고 있는 것 같았다. 그의 손이 가슴에서 갑자기 그녀의 여성으로 옮겨지고 있었다.

따뜻함이 느껴지는 손길이었다. 키스 때는 다소 거칠었는데 지금의 애무는 부드러움 그 자체였다. 그가 검은 털을 가볍게 감싸쥐자 하라는 발로 더 이상 서 있을 수가 없었다. 그런 그녀를 그는 힘 좋게 한 팔로 잘 지탱하고 있었다.

"아흐."

그녀의 입에서 신음이 터져 나왔다. 이럴 줄 알았으면 지난 3주 동안 열심히 실기도 배워둘 걸이라는 생각이 들었다. 그녀는 처음으로 남자를 접해서인지 어떻게 하는 줄 몰랐다. 다행히 그가 잘 리드하고 있었지만 말이다.

그의 손길에 하라는 속수무책이었다. 왜 그런지 모르겠지만 자꾸만 그가 만져 주기를 바라고 있는 것 같았다. 그의 손가락 하나가 그녀의 질 안으로 파고들었다. 갑작스러운 그의 공격에 그녀가 놀라 그 자리에 쓰러질 뻔했다.

그러지 이번에는 그가 그녀를 침대 위에 눕혔다. 그리고 그녀의 온몸에 자신의 입술을 찍기 시작했다.

"아아아."

그녀의 입에서는 그의 입술이 부딪칠 때마다 신음이 흘러나오고 있었다. 근무 시간에 그것도 회장과 이래도 되냐는 생각이 들기는 했지만 이미 온몸이 녹아내리고 있었다. 물에 젖은 솜처럼 나른한 게 아주 몸이 무거워 침대에서 일어날 수가 없었다.

그의 입술이 그녀의 유두를 빨아들이자 하라는 미칠 듯한 욕망에 온몸을 부르르 떨었다.

"널 갖고 싶다."

그는 이를 악물고 뭔가를 참듯이 말을 했다.

"가지세요."

그녀의 입에서 결국은 이런 말이 흘러나오고 말았다.

"안 돼."

그가 갑자기 그녀를 놓아주었다. 그가 떨어지자 그녀는 한기를 느꼈다.

"다칠지도 몰라."

그는 자신의 긴 머리를 쓸어 올렸다. 그 모습마저 화보 같았다.

"괜찮아요."

지금은 그와 섹스를 하지 않는다면 자신이 더 죽을 것 같았다.

하라가 자신도 모르게 그의 양복의 재킷을 벗겨냈다. 그리고 아주 다급한 몸짓으로 그의 와이셔츠를 풀려고 하자 그가 그녀의 손을 잡았다.

"난 널 잃고 싶지 않아."

"절 가져요. 안 그러면 진짜 잃게 될 거예요."

그녀의 말에 그가 바지를 벗었다. 그리고 그녀는 그가 왜 다칠지도 모른다고 했는지 이해할 수가 있었다. 그의 페니스는 정말로 거대했다. 어떻게 저런 무기를 바지 속에 숨기고 다녔는지 도저히 이해할 수가 없었다.

하라가 자신도 모르게 그의 페니스를 보고는 침을 삼켰다. 직접 보고 나니 두려움이 생겼다. 그가 그녀의 질에 자신의 거대한 페니스를 비벼댔다.

"네가 무사하길 바라지만 지금은 더 이상 못 참겠어."

그는 이렇게 말을 하며 자신의 거대한 페니스를 그녀의 타이트한 질 안으로 밀어 넣었다.

"아악!"

자신도 모르게 비명이 흘러나왔다. 이건 참을 수 있는 한계를 넘어선 고통이었다. 하라는 자신의 몸이 두 동강이 나는 줄 알았다. 하지만 우려와는 다르게 그녀는 무사했다. 그리고 그의 페니스를 물고 있는 질이 타들어가듯이 아파왔다.

"아, 아파요."

"……"

그의 표정을 본 하라는 더 이상 말을 할 수가 없었다. 그는 지금 아주 놀란 표정으로 그와 그녀가 연결이 된 곳을 멍하게 바라보고 있었다.

"괜찮은 건가?"

"아파요!"

그의 차분한 말에 하라는 순간 화가 났다. 그녀의 고통을 그는 모르고 있는 것 같았다. 그러더니 그가 갑자기 움직이기 시작했다.

"아, 아아악!"

이제 고통은 한계를 넘어서고 있었다. 하지만 잠시 후 정말 놀랍게도 그 고통이 아주 묘한 쾌감으로 바뀌고 있었다. 그녀의 클리토리스가 움찔거리며 짜릿한 쾌감을 느끼고 있었다. 그의 거대한 페니스가 신기하리만치 깊게 그녀의 안에 들어갔다가 나왔다를 반복하고 있었다.

그가 그녀의 안을 채워주는 느낌이 너무나 좋았다. 이래서 사람들이 섹스를 하는구나라는 생각이 들었다. 그리고 한 가지 더 그녀가 꿈속에서 그렇게 원하던 것을 현실에서 이루게 되었다는 것이었다.

퍽퍽퍽.

요란한 소리와 함께 그녀는 점차 이성을 잃어가고 있었다. 남자와 살이 부딪치는 느낌이 이렇게 환상적일 줄은 몰랐었다.

"아아앙."

아까의 비명이 지금은 신음으로 바뀌었다. 그의 거대한 페니스가 그녀의 질을 벌리고 들어오는 느낌이 정말 환상적이었다. 그리고 그의 손이 그녀의 유두를 동시에 만지고 있는 것도 너무 좋았다.

온몸의 털이 서는 듯한 강한 짜릿함을 맛보고 있었다. 그에게 매일같이 해달라고 매달릴 것만 같은 극한의 쾌감이 그녀를 감싸고 있었다.

퍽퍽퍽.

그는 지치지도 않는지 연속적으로 그녀의 질 안으로 침입을 하고 있었다.

"환상적이에요."

그가 날개가 달린 신은 아니었지만 그래도 금발에 푸른 눈을 가졌으니 어쩌면 그녀가 마지막 소원의 주인공인지도 몰랐다.

"당신이었으면 좋겠어요."

"……."

그녀의 말에 그가 잠시 동작을 멈추었다.

"당신이 날개 달린 신은 아니지만 내 눈에는 적어도 당신은 금발에 푸른 눈을 가진 날개 달린 신이에요. 움직여 줘요."

그가 말없이 다시 자신의 허리를 움직이기 시작했다. 그의 와이셔츠가 자꾸만 그녀의 눈에 거슬렸다. 그래서 하라는 그의 와이셔츠의 단추를 풀려고 했다. 그러자 어느 순간 그의 손이 그녀의 손을 잡았다.

그리고 그녀가 아무 생각도 못하게 격렬하게 움직이기 시작했다. 온몸이 그와 함께 움직이고 있었다. 더 이상은 참기 힘든 열락의 시간이었다.

"이제 내려가 봐야 해요."

"아니, 오늘은 안 가도 돼."

아까 그가 사장에게 말했던 게 생각이 났다.

"그때부터 안 보낼 생각이었군요."

"그래."

그는 솔직하게 말했다. 그리고 그녀를 들어 올렸다. 그리고 갑자기 뒤로 돌려 엎드리게 했다. 그리고 미처 그녀가 깨닫기도 전에 뒤에서 그녀를 공격하기 시작했다. 조금 전보다 더 깊이 그의 페니스가 그녀의 몸 안에 들어와 있었다.

두려웠다.

"아악!"

또다시 입에서 비명이 터져 나왔다. 이번에는 그가 그녀의 등을 어루만지며 자신의 페니스를 깊게 밀어 넣었다.

"찢어질 것 같아요."

"아니, 넌 받아들일 수 있어."

그는 이렇게 말을 하며 그녀의 몸을 계속해서 탐하고 있었다. 그녀는 온몸이 땀으로 젖어들고 있었지만 그는 아무 일도 없는 듯

몸이 아주 뽀송뽀송했다. 그는 좋지 않은 것일까?

"미칠 것 같아요. 회장님은요?"

"이대로 영원히 잠들어도 좋을 것 같아. 이게 인간들이 느끼는 쾌락이었군."

그는 알다가도 모를 소리만 했다. 그도 인간이면서 참 웃기는 표현이었다. 그가 다시 그녀의 몸을 바로잡고는 다리를 벌렸다. 그리고는 자신의 손으로 그녀의 화끈거리는 여성을 감싸자 그녀는 순간 뭔가 빛이 반짝거림을 보았다.

그리고 정말로 그녀의 욱신거림이 씻은 듯이 나았다.

"방금 그게 뭐예요?"

"뭐가?"

"번쩍거린 거."

"아무 일도 없었어. 너무 힘이 드나?"

그의 말처럼 그녀가 너무 힘이 들어서 헛것을 본 것 같지는 않았다. 하지만 지금은 별로 따지고 싶지 않았다. 그의 손길이 닿은 후부터 그녀의 질 안이 촉촉해지기 시작하면서 그를 받아들일 준비를 하고 있었다.

3주 동안 김 실장과 함께 있으면서 여성의 질에 관해서는 귀에 딱지가 앉게 들었기 때문에 그녀는 경험이 없었지만 많은 것을 알게 되었다. 그래도 지금 이 순간은 이해가 가지 않았다. 어떻게 그렇게 잘 알지도 못하는 남자에게 처녀성을 바치고도 이렇게 아무렇지 않을 수 있는지 스스로도 이해가 가지 않았다.

그가 그녀를 마치 종이 인형 다루듯이 가볍게 들어 올리는 것이 마음에 드는 그녀였다. 이런저런 생각이 스치듯 지나가는 사이에 그녀는 다시 한 번 비명을 질렀다.

"뭐 하는 거예요?"

"……."

그는 대답 대신에 그녀의 다리를 벌리고는 그녀의 여성을 입안 가득 물었다.

"회장님!"

그녀의 비명 소리는 안중에도 없는 그였다.

"제발!"

아무리 애원을 해봐도 그는 여전히 그녀의 여성을 입안 가득 물고는 혀로 핥기 시작했다. 하지만 처음에 거부감이 들던 그의 행위에 서서히 빠져드는 하라였다. 이상했다. 정말 이해할 수 없는 아주 야릇한 짓인데도 그가 하면 어색하지가 않았다.

"아흐."

그녀의 입에서 신음이 터져 나오고 있었다. 마지막까지 그는 사정을 하지 않았고 그녀는 그게 너무 신경이 쓰였다. 그가 그녀를 오랜 시간 애무해 준 후에 그녀를 끌어안고는 침대에 그대로 누웠다. 그녀의 눈은 피곤함에 감기는데 그는 그녀를 내려다보고 있었다.

"안 피곤해요?"

그가 미소를 지으며 고개를 끄덕였다.

"체력이 대단하시네요. 퇴근 시간에 맞춰서 좀 깨워주시겠어요? 집에 가봐야 해서."

"푹 자. 내가 데려다줄 테니까."

"네."

그녀는 자꾸만 졸린 까닭에 잠시 후에 깊은 잠에 빠져들었다.

따르릉따르릉.

몹쓸 알람이 시끄럽게 그녀의 아침의 시작을 알리고 있었다. 베개에 얼굴을 박고 그녀는 알람을 손으로 더듬어 찾고 있었다.

따르릉 따르릉.

"아이씨……."

따르릉따르릉.

뭔가가 이상했다. 분명히 그의 품에서 잠이 들었는데 지금은 그녀의 이불 속이었다.

"알람 안 꺼!"

따르릉 틱!

옆방 큰언니의 성화에 하라는 무의식적으로 알람을 손으로 눌렀다. 눈을 뜨기가 두려웠다.

"뭐지?"

이때 밖에서 소리가 들렸다.

"얘들아, 일어나. 아빠 화장실 다 쓰셨어."

후다닥.

엄마의 목소리에 하라는 2층 화장실로 직행했다. 둘째 언니보다 빠르게 들어갔다. 그리고 욕실 문을 잠그고 거울에 비친 자신의 모습을 보며 하나하나 체크를 하기 시작했다.

"꿈인가?"

얼굴을 꼬집어보니 상당히 아팠다.

"아야."

이건 꿈이 아니었다. 두 번을 더 꼬집어보았는데 아팠다. 그녀는 분명히 잠옷을 입고 있었다. 그럼 어제 회장과의 일이 꿈이었던 걸까? 그녀는 옷을 벗었다. 그리고 어제의 일이 꿈이 아니었음을 알았다.

그녀의 온몸에 키스마크가 도트 문양처럼 나 있었다. 겨울이기에 망정이지 여름이었다면 들키고 말았을 자리에도 아주 당당하게 키스마크를 남긴 그였다.

"못 말려."

그녀는 대충 샤워를 하고는 출근 준비를 했다. 그리고 식구들에게 들킬까 봐 조마조마한 마음으로 식탁에 앉았다.

"박하라."

"네!"

엄마의 말에 하라는 자신도 모르게 움찔했다.

"죄졌어?"

큰언니가 밥을 먹다 말고 물었다.

"아니."

"아니긴, 어제 너 도대체 몇 시에 들어온 거야?"

"……."

"기지배가 세상 무서운지도 모르고 저렇게 천방지축이어서야. 누굴 닮아서 저러는지……."

"그야 엄마 닮았지."

둘째 언니의 말에 엄마가 언니의 등짝을 스매싱했다.

"엄마, 밥 먹을 때는 개도 안 건드려."

"넌 개가 아니잖니."

엄마가 이를 꽉 깨물며 언니의 말에 답을 하자 둘째 언니도 꼬리를 내렸다.

"회식 자리다 보니 빠져나올 수가 없었어. 미안."

"말이면 다야?"

엄마가 다시 한 번 소리를 질렀다.

"미안하다잖아, 당신이 이번에는 참아. 다음에 또 그러면 아빠가 다리몽둥이를 딱하고 부러트릴 거야."

아빠가 윙크를 하며 그녀를 혼냈다.

"내가 술이 취해서 그러는데 언제 들어왔어?"

"그걸 누가 알아, 다 잤는데. 여기 한번 잠들면 다들 자다가 업어가도 모르는 사람들 아니냐.”

그건 확실했다. 그가 그녀를 집에 데려다줬는데 그녀의 기억에는 하나도 없었다.

“죽어야지.”

그가 데려다주는 것도 모르고 섹스에 미쳐 있다가 잠도 미친 듯이 잔 모양이었다.

“어?”

“아니, 일찍 들어온다고.”

“제발.”

“알았어.”

그녀는 이렇게 말을 하고 밥도 제대로 먹지 않은 채 집을 나왔다. 지금은 밥 생각은커녕 아무 생각도 없는 백지 상태였다. 그리고 그녀는 조 실장의 차를 타고 회사에 출근을 했다.

“무슨 일 있어?”

“네?”

“넋이 나간 사람 같아서.”

효은이 그녀가 걱정이 되었는지 물었다.

“언니는 사고 후에 괜찮아요?”

“응.”

“그런데 차가 그렇게 찌그러졌는데 어떻게 똑같은 차를…….”

“리스해서 줬대.”

"누가요?"

"그 남자. 완전 수컷의 냄새를 팍팍 풍기던 그 사고 차량의 주인."

그 불꽃머리가 생각이 났다. 그 사람도 인상이 워낙 강해서 어디 가서 헛짓은 못 할 것 같았다. 그녀들이 무슨 말을 하든 조 실장은 말이 없었다.

그녀는 회사에 가까워질수록 겁이 났다. 회장이 그녀를 알은체를 해도 불안하고 모른 체를 하면 서운할 것 같고 도통 알 수가 없는 아주 미묘한 마음이었다.

"저기 효은 씨, 요즘 회사에 이상한 소문 없어?"

뜬금없는 조 실장의 말에 효은이 오히려 당황한 것 같았다.

"무슨 말씀이신지?"

"예를 들어 회장님의 여친 얘기라든지 아니면 지난번에 우리 건물에서 나왔다던 날개 달린 천사 같은……."

"천사요?"

이번에는 하라가 놀랐다. 분명히 날개 달린 천사라고 했다.

"그래, 천사. 우리 건물 위로 날아다니다가 건물 안으로 사라졌다고 하더라고. 유튜브에서 봤는데 진짜 같더라고."

"효은 씨!"

"아니, 얘기 못 들었습니다. 오늘 언니들한테 물어보고 말씀드릴게요."

"알았어. 수고 좀 해줘."

"그런데 왜 그러시는데요?"

"어, 그냥 궁금해서."

조 실장이 궁금한 것도 다 있고 신기한 일이었다.

"하라 씨는?"

"저는 이제 입사한 지 한 달도 안 돼서 잘 모릅니다."

"알았어. 하라 씨도 좀 알아봐."

"네."

오늘부터 조 실장과 일을 하게 되니까 더 물어볼 사람이 없었다. 이따가 김 실장에게 물어봐야겠다는 생각이 들었다. 사실 그녀도 이 미스터리한 일이 아주 궁금했다.

"천사라……."

하라는 궁금한 여러 가지의 일들을 잠시 접고 회사 안으로 들어갔다. 오늘은 그 일이 아니어도 조 실장과 같이 일하는 것만으로도 힘이 든 하루가 될 것이기 때문이었다.

리무진 안에서 몸을 길게 뻗은 아폴론은 상상만으로도 좋은지 계속 혼자서 낄낄거리며 땅콩을 입안에 넣고 있었다. 인간세상에 와서 그가 아주 즐거운 건 맥주와 땅콩이 있다는 것이었다.

"회장님."

그의 운전사가 그를 불렀다. 음주운전을 할 수 없기 때문에 그가 고용한 운전사였다.

"왜?"

"오늘도 클럽 에로스 쪽으로 갈까요?"

"왜 묻는 거지?"

"요즘 그쪽에 잘못 갔다가는 소리 소문 없이 사라진다는 소문이 들려서요."

"하하하, 사라지고 싶지는 않은가 보군. 오늘은 그쪽으로 가지 말고 집으로 가세."

"네."

운전사는 진심으로 좋아하고 있었다. 그는 수화기를 들고는 옥희에게 전화를 걸었다.

"오늘 시간 있나?"

[네, 직원들 집에 태워다 주고 나면 8시쯤 될 거예요.]

여자의 들뜬 모습이 그가 누운 자리에서도 보이는 것 같았다. 참고로 그는 에로스의 집안에 있는 건 볼 수가 없었다. 그건 에로스의 영역이기 때문이었다.

"그럼 성북동 쪽으로 넘어와서 전화해."

[알았어요. 맛있는 거라도 사주시게요?]

전화기를 던져 버리고 싶었지만 그는 최대한으로 자제하고는 웃으며 말했다.

"그럼. 뭐든지 다 해줘야지."

그는 이렇게 말을 하고는 핸드폰을 발밑에 집어 던지고는 땅콩을 입에 넣었다. 그때, 갑자기 그가 입을 향해 던진 땅콩이 그의 눈앞에서 사라졌다.

"빨리 안 나와!"

그의 말에 날개 달린 신발을 신은 아주 귀엽게 생긴 청년이 그의 앞에 앉아서 땅콩을 씹고 있었다.

"헤르메스, 정신이 사나우니 그 신 좀 벗어."

신발에서 계속해서 모기의 윙윙거리는 소리가 나고 있었다.

"날개가 워낙 빨리 움직여서."

"으이그."

아폴론이 자신의 귀를 막았다.

"알았어. 알았다고."

그가 신발을 벗어 그의 뭐든지 들어가는 주머니에 쑤셔 넣었다. 훔치기도 잘하지만 이렇게 숨기기도 잘했다.

"왜 온 건가?"

"내가 아폴론에게 아주 중요한 정보를 팔기 위해서지."

"관심 없어."

"관심이 있을 텐데? 에로스 얘기거든."

"말을 해."

그가 무심한 척 헤르메스에게 말을 했다.

"나도 요구할 게 있어."

"그게 뭔가?"

"그건 에로스의 사랑의 화살."

"미쳤군."

아폴론이 다시 자리를 고쳐 앉았다.

"안 될까? 하지만 에로스에게 화살을 한 번 빼앗은 적이 있잖아. 난 딱 한 번만 쓰면 되는데……."

헤르메스가 그를 보며 안쓰러운 표정을 지었다.

"어디다 쓰려고?"

"제우스."

"당장 꺼져!"

"왜 어렵겠나?"

"당연하지. 화살을 빼앗아 준다고 해도 그걸 제우스에게 쏜다면 아마도 우리는 영원히 잠에서 깨어나지 못하거나 아니면 하데스의 지옥의 불길에 갇히겠지."

헤르메스는 난감한 표정을 지으며 자리를 뜨려 했고 순간 아폴론이 그를 잡았다.

"약삭빠르게 간만 보고 도망치려 하지 말고 말해!"

아폴론에게 목덜미가 잡힌 헤르메스가 말을 했다.

"에로스에게 여자가 있어. 내가 그 여인을 안고 날아가는 걸 봤어. 인간 여자가 그의 품에 안겨 있더라고."

"거기가 어디야?"

"그건 아직인데 확실한 건 그가 그녀를 굉장히 소중하게 다룬다는 거야. 마치 너의 여인이었던 페르샤처럼."

그의 앞에서 금기시 되는 단어를 쓰고는 헤르메스는 순간 자신의 입을 손으로 막았다. 그리고는 아폴론의 손아귀에서 잽싸게 빠져나왔다.

"미안."

"헤르메스!"

빛의 속도로 사라진 헤르메스였다. 그의 페르샤를 함부로 입에 올리다니 정말 가슴이 찢어지는 아폴론이었다. 단 일주일간의 사랑이 600년이 지난 지금도 가슴에 사무쳤다.

태양의 신인 아폴론은 금수레를 타고 하늘을 나는 게 하나의 즐거움이었다. 그는 인간들의 세상에 빛을 뿌려주는 일도 좋아했다.

하지만 그가 진정으로 좋아한 일은 여신들과 정사를 나누는 것이었다. 그의 바람기는 여신들의 마음을 괴롭게 했고 드디어 아프로디테가 에로스를 시켜서 그에게 사랑의 화살을 쏘게 만들었다.

그가 화살을 맞고 처음으로 본 사람이 아버지를 도와 올리브를 따고 있던 페르샤였다. 그녀를 본 순간 그는 열병에 걸린 사람처럼 그녀의 주위에 맴돌았고 그녀의 아버지는 신인 그를 철저하게 반대했다.

당시에는 신들이 사람으로 변신해서 많은 인간들을 건드리던 때였다. 그래서 아름다운 인간의 여자들이 신들의 강한 정력을 못 견디고 죽는 일들이 비일비재하자 인간들은 자신의 딸들을 보호하기에 안간힘을 썼다.

그는 아름다운 페르샤의 마음을 얻기 위해 온갖 종류의 보석과 금이 가득한 보물 상자를 주었고 그녀의 아버지는 죽을지도 모르는데 딸을 그에게 주었다.

아폴론은 세상을 다 얻은 기분이었다.

"사랑하는 페르샤."

"네, 나의 아폴론."

그는 밤이고 낮이고 페르샤의 품속에서 살았다. 수줍은 페르샤는 강인한 그의 모습에 마음을 빼앗겼고 둘은 일주일 동안 하늘과 땅을 돌며 사랑을 속삭였다.

아폴론은 이렇게 아름다운 페르샤가 혹시나 그와 관계를 갖다가 죽을까 걱정이 되어 키스조차 제대로 하지 못했다. 하지만 정력이 누구보다 강한 신인 그에게 금욕은 고통의 끝이었다.

"아폴론, 제가 싫은가요?"

"왜 그런 말도 안 되는 얘기를 하는 것이냐?"

"그런데 왜 저를 그냥 두시는 건가요?"

그의 타들어가는 속도 모르고 페르샤가 그게 말을 했다.

"난 그대가 죽을까 봐 걱정이다."

"전 누구보다 강합니다."

그렇게 해서 페르샤의 말에 넘어간 아폴론은 일주일 되는 날 도저히 참을 수가 없어 아름다운 페르샤의 몸을 범했고 그녀의 몸은 불길에 타들어갔다.

스스로 몸이 타버리는 자연발화가 일어난 것이었다. 사랑하는 여인을 그의 품에서 잃은 아폴론은 비통함에 빠졌다.

"페르샤!"

그의 절규가 하늘까지 어둡게 만들었다. 그의 슬픔으로 인해 태양이 뜨지 않았고 제우스는 아폴론을 불러 심하게 문책을 했다. 하지만 아폴론의 귀에 제우스의 말 따위가 들어올 리가 없었다.

제우스는 아폴론의 사랑이 진정한 사랑이 아니라 에로스의 장난이었다고 말했고 화가 난 아폴론은 에로스를 찾아가서 그의 활을 빼앗아 그와 똑같은 경우를 당하라며 화살을 당겼다.

하지만 아쉽게도 에로스의 수많은 화살 가운데 그가 집은 건 사랑의 화살이 아니었다. 그는 에로스에게 자신을 증오하도록 분노의 화살을 쏘았고 둘은 하늘에서 격렬하게 싸웠다. 그보다 체구가 작은 에로스에게 분노의 마음이 들게 하는 화살을 쏘자 에로스의 파괴력이 더 강해져서 잘못했으면 그도 크게 당할 뻔했었다.

그렇게 그는 땅에 떨어졌고 분노한 제우스는 아무에게나 화살을 쏘고 또 아무렇지 않게 신들의 약속을 해버린 에로스를 벌했다. 그래서 에로스는 인간의 세 가지 소원을 들어주기 전에는 천상에 발을 들일 수가 없었다.

하지만 아폴론은 에로스가 용서가 되지 않았다. 그의 가슴 아픈 사랑이 에로스의 장난이었다는 것도 용서가 되지 않았다. 그의 페르샤는 아직도 아폴론의 가슴속에 살아 있었다.

"페르샤."

그는 리무진에 앉아서 잠시 생각에 잠겨 있었다.

"회장님 도착했습니다."

그는 멍한 상태로 그의 집으로 들어갔다. 성북동에 위치한 그의 집은 에로스의 것보다는 아주 작았지만 인간의 기준으로는 대궐 같은 곳이었다. 한옥으로 만들어진 집은 언뜻 보면 커다란 절같이 느껴질 정도로 그 규모가 컸다. 그는 불타오르는 빨강색 소파에 앉았다. 소파는 불타오르는 색이 아니라 진짜로 타오르는 불 가운데 있었다. 아폴론의 마음이 심란할수록 그의 근처에 있는 모든 게 불 가운데 타오르고 있었다.

지금은 아무도 만나고 싶지 않았지만 그는 복수를 위해서 옥희를 만나야 했다. 아폴론의 한숨에 옆에 있던 장식장에도 불길이 옮겨가고 있었다.

그의 집이 타고 있었지만 그는 그 불 가운데 가만히 있을 뿐이었다.

"회장님!"

집에서 일하는 사람들이 소화기를 들고 불을 진화했기에 망정이지 다 탈 뻔한 아찔한 상황이었다.

5. 욕망에 눈뜨다

넓은 방에는 아랍의 황실을 연상시키는 문양들이 가득했다. 그리고 침대에는 수많은 쿠션들이 놓여 있었고 금색 망사로 된 캐노피가 드리워져 있었다. 은은한 조명과 촛대가 곳곳에 있어서 마치 영화 세트장에 온 느낌이었다.

그도 그럴 것이 조명판과 카메라가 있어서 마치 촬영을 하는 것 같이 연출이 되어 있었다. 이곳은 그녀가 견습을 다녔던 다른 방과는 그 모습이 확실하게 달랐다.

"초에 불 좀 켜줘."

조 실장이 라이터를 그녀에게 주며 말했다.

"다요?"

"어, 곧 있으면 회원님들이 오실 거야."

"네."

수십 개는 되는 듯한 초에 불을 켜자 에로틱한 느낌이 더 강해지고 있었다.

"다 했어?"

"네."

"그러면 이 옷을 뒤의 탈의실에 가져다 놔."

그녀는 진짜 벨리댄스 때나 입을 법한 옷을 그녀에게 주었다. 설마 그녀에게 이걸 입고 춤을 추라고 하는 건 아닌지 걱정스러울 따름이었다. 이곳은 언제나 예상 밖의 사건들이 많으니까 말이다.

그녀가 옷을 놓고 나오자 회원들이 들어왔다.

"하라 씨!"

그녀는 처음 그녀가 교육을 받을 때의 커플과 마주했다.

"안녕하셨어요?"

"네."

처음에 자신감이라고는 없던 여자가 지금은 아주 달라져 있었다. 외모도 눈에 띄게 달라졌고 눈빛도 달라졌다. 그리고 그 옆에 재벌이라는 남자는 조금도 변함없이 여전히 거들먹거리고 있었지만 여자를 바라보는 눈빛이 달라졌다.

"이제 결혼이 얼마 남지 않아서 바쁘시겠어요?"

"정신없죠."

"음음."

이때 조 실장이 조용히 하라는 신호를 보냈다.

"저는 이곳의 책임자인 조옥희입니다. 오늘부터는 실전에 들어갑니다. 여러분의 모습은 그대로 카메라에 찍히고 옆방에 가셔서 다시 교정을 받으실 겁니다. 우선은 남자 회원님께서 원하신 대로 오늘의 컨셉은 하렘입니다."

역시 변우진은 평범한 회원은 아니었다. 하렘이라니, 수많은 여인들을 거느리고 싶은 모양이었다. 아니, 벌써 여러 여자를 거느리고 있는지도 몰랐다.

"하라 씨가 김기현 회원님의 옷 입는 걸 도와드려요."

"네."

하라는 그녀를 데리고 탈의실로 향했다. 문을 열고 들어가자 메이크업을 하는 분이 어느새 들어와 있었다.

"깜짝이야!"

하라와 기현은 동시에 이렇게 말을 했다.

"저는 메이크업 담당 효림입니다. 놀라셨어요? 여기 여섯 개의 방은 모두 제 담당이고 문이 따로 있어서 조 실장님이 호출하시면 이 문으로 들어오게 되어 있어요."

"네."

"먼저 앉아서 메이크업부터 할게요. 남자 회원분이 섹시한 걸 선호하셔서 진하게 들어갑니다."

김기현 회원이 앉자마자 진짜로 빠른 손놀림으로 메이크업을 하기 시작했다. 하라는 옆에 서서 넋을 놓고 구경을 하기에 바빴다.

"처음보다 살이 많이 빠지셨어요."

"다이어트 중이거든요."

"그런데 볼륨감은 더 커지신 거 같은데요."

"우진 씨가 여자는 가슴이 커야 한다고 해서 이쪽 바디메이커 분하고 여기 성형외과 의사님이 잡아주셨죠."

"수술요?"

"아뇨, 시술로요."

"아."

화장의 완성인 속눈썹까지 붙이자 진짜 못 알아볼 정도로 퇴폐적인 분위기가 났다.

"진짜 섹시한데요."

하라는 얼른 옷을 꺼내 들었다. 혹시 옷을 못 입힐까 봐 메이크업 아티스트를 잠깐 붙들어놓았다. 하지만 그건 아주 잘못된 판단이었다. 옷이라고 해봐야 거의 입을 게 없었다. 볼레로라고는 하지만 거의 다 안이 비치는 것이었고 허리에 둘러지는 장식만 요란했다.

여자가 보기에도 섹시한 모습이었다. 아라비안 나이트의 여인처럼 그녀는 아름다웠다. 그녀를 데리고 나가자 역시 아랍의 옷을 입은 남자 회원은 거의 턱이 빠질 정도로 입을 벌리고 그녀를 바라보았다. 그 모습에 하라는 뿌듯했다.

"침대에 오르세요."

조 실장의 말에 남자는 재빠르게 올라갔지만 여자는 쑥스러운지 머뭇거리고 있었다.

"오늘 너무 아름다우십니다. 자신감을 가지세요. 그리고 부끄러워하지 마시고요. 섹스도 사랑의 언어입니다."

조 실장이 여자의 혼을 쏙 빼고 있었다.

"그리고 두 분은 오늘 처음으로 섹스를 하실 겁니다. 침대 위에서 원하는 대로 하시면 될 거고 그 장면은 저희가 촬영을 할 겁니다. 저희는 신경 쓰지 마시고 원하시는 대로 하세요."

두 남녀가 머뭇거리자 카메라를 잡고 있던 조 실장이 하라에게 음악을 틀라고 했다. 음악을 틀자 진짜 아랍의 음악이 깔리고 있었다.

"이제 우진 회원님이 기현 회원님의 허리를 살짝 안아보세요. 그렇죠. 그다음에 키스를 하세요."

이렇게 조 실장이 분위기를 잡아주자 우진이 기현의 입술에 키스를 하기 시작했다. 그들의 모습을 보며 하라는 자신과 회장의 장면이 자꾸만 겹쳐지고 있었다. 아침부터 화끈거리며 욱신욱신하던 그녀의 여성이 또 화끈거리기 시작했다.

우진이 기현의 귀에 무언가를 속삭이자 기현이 미소를 지었다.

아마도 그녀의 아름다움을 칭찬한 것이리라. 우진의 손이 자연스럽게 기현의 가슴으로 향했다. 거의 다 비치는 그녀의 브래지어는 풍만한 가슴을 더욱 돋보이게 했다.

찰랑찰랑.

그녀가 움직일 때마다 허리끈에 달린 참이 부딪치며 소리를 냈다. 조 실장은 익숙한 듯 카메라를 조작하고 있었지만 하라의 경우는 지금 모든 장면이 충격적이었다.

"아흐."

기현의 신음 소리가 그대로 들리고 있었다.

"잘 봐두는 게 좋을 거야. 사랑의 행위가 얼마나 하찮은지 알게 될 테니까."

조 실장은 작은 소리로 그녀의 귀에 대고 이렇게 속삭였다.

"나 같으면 이런 곳까지 와서 돈지랄은 안 하지."

"……."

"저 추태를 보라고."

"……."

이 사람이 뭔가를 가르치려고 이러는 건지 아니면 부정적인 걸 가르치려고 하는 건지 도무지 분간이 서지 않았다.

"제가 보기에는 아름다운데요. 불륜도 아니고."

"저들은 자신들의 욕망을 위해 돈을 지불할 뿐이야. 그 많은 돈을 지불하는 이유가 뭔지 알아?"

“……”

“사람들이 보는 앞에서 짐승처럼 하고 싶은 거지. 남자의 눈을 봐. 우리를 힐끔거리고 있어. 더 많은 자극을 바라는 거야. 여자는 또 어떻고. 여자 또한 우리에게 자신이 더 섹시하다는 걸 보여주는 거야.”

조 실장의 예리한 말에 하라는 답을 할 수가 없었다.

“관음증이라고 들어봤어? 여기에 있으면 그런 병에 걸린 사람들 많이 볼 거야.”

“조 실장님.”

“왜, 듣기 불편해? 그게 싫으면 나가면 되는 일이지만 여기의 월급이 상당하거든. 거기에 이런 자극적인 장면에 익숙해지면 헤어 나오기가 힘들어지지.”

“조 실장님은 어떠세요?”

“나도 저들이 뒹구는 장면을 보고 있으면 젖어. 그건 사람이라면 당연히 보이는 현상이야. 퇴근 후에 자신의 남자친구와 섹스를 하는 직원들이 대부분이야. 우리는 하루라도 안 하면 안 돼. 그 스트레스를 풀 곳이 없거든.”

이렇게 자극적인 장면을 매일 본다면 진짜로 섹스 없이는 살기 힘이 들것 같았다.

“조 실장님은 남친 있으세요?”

“나? 남친이라기보다는 섹스파트너는 있지. 하라 씨는?”

"저도 비슷하게 있는 것 같아요."

"안 그렇게 봤는데 당돌하네."

그녀들이 조명 뒤 어두운 곳에서 이야기를 나누는 동안에도 우진과 기현은 서로의 몸을 거칠게 탐하고 있었다.

"아흐."

기현의 신음 소리가 점점 더 커지고 있었다.

"둘은 잘 지낼까요?"

"잘 안 되면 다시 찾아올 거야."

"여기 부부들도 오나요?"

"어, 그곳은 더 자극적이지. 아마 하라 씨도 곧 가볼 거야."

"2층에 있나요?"

"부부 러브메이커 팀은 지하에 있어."

지하 1층에는 식당과 휴게실 그리고 직원 탈의실뿐이었다.

"거기는 지하 3층이야."

"주차장 아래요?"

"어, 그곳은 우리 구역이 아니라 다른 러브 팀의 담당이고 거긴 러브메이커들의 역할이 상상을 초월하지. 그렇다고 섹스를 하는 건 아니고 좀 더 적극적으로 개입을 하게 돼."

상상이 가지 않았다.

"아아아악!"

여자의 마지막 절정의 소리가 들렸다.

"다 끝났어."

조 실장은 카메라를 끄고 테이프를 꺼냈다.

"욕실은 옆에 있고요. 두 분이 같이 샤워하셔도 되는데 섹스는 하지 말아주세요. 오늘 테이프 분석한 후에 또 한 번의 시간이 있을 겁니다. 오후에는 아마 기현 씨가 원하는 방에서 섹스가 이루어질 거예요."

"네."

그들은 부끄러운 줄도 모르고 옷도 입지 않은 채 샤워실로 들어갔다.

"정말 우리를 보면서 흥분을 더 느낄까요?"

"아마도."

정말로 놀라운 곳이었다. 왜 그들은 이런 자극이 필요한지 하라는 이해할 수가 없었다.

"시트 다 새로 깔고 오후 팀 준비하자고."

"하루에 두 팀 정도 오나요?"

"아니, 꼭 그렇지는 않지만 오전 오후 두 팀이 적당해. 저런 걸 하루 종일 본다고 생각해 봐. 머리 아프지."

"다른 방은요?"

"거의 다 완벽하게 찼어. 여기는 철저하게 예약제니까."

오늘부터 일주일 간은 각 방을 돌면서 여러 가지를 경험할 거라고 조 실장이 말했다. 그리고 8명의 실장들을 차례로 만날 거라고도 말해주었다. 지금까지는 조 실장과 김 실장만을 만났는데 앞으로 6명을 더 만나야 한다는 것이었다.

“점심을 먹고는 연예인을 만날 거니까 너무 호들갑 떨진 말라고.”

“네, 그런데 누군데요?”

“김현우와 조이연.”

“네? 누구요? 둘이 사귀어요? 결혼하는 거예요?”

“다음 달에 하나 보더라고.”

“대박!”

둘은 정말로 요즘 말로 핫한 배우들이었다.

“한 번도 둘이 같이 한 적 없는데 완전 대박!”

“김현우가 생각보다 걸레니까 놀라지 말고.”

얘기를 들을수록 점심시간 후에 그들이 기대가 되고 있었다.

“조용히 있는 거야.”

“넵!”

대답은 했지만 어떻게 나갈지 그녀 스스로도 자신이 없었다. 하라는 김현우의 완전 팬이었기 때문이었다.

모니터 수십 대에 모두 하라의 얼굴이 가득 차 있었다. 보고 또 보고 크게도 했다가 작게도 했다가 에로스는 정신이 없이 모니터만 보고 있었다.

"에로스 님."

언제 들어왔는지 베타가 그의 앞에 서 있었다.

"요즘 아폴론에 관한 소문이 좋지 않습니다."

"……."

"인간세상에 내려와서 에로스 님의 정보를 수집한다는 말이 있습니다."

에로스에게는 베타의 말이 전혀 들리지 않았다. 그리고 제발 모니터를 가리지 말고 옆으로 비켜섰으면 하는 바람이었다.

"에로스 님이 긴장하지 않으시면……."

"비켜."

"네?"

"한 걸음 옆으로."

"에로스 님!"

에로스가 손가락으로 비키라는 표시를 했다. 베타가 옆으로 물러서자 그는 얼굴에 다시 미소를 띠며 넋을 놓았다.

"괜찮아, 세월이 이렇게 흘렀는데 그자도 잊을 때가 됐어."

"소문으로는 그렇지 않습니다."

"그렇다고 해도 이제 나의 관심은 그에게 없다."

"그런 것 같으십니다."

베타가 에로스의 모습을 보며 말을 하고 있었다.

"사무실에서 이렇게 보시면 혹시 직원들의 눈에 띄는 날이면…….”

“내 방에는 너밖에 안 들어와.”

“에로스 님.”

“거참, 귀찮게 하는군. 그렇게 걱정이 되면 가서 헤르메스를 잡아오든가.”

“제가 어찌 헤르메스님을 잡습니까?”

“그런가? 그러면 신경 쓰지 마. 어차피 헤르메스는 내 활이 필요하니까 나타날 거야. 그 도둑놈이 훔치러 오겠지.”

“왜 에로스 님의 활이 필요하다고 생각하십니까?”

“제우스가 얄미우니 제우스를 곤란하게 하는 방법은 헤라를 열받게 해서 제우스를 들들 볶는 것이지. 인간의 세상이나 천상이나 다 마누라는 강한 법이고 바람핀 신랑은 약한 법이니까.”

“그럼 제우스님을 사랑에 빠지게 하려고…….”

“아마도 그럴 거야. 그건 우리 어머니가 잘 쓰던 방법이긴 하지만 효과는 아주 끝내주지. 질투는 역시 무서운 법이거든.”

“어찌 아셨습니까?”

“내가 인간세상에 있다고 해서 천상의 소문을 듣지 못하는 건 아니거든.”

그에겐 첩자들이 많았다. 사랑을 이룬 요정들은 그의 눈과 귀가 되어주었다. 그들의 속삭임으로 에로스는 천상에 가지는 못하지만 그들의 일을 그대로 전해 듣고는 있었다.

에로스는 그가 화살을 빼앗기고 인간세상에 온 것이 아폴론의 장난이라고 생각했다. 그 이상으로 생각하지 않았다. 인간의 여자 하나를 사랑하고 잃은 걸 가지고 지금까지 그를 복수의 대상으로 생각하지 않는다고 믿었다.

아폴론은 그렇게 옹졸한 신은 아니었다. 발끈하는 성격이 있지만 충분히 600년 전에 그에게 복수를 했기 때문이었다. 요정들이 아무리 아폴론이 그를 죽이기 위해 이 일 저 일을 꾸민다고 해도 그는 믿지 않았다.

그들은 신이었다. 이 정도의 일은 세월이 흐르면 잊혀지는 것이었다.

"너무 가볍게 보시는 게 아닌가 생각이 됩니다. 아폴론의 상처가 얼마나 큰지 아시지 않습니까?"

"베타, 너는 신들의 넓은 마음을 이해하지 못한다."

"전 그들의 옹졸함을 잘 압니다."

"베타."

"아폴론은 그때의 일을 절대로 잊지 않았을 겁니다."

에로스가 모니터에서 얼굴을 돌려 베타를 매섭게 보았다.

"왜 그렇게 두려워하는가?"

"사랑의 감정이 강해질수록 잃어버릴까 두렵습니다."

"뭐라?"

"저에게 활을 쏘시지 않으셨습니까?"

"네가 어찌……."

베타의 눈에 눈물이 고이고 있었다. 그를 알고 처음 보는 눈물이었다. 에로스는 당황했다.

"에로스 님의 화살을 맞지 않고서는 이렇게 한 여인 때문에 죽을 것 같은 마음을 생기지 않을 것 같다는 결론을 내렸습니다."

"원망하나?"

"아닙니다. 이런 마음을 에로스 님도 느끼시고 계신 것 같아서 원망스럽지는 않습니다. 다만 연희가 늙어서 죽든지 사고로 죽든지 인간이기 때문에 언젠가 저의 곁을 떠나는데 그게 두렵습니다."

베타의 아름다운 얼굴에서 눈물이 흘러내렸다.

"나를 원망하는구나. 나는 너의 차가운 마음에 따뜻함이 있기를 바랐다. 그리고 완벽한 너의 모습에서 조금은 허점이 있기를 바라는 마음이었다. 조금 재미를 느낀 것도 사실이다."

베타는 흘러내리는 눈물을 닦아내려고도 하지 않고 그대로 서 있었다.

"그 사랑의 마음을 돌리려면 미움의 화살을 맞으면 된다. 그러면 넌 연희를 경멸하게 될 것이다."

"아닙니다. 전 지금이 행복합니다. 그나저나 에로스 님은 하라 씨와 어떻게 하실 생각이십니까? 에로스 님이 하라 씨와 가까워질수록 하라 씨는 아폴론의 표적이 될 수 있습니다."

한 번도 생각해 보지 않은 문제였다.

"사랑하십니까?"

"아직 모르겠다. 이게 사랑인지. 이게 사랑이라면 세 번째 소원이 이루어졌고 그러면 난 천상으로 올라갈 수 있는데 아직 그러지 않으니 하라가 세 번째 소원의 주인공은 아닌 것 같구나."

그도 말을 하며 생각을 했다. 이렇게 좋은데 이상하게 그녀는 세 번째 소원의 주인공이 아닌지 그에게 천상의 문은 아직 열리지 않았다.

"그렇긴 하네요."

베타도 거기까지 생각을 하지 못한 것 같았다. 베타가 나가고 에로스는 여전히 모니터를 통해 하라를 쳐다보고 있었다. 그의 가슴이 쿵쾅거리는 소리가 날 만큼 뛰고 있었다. 신이라기보다는 인간의 남자처럼 그는 하라를 강하게 원하고 있었다.

퇴근 시간이 되어 그녀가 모니터에서 사라질 때까지 그는 하루 종일 하라의 얼굴을 보기에 바빴다.

"병에 걸린 게 분명해."

그는 자기 자신에게 그렇게 말을 했다. 그리고 인간의 시간으로 늦은 밤이 될 때까지 기다린 그는 다시금 하라의 침실에 들어갔다. 하얀 빛을 통과해서 그는 하라가 잠들어 있는 침실에 들어갔다.

흰 날개를 자신의 티 안에 감춘 채 그가 하라의 입술에 자신의 입술을 포갰다.

"으음."

하라는 꿈인 줄 알고 눈도 뜨지 않고 그를 향해 미소를 지었다.

"하라."

그가 조심스럽게 하라를 불렀다.

"네, 이리 와줘요."

하라는 여전히 눈을 감은 채 그의 몸에 팔을 감았다.

"진짜 같아."

"꿈이 아니야."

그의 말에 하라가 눈을 떴다. 그녀의 눈동자에는 많은 의문이 있었다.

"어떻게 들어왔……."

그녀의 뒷말은 그의 입술 속으로 사라졌다. 어제 처음으로 그녀의 입술을 맛보았지만 오늘은 더 좋았다. 조금 더 촉촉해진 그녀의 입술이 그를 사로잡았다.

"이 집의 딸이 맞나?"

"네, 왜요?"

"아니야."

그는 혹시나 그녀가 입양이 된 게 아닌가 생각을 했다. 그렇다면 사랑을 나누었음에도 아무런 변화가 없는 지금의 상황이 맞아떨어지는 것이었다. 하지만 그녀는 그가 봐도 그녀의 조상과 여러

모로 비슷했다.

그가 그녀의 입술에 다시 자신의 입술을 겹쳤다. 천상의 그 어떤 과실보다도 단맛이 그녀의 입안에서 났다.

"으으음."

그녀의 입에서 신음 소리가 나자 그는 단번의 동작으로 그녀의 잠옷을 벗겨 버렸다. 그러자 그녀가 입고 있는 옷이라고는 팬티 한 장뿐이었다. 그는 그것마저 그녀의 몸에서 벗겨내고는 한동안 그녀의 아름다움을 감상하기 시작했다.

"아름다워."

그의 말에 하라는 수줍은 표정을 지었다.

"사실은 오늘 너무 회장님과 하고 싶었어요."

하라의 뜻밖의 고백에 그가 웃으며 물었다.

"왜지?"

"오늘 조 실장님의 방에서 교육을 받았는데 커플들이 제 눈앞에서 섹스를 했거든요."

"많이 자극을 받았나 보지?"

"그런 것 같아요."

하라가 손으로 그의 얼굴을 쓸어내리자 그가 그녀의 손을 잡아 입을 맞추었다.

"나도 하고 싶었어. 그래서 이렇게 온 것 아니겠어?"

"그렇네요. 오늘 마음껏 탐해주세요."

하라는 그를 확실하게 자극하는 방법을 아는 것 같았다. 하라의 입술이 오늘따라 붉게 빛이 났다. 수면 등이 은은하게 켜져 있어서 그녀의 아름다움을 그가 즐길 수 있게 만들어주었다. 그리고 하얀 캐노피가 조금은 은밀한 느낌을 자아내고 있었다.

"으음, 당신도 벗으면 안 돼요?"

"안 돼."

"왜요?"

그의 입술이 그녀의 입술을 놓아주고 그녀의 가슴을 향해 내려갈 때 그녀가 그에게 물었다.

"그냥 안 돼."

"상처라도 있어요?"

"……."

"회장님?"

"알려고 하지 마. 인간의 궁금증은 때로는 날 지치게 만드니까."

인간의 한없는 궁금증은 신들을 지치게 만들고 있었다. 그냥 믿으면 알아서 잘해주는데도 불구하고 인간들은 신의 모습을 확인하고 싶어 하고 그들이 정말 신이 맞는지 시험하려 했다.

"날 그냥 믿어."

"알았어요."

그녀는 이렇게 대답을 하며 몸을 느리게 휘었다. 지극히 자극적인 모습으로 그를 즐겁게 하고 있는 하라였다. 마치 바다에서 어부들을 유혹하는 사이렌처럼 하라의 몸짓은 아주 자연스러웠다. 그가 하라의 욕망으로 솟아 있는 유두를 입안에 넣고는 혀로 유두를 건드렸다.

"아아아아."

하라는 노골적으로 신음 소리를 내뱉었다.

"박하라!"

옆방에서 여인의 목소리가 들렸다.

"너 TV 켜놨어?"

"어, 끌게."

그녀는 이렇게 말을 하고는 에로스를 쳐다보며 미소 지었다. 그 모습이 어찌나 사랑스러운지 그는 하라의 입술에 다시 한 번 깊은 입맞춤을 했다. 그리고 점점 더 아래로 그의 입술을 이동시키고 있었다.

그녀의 풍만한 가슴이 그를 현혹시키며 그녀의 탄탄한 배가 그를 미치게 만들고 있었다. 그녀와 떨어지고 싶지 않은 에로스였다. 아무래도 그 몰래 누군가 그에게 사랑의 화살을 쏘아댄 것만 같았다.

하나가 아닌 수십 개를 맞은 기분이 드는 에로스였다. 하지만 그의 화살은 그의 방 깊은 곳에 숨겨져 있었고 그 방 안에는 그 누구도 들어갈 수가 없었다. 베타 역시 그의 방 안에 들어온 적이 없을 정도로 그의 화살은 아주 비밀스럽게 보관이 되고 있었다.

그건 그의 날개도 마찬가지였다. 그가 입은 옷 안에서 그의 날개는 인간에 눈에 보이지 않았다. 날개를 보고 그가 신인 걸 알게 된 순간 인간들은 원하는 게 많아졌다. 작게는 부귀영화요 크게는 영생을 원하는 이들도 있었다.

그는 그런 걸 하라가 원하는 걸 원치 않았다. 그냥 남자인 그로 사랑해 주길 바랐다. 혹시 그는 이토록 사랑하는데 하라가 그에게 사랑을 느끼지 못하고 성욕만을 채우는 게 아닌가 하는 생각이 들었다.

하지만 하라의 몸에 입술을 대고 있는 순간은 하라를 갖고 싶은 마음이 더 강했다. 입술을 아래로 내리다 보니 그녀의 검은 숲에 다다랐다. 그녀의 숲은 아주 풍성했다. 여인으로서의 매력이 하라는 차고도 넘쳤다. 그가 혀로 검은 숲을 헤치고 들어가자 하라가 몸을 배배 꼬기 시작했다.

그리고 자신의 손으로 신음 소리를 내지 않으려고 입을 막고 있었다. 순간 그는 그녀가 귀엽다는 생각이 들었다.

그리고 조금 더 깊이 그녀의 여성을 파고들어 가서 클리토리스를 찾아냈다. 그리고 그 작은 것을 혀로 쓸어대기 시작했다.

"으으윽."

하라는 입을 가리고 있었지만 연신 작은 신음 소리를 내고 있었다. 하지만 그는 아랑곳하지 않고 하라의 내부에 있는 욕망을 끌어올리고 있었다. 분명히 하라는 오늘 다른 사람들이 섹스를 하는 걸 보고 자극을 받았다고 말했다.

그는 그 자극을 모두 풀어내 주고 싶었다. 에로스는 하라의 다리를 벌리고 수면 등에 비춰진 그녀의 여성을 바라보았다. 이렇게 예쁘게 생긴 여성을 그는 살아오면서 본 적이 없었다.

"부끄러워요. 제발 그만 봐요."

그는 그녀의 말을 듣지 않고 손으로 벌어진 여성을 훑어 내리고 애액으로 촉촉하게 젖어 내린 그녀의 질 안으로 그의 손가락을 넣었다.

"아윽!"

그녀가 다시 자신의 입을 손으로 막았다. 참을 수 없는 쾌락이 그녀를 덮친 듯 그의 손가락의 리듬에 맞춰서 허리를 흔들고 있었다. 그녀의 질에서 홍수가 터진 듯 애액이 쏟아지고 있었다. 그의 페니스가 이제 참을 수 없다는 듯이 그의 아래에서 움직이고 있었다.

그는 바지를 내리고 자신의 거대한 페니스를 꺼냈다. 그런데 그녀가 갑자기 그의 페니스를 잡아 그는 깜짝 놀라고 말았다.

"잠깐만요."

그녀가 몸을 일으키더니 그의 페니스를 잡아서 자신이 입안에 넣었다. 그녀의 작은 입으로는 그 크기를 감당하기 버거울 테지만 그녀는 최선을 다하고 있었고 그는 폭발을 할 것 같았다. 혹시나

신의 자식이 생길까 두려워 그녀에게 자신의 분신들을 쏟아내지 않는 그였지만 지금은 생각을 할 겨를조차 없이 그녀가 그를 자극하고 있었다.

"으윽."

"신음 소리는 안 돼요."

그녀가 잠시 그의 페니스를 빼고는 검지손가락을 입술에 가져다 대며 조용히 말했다. 세상에 이런 여우는 없었다. 그녀는 지금 그를 완전히 가지고 놀았다.

"츄읍 츄읍."

그녀가 그의 페니스를 빨 때마다 아주 원색적인 소리가 방 안을 가득 울리고 있었다. 그의 앞에 머리를 숙이고 그를 빨아들이는 하라 때문에 에로스는 처음으로 신음이라는 걸 내고 있었다.

하지만 그녀의 바람대로 그는 최대한 자신의 신음 소리를 자제하고 있었다. 그가 하라의 머리를 자신의 페니스에서 빼내고는 다시 침대 위에 눕혔다. 하라의 침대는 너무나 좁아 둘이 나란히 눕기에는 너무 작았지만 그들의 몸을 겹치기에는 한없이 좋은 장소였다.

그는 하라의 다리를 벌리고는 자신의 페니스를 단번에 집어넣었다. 하라는 이곳에서는 비명을 지를 수가 없기 때문에 옆에 있는 이불을 입안에 넣고 물고 있었다. 그 모습이 안쓰럽기는 했지만 그는 터질 듯한 쾌감을 느끼고 있었다.

너무 좋았다. 황홀하다 못해 돌아버릴 것 같은 기분이었다. 구름을 가르고 하늘을 마음껏 날아도 이것만은 못 했다. 계속해서 이런 쾌감을 느낄 수만 있다면 천상이고 뭐고 가고 싶지 않았다.

"하라야. 윽."

거친 숨소리와 함께 그는 계속해서 하라의 이름을 부르고 있었다. 그의 페니스가 미친 듯이 부풀어 올라서 그도 이렇게 계속해서 하라의 질 안에 자신의 거대한 페니스를 밀어 넣어도 되는지 은근히 걱정이 되었다.

하지만 하라의 얼굴을 본 순간 그의 걱정은 아무것도 아니었음을 느꼈다. 하라의 얼굴이 땀으로 뒤범벅이 되어 있었지만 그녀의 표정은 환희에 차 있었다.

퍽퍽퍽!

그들의 살 부딪치는 소리가 아주 요란하게 들렸다.

"언니가……."

하라는 언니가 신경이 쓰이는 모양이었다.

"이제는 못 들을 거야."

"네?"

그는 하라 언니의 귀를 잠시 막아버렸다. 물론 내일 아침은 듣게 되겠지만 2층에 자고 있는 모든 사람들의 눈과 귀를 그가 막아버렸다.

"아니, 깊이 잠들 시간이라고."

"언니는 잠귀가 밝은데……."

"괜찮아."

그는 이렇게 말하고는 다시 격렬하게 허리를 움직이기 시작했다. 그는 그의 페니스가 그녀의 타이트한 질 안으로 들어갔다가 나왔다 하는 걸 보며 하라가 잘 견뎌주고 있음을 고맙게 생각하고 있었다.

신의 페니스는 인간의 것과는 크기 자체가 달랐다. 그래서 그것을 받아들이기가 인간에겐 쉬운 일이 아니었다. 그리고 너무 맞지 않으면 몸에서 자연발화가 일어나 타 죽고 마는 것이다. 하라가 이 모든 것을 이겨낸 게 에로스는 너무나 대견하고 고마웠다.

"하라."

그가 땀에 젖은 하라의 얼굴에 손을 가져다 댔다. 그리고 너무나 사랑스러운 듯이 어루만졌다.

"고마워."

오늘도 다행히 그녀의 몸 안에 그의 씨앗을 뿌리지는 않았지만 오늘은 정말로 위험한 순간이 있었다. 다음에는 참을 수 있을지 더 자신이 없어진 에로스였다. 그는 반신반인이 생기는 걸 원치 않았다. 베타의 삶을 옆에서 보니 그리 즐거워 보이지만은 않았다. 영원히 산다는 건 축복이 아니었다.

인간이 죽는다는 건 신이 준 축복이었다. 에로스는 땀으로 뒤범벅이 된 하라를 내려다보며 미소 지었다.

"더 있고 싶지만 이제 가야 한다. 그래야 인간인 네가 내일 일을 할 수가 있겠지."

그는 이렇게 말을 하고는 하라를 깊게 잠들게 만들었다. 그리고 그 방에서 빛을 통과해 자신의 방으로 향했다. 날아서 그의 집으로 가고 싶었지만 그렇게 하다가는 인간들의 눈에 또 들키게 될 게 뻔했다.

요즘 인간들은 잠이 없는 게 분명했다. 차라리 날씨가 좋은 날 환한 대낮이 그가 하늘을 날기에 더 좋았다. 눈이 부셔 그를 볼 수가 없기 때문이었다. 점차 인간들이 발달을 할수록 그는 점점 더 귀찮아지고 있었다.

아무리 발달을 해도 인간은 먹어야 하고 일을 해야 하고 죽어야 하는 것이었다. 그들은 신이 될 수가 없었다.

6. 매 순간이 그립다

매일 밤 에로스가 그녀의 침실을 찾았다. 그는 한 번의 섹스를 한 후에 그녀가 잠이 든 틈을 타서 사라졌다. 물론 올 때도 꼭 그녀가 잠이 들었을 때만 왔다. 그가 어떻게 오는지 어떻게 가는지 그녀는 알 수 없었지만 그가 잘 들어올 수 있도록 그녀는 창문과 방문을 잠그지 않았다.

매일 밤이 되기만을 기다렸고 그건 회사에서도 마찬가지였다. 점심시간, 이곳의 특성상 그녀는 구내식당의 독립된 작은 방에서 식사를 하고 있었다.

"보고 싶다."

순간 튀어나온 말에 그녀는 수저를 입안 깊숙이 넣었다. 옆을 보니 최 실장은 못 들은 듯 밥을 먹고 있었다. 그가 미칠 것같이 보고 싶은 하라였다. 그래서 점심을 먹다 말고 하라는 수저를 놓았다. 왜 이렇게 그가 보고 싶은지 하라는 알 수가 없었다.

"왜, 그만 먹게?"

"네, 속이 좀 안 좋아서 저 휴게실에서 좀 쉬다가 점심시간이 끝나면 들어갈게요."

"그래."

이번에 교육을 받게 된 최 실장님께 양해를 구하고 그녀는 부리나케 3층으로 향했다. 그의 핸드폰 번호를 아는 것도 아니고 그를 보고 싶어도 볼 수가 없을 때는 이 방법밖에 없는 것 같았다.

그의 사무실에 가는 것보다 그가 점심을 먹는 곳으로 가는 게 빠를 것 같았다. 제발 사장님이 없기를 바라며 하라는 3층으로 몰래 올라가기 시작했다. 다들 식사를 하는 타임이라서 지금은 그녀가 3층으로 올라가는 걸 아무도 모를 것이다.

그녀는 조심스레 3층으로 올라가 지난번처럼 문에 자신의 손을 댔다.

스르르.

문이 조용히 열렸고 그 안에는 그녀의 기대와는 달리 아무도 없었다. 그녀는 혹시 몰라서 안으로 들어가 보았다. 지난번에 보았듯이 사람보다 약간 더 큰 크기의 석상들이 마치 그녀를 내려다보고 있는 듯 빙 둘러서 있었다.

괜히 무서운 마음이 들었다. 하지만 석상들은 움직임이 없었다.

"회장님!"

하라가 회장을 불렀다. 하지만 답이 없었다. 하라는 그냥 나가야 하는데 이곳이 몹시 궁금했다. 그래서 자신도 모르게 지난번 그와 같이 정사를 나누었던 방의 문고리를 잡았다.

"회장님?"

그녀는 이렇게 말을 하며 문고리를 돌렸다. 그때 누군가 그녀를 뒤에서 안았다.

"아악!"

그녀가 소리를 질렀지만 뒤에서 그녀를 안은 힘이 워낙 세서 그녀는 허리가 끊어지는 줄 알았다.

"하라."

그녀를 뒤에서 안은 건 다름 아닌 회장이었다.

"놀랐잖아요!"

너무 놀라서 눈에 눈물이 다 고였다. 하라는 그의 가슴을 주먹으로 쳤다. 그러자 그가 부드러운 입술로 그녀의 입술에 키스를 했다. 그의 따스한 혀가 그녀의 놀란 가슴을 달래고 있었다. 그는 하라의 혀를 빨아들이며 그녀의 풍만한 가슴을 손으로 정신없이 만지고 있었다.

그녀의 재킷이 어느새 바닥에 떨어지고 그녀의 치마가 허리 위로 올라가 있었다. 그녀의 팬티는 찢어져서 형체를 알아보기 힘든 상태로 바닥에 뒹굴고 있었다.

그가 그녀의 혀를 깊게 빨아들이며 한쪽 다리를 올렸다. 그리고 그녀의 질 안으로 그의 손가락을 집어넣었다. 시간이 멈춘 듯 주위가 너무나 고요했다. 오직 이 세상에 그들만이 존재하고 있는 것 같았다.

그의 손가락이 그녀를 황홀하게 만들고 있었다. 하라는 그의 손가락의 움직임에 맞춰서 몸을 흔들었다.

"보고 싶었어요."

"어제도 봤는데?"

"매 순간 당신이 그리워요."

그녀의 말에 그가 아주 기분 좋은 웃음소리를 냈다.

"어서 들어와 줘요. 빨리 내려가 봐야 하거든요."

그는 웃었지만 그의 눈은 웃고 있지 않았다. 그가 욕정에 사로잡히자 그의 눈동자의 색깔은 아쿠아블루 색에서 짙은 청록색으로 변했다. 그 색이 너무나 아름다워 하라는 넋을 잃고 쳐다보았다.

"어서요."

그녀는 잠시도 참을 수가 없었다. 그의 거대한 페니스가 그녀의 질 안으로 들어오기를 바라고 또 바랐다.

"아악."

드디어 살을 찢는 고통 끝에 그의 페니스가 들어왔다.

"아, 미치겠어요."

이제는 아픔보다는 쾌감이 그녀의 아래쪽 전체에 퍼지고 있었다. 그는 그녀를 안아 들고 서서 하는데도 하나도 힘들어 보이지 않았다. 하라는 이렇게 힘이 좋은 남자를 다시는 만날 수 없을 것 같았다.

"아아아앙."

그가 그녀에게 페니스를 넣을 때마다 그녀의 온몸이 들썩이고 있었다. 그는 계속해서 움직이며 그녀를 범하고 있었다. 이곳을 거의 다 휩쓸고 돌아다닌 것 같았다. 한순간 그가 격렬하게 움직이더니 그녀를 놓아주었다. 그런데 이상하게 그는 사정을 하지 않았다.

"안 좋았어요?"

"응?"

그녀의 말을 이해할 수 없다는 표정으로 그가 반문했다.

"아니, 남자들은 정말 좋으면 사정을 한다고 하는데 회장님은 한 번도 안 하시는 것 같아서요."

"참는 거야."

"왜요?"

"그래야 하라가 덜 힘들거든."

"아기가 생길까 봐 겁이 나세요?"

"그래, 하지만 그건 하라가 생각하는 문제와는 달라."

하라는 이제야 그의 마음을 알 것 같았다. 그는 그녀와 깊은 관계를 원하고 있는 게 아니었다.

"이해해요."

"뭘?"

"아니, 전 회장님의 모든 걸 이해하려고 노력할 준비가 되어 있어요."

"아닌 것 같은데?"

"왜 그렇게 생각하세요?"

그가 그녀의 얼굴에 흘러내리는 눈물을 닦아주었다.

"이래도?"

"조금은 서운한 건 있지만 그래도 이해해 볼게요. 왜냐면 제가 지금은 철저하게 을이니까요."

"을이라……."

"제가 회장님이 매 순간 보고 싶거든요. 그러니까 을이죠. 이만 가봐야 하는데 혹시 사람들 몰래 휴게실로 갈 방법 없을까요? 지금은 다들 로비에 있을 텐데 제가 계산을 잘못했네요."

회장이 어이가 없는지 그녀를 바라보며 웃고 있었다.

"웃을 일이 아니에요."

그녀는 이렇게 새침하게 말을 하면서 자신의 옷을 정리했다. 팬티만 찢어졌을 뿐이었다. 밴드스타킹을 신은 게 다행이었다. 팬티스타킹을 신었다면 그것도 이 팬티처럼 걸레가 되었을 것이다.

"부르셨습니까?"

"깜짝이야."

사장님이 어느새 그의 방으로 왔다.

"하라 씨와 함께 내려가게."

"네."

"저기 커피 잔과 쟁반을 가지고 가요."

아까는 보이지 않았던 커피 잔이 놓인 쟁반이 구석에 있었다. 아까는 분명히 없었는데 말이다. 여하튼 그녀가 나갈 수 있는 구실이 생겨 다행이었다.

"하라 씨 머리."

하라는 서둘러 머리를 다시 묶었다.

"이제 내려가면 되겠군."

회장은 이렇게 말을 하며 그녀의 찢어진 팬티를 들어 보였다. 놀란 하라가 사장을 보았지만 사장은 다행히 등을 돌리고 나가고 있었다.

"내가 미쳐."

"뭐라고?"

사장의 말에 하라는 바로 꼬리를 내렸다.

"아닙니다."

사장의 도움으로 그녀는 의심 없이 회장의 방에서 나왔다. 최 실장이 방으로 들어가자마자 걱정스런 얼굴로 물었다.

"괜찮아?"

"네."

"얼굴이 창백한데 더 쉬어야 하는 것 아니야? 그런데 그 쟁반은 뭐야?"

"아, 사장님께서 갑자기 회장실에 이걸 가져가라고 하셔서요."

"그래?"

최 실장은 별로 신경을 쓰는 눈치는 아니었다. 오히려 그녀가 아픈 것에 대해 염려를 해주었다. 괜히 미안한 마음이 들었다.

"오후에는 그 연예인 커플이 오니까 준비를 잘해야 해. 알지, 그 사람들이 얼마나 까다로운지?"

"네."

지난번에 기대에 차서 김현우를 봤던 하라는 실망을 하고 말았다. 쓰레기 같은 놈이었다. 조이연이 너무 불쌍했다. 악역을 많이 맡은 조이연을 나쁘게 봤는데 나쁜 놈은 김현우였다.

"오늘은 괜찮을까요?"

"우리가 조심하는 수밖에."

"밖에 경호원들을 대기라도 시킬까요?"

"벌써 다 했다. 그리고 경호원들이 알아서 지킬 거야. 각 방마다 아주 문제였거든."

"그냥 자르면 안 되는 건가요?"

"그건 안 될 말이야. 여기서는 아무리 개차반 같은 회원도 다 받아주게 되어 있어. 그만큼 비싸거든. 여기 석 달 치 회비가 1억이 넘는 거 알지?"

"네?"

"여기 오는 부부 회원들은 10억이 넘는 금액을 주고 와."

"진짜요?"

"그러니까 비싼 월급을 받는 우리가 알아서 처리를 해야 한다는 거지."

최 실장은 그렇게 말을 하고는 탈의실로 옷을 들고 갔다. 이 방의 컨셉은 학교였다. 칠판과 교탁 그리고 책상이 있었다.

잠시 후에 깔끔하고 선한 이미지가 강한 김현우와 도시적인 이미지가 강한 조이연이 들어왔다. 연예인들이니만큼 비주얼은 극강이었다.

"안녕하세요?"

조이연이 먼저 허리를 굽혀 인사를 했다.

"안녕하세요?"

하라도 반갑게 인사를 건넸다.

"먼저 탈의실에서 옷부터 갈아입을게요."

최 실장의 말에 둘은 아주 순순히 탈의실로 갔다. 그곳에서 조이연은 교복을 김현우는 양복을 입었다. 그리고 손에는 출석부가 들려 있었다.

"선생님과 제자가 이 방의 제목이야."

최 실장이 윙크를 하며 말을 해주었다. 모든 건 촬영을 하게 되어 있었다. 그래야 잘못된 부분을 교정해 주니까 말이다. 카메라를 돌리기 전에 김현우가 짜증 섞인 목소리로 말했다.

“내가 이렇게 작은 스케일에서 섹스를 하려고 여기에 돈을 그렇게 처바른 줄 알아?”

“네, 뭐가 부족한가요? 회원님?”

“당원하지. 지금 빈 책상과 의자가 안 보여?”

“보입니다.”

최 실장은 계속해서 웃는 얼굴로 말을 했다. 하라는 속으로 최 실장이 대단하다고 생각했다. 자신 같으면 벌써 욕부터 나왔을 것이다.

“비었으면 채워야지.”

“회원님, 이곳은 두 분만의 공간이십니다.”

“그렇지 이곳은 우리 둘만의 공간이기도 하지만…….”

그가 무례하게 최 실장의 가슴에 부착된 명찰을 손가락으로 들어 올렸다.

“여길 당신들이라도 채워.”

“그건 좀…….”

“당장 사장 나오라고 해야 하나? 서비스가 왜 이 모양이야?”

“알겠습니다.”

최 실장과 하라는 빈 책상에 앉았다. 그가 출석부를 들고는 교탁에 섰다. 진짜 비주얼 하나만큼은 세계 최강이었다. 지금은 완전히 소녀들을 설레게 하는 교생 선생님의 이미지였다. 인정하기는 싫었지만 하라도 설레이고 있었고 최 실장도 싫은 눈치는 아니었다.

"반장?"

눈치 빠르게 이연이 일어나 인사를 시켰다.

"그래."

인사를 받은 그가 인상을 쓰며 그녀들을 쳐다보고 있었다.

"너희들 어제 옥상에서 담배를 핀 애들 나와!"

"……."

"그동안 내가 너무 점잖게 너희들을 대했지?"

"……."

"조이연, 너 나와."

"선생님, 저는 담배를 못 피우는데요?"

탁!

출석부로 이연의 머리를 내려친 현우였다. 순간 하라는 소리를 지를 뻔했다. 여자친구를 그것도 결혼할 여자의 머리를 치다니 도저히 이해를 할 수가 없었다.

"내가 언제 말대답을 하라고 했지? 이리 나와."

그의 말에 이연이 교탁 앞으로 나왔다.

"네가 담배를 피는 걸 옆반 애가 봤다는데 이래도 발뺌이야?"

"진짜로 안 피웠어요."

진짜로 안쓰럽게 이연이 말을 하자 하라는 그녀의 편을 들어주고 싶었다.

"이연이는 담배 안 피우는데요. 선생님."

그가 그녀의 명찰을 예리한 눈으로 보고 씩 비웃는 미소를 지었다. 순간 하라는 걸려들었구나라는 생각이 들었다.

"하라 너도 나와."

그녀가 머뭇거리며 이연의 옆에 섰다.

"안 되겠어. 하라 너는 옆에서 손들고 서 있어. 넌 두 번째로 벌을 받을 거니까."

하라는 그가 하라는 대로 손을 들고 서 있었다.

현우가 그러자 이번에는 이연의 앞으로 가서는 이연의 입술에 거칠게 키스를 했다.

"담배 냄새는 안 나는군."

그가 코를 킁킁거리기 시작했다. 아주 음흉한 미소를 띠며 말이다.

"어디 그럼 담배가 있는지 없는지 확인해 볼까?"

"선생님……."

이연이 애처롭게 그를 바라보았다.

"그렇게 쳐다봐야 소용없어."

현우가 이연의 가슴을 손으로 감싸 쥐었다.

"아주 빵빵한데? 이 안에 있나?"

그가 갑자기 이연의 교복을 잡고 양쪽 옆으로 벌리자 단추가 사방으로 흩어지면서 그녀의 가슴이 그대로 노출이 되었다. 그녀의 몸은 현우의 키스마크로 가득했다. 지난번에 할렘을 할 때도 그는 이연을 거의 뜯어 먹을 듯이 거칠게 다루었었다.

그래서 조 실장에게 한소리를 들었다. 하지만 현우가 조 실장보다 셌고 결국 조 실장이 현우에게 따귀를 맞는 사태가 벌어졌었다. 그 후로도 크고 작은 사건이 있어서 경호원들이 그들이 들어가는 방 앞을 지키게 되었다.

"아니지, 그 브래지어 안에 숨겼나?"

그의 표정은 아주 사악했다. 드라마에서 보던 그의 건강한 표정과는 사뭇 달랐다. 그러더니 이연의 브래지어를 위로 올렸다.

"없네. 그럼 여긴가?"

"읍!"

그녀의 여성을 손으로 움켜잡으며 그가 말했다.

"이거 아주 통통한 게 뭔가가 있어. 벗어."

그는 아주 교활한 선생의 표정을 연기하고 있었다. 아니, 선생에 빙의가 된 것 같았다. 그가 교탁 앞에서 떨고 있는 이연을 아주 거칠게 탐하고 있었다. 이제는 그런 장면에 익숙해진 하라와 최 실장은 그저 걱정스런 얼굴로 그들을 보았다.

"아악!"

그렇게 비명을 지르면서도 이연의 얼굴은 쾌락에 들떠 있었다. 이래서 천생연분인 것 같았다. 뭐 그런 거친 걸 여자가 좋아하니 다행이었지만 저러다가 큰일 나겠다는 생각도 들었다. 현우가 이연의 머리채를 잡고는 뒤에서 그녀를 탐하고 있었다.

절대로 보기 좋은 장면은 아니었다. 이연을 아프게 하는 자세이기도 했다. 자존심도 상하고 자칫하면 몸도 다칠 수 있는 자세였다. 아니나 다를까, 그가 관계가 끝이 나고 이연의 몸에 자신의 정액을 뿌렸다.

3류 포르노보다 못한 광경을 본 하라는 결국 눈을 감았다. 여자회원이 싫다는 반응을 보이지 않는 한 그녀가 도울 수 없었다.

"너."

그때였다. 그가 갑자기 하라를 불렀다.

"누가 손을 내리라고 했지?"

진짜로 선생님처럼 그녀를 다루었다. 이건 아니었다.

"선생님, 수업시간 끝났는데요?"

하라가 센스 있게 말을 했지만 그는 표정을 바꾸지 않았다.

"거슬려."

그는 이렇게 말을 하고는 하라의 손목을 잡았다.

"이거 놓으세요! 아!"

순간의 일이었다. 그가 그녀의 얼굴을 손으로 때렸다. 머리가 멍했다. 최 실장이 달려들었지만 그의 손은 하라를 향해 두 번, 세 번 날아들었다.

“너도 돈이 필요해?”

그가 하라의 얼굴에 수표를 던졌다. 경호원이 들어왔지만 이미 상황은 종료가 된 상황이었다. 현우는 씩씩거리며 경호원들에게 끌려 나갔고 최 실장은 하라를 부축하기에 바빴다.

“죄송해요.”

자신의 몸도 추스르지 못한 이연이 계속해서 사과를 했다.

“어려서부터 혼자 자라고 관심만 받고 커서 자기가 최곤 줄 알아서 그래요. 하라 씨가 이해해요.”

“회원님은 괜찮으세요? 저렇게 나가면 폭력적일 텐데요.”

“익숙해져서 괜찮아요.”

“회원님.”

“난 그를 사랑해요. 견딜 수 있어요.”

“사랑하면 같이 고치기 위해 노력하셔야죠.”

하라는 입안에서 피 맛이 나고 얼굴이 화끈거렸지만 지금 앞에 있는 여자보다는 낫다고 생각했다.

“이만 가볼게요. 정말 미안해요.”

이해할 수가 없는 상황이었다. 얼음주머니를 최 실장이 만들어 왔다.

“놀랐지?”

“괜찮아요.”

"괜찮기는 저런 놈은 천벌을 받아야 해. 귀신은 뭐 하는지 몰라 저런 놈 안 잡아가고."

하라는 얼음주머니를 얼굴에 대며 인상을 썼다. 진짜로 태어나서 그것도 남자에게 이렇게 맞아본 적은 한 번도 없었다. 지금 하라가 가장 생각이 나는 사람은 회장이었다.

경비원들에 의해 질질 끌려가던 현우는 커다란 사무실 안으로 들어왔다. 명판을 보니 클럽 에로스의 사장 베타라고 쓰여 있었다.

"알파도 아니고 베타야?"

그는 헛웃음이 났다. 텅 빈 사무실은 그가 보았던 그 어떤 사무실보다도 고급스러웠다. 예술 작품에 대해서는 잘 모르지만 그의 방 안에는 예전의 선비들이 그린 사군자나 비싸 보이는 백자들이 즐비하게 있었다.

마치 박물관에 온 느낌이었다.

찰칵!

문이 열리고 그는 그의 앞에 걸어 들어오는 금발의 외국인을 보았다. 빨려들 것 같은 잘생긴 얼굴에 큰 키가 무척이나 인상적인 남자였다. 베타라는 남자가 차가운 표정으로 그를 보았다.

"말썽이 잦으시다고요?"

"이 정도는 기본 아닙니까? 제가 아는 형님은 이곳에서 부인하고 쓰리썸도 했다던데요?"

"저희는 직원들에게 섹스를 가르치지 하라고는 하지 않습니다."

"이런 비밀 클럽에서 그 정도는 기본이죠. 그리고 약간의 폭력은 섹스에 기쁨을 더해주죠. 그렇지 않나요?"

"글쎄요."

남자는 탐색을 하듯이 그를 쳐다봤다.

"뭘 그렇게 봅니까?"

현우는 기분이 좋지 않았다.

"그리고 아가씨들 교육 좀 잘 시키세요. 이렇게 고급스런 클럽에서 애들 교육을 그렇게 시켜서는 안 되는 것 아닙니까?"

"알겠습니다. 저희 클럽이 마음에 들지 않으시면 전액 환불해드릴 테니 바로 탈퇴하시면 됩니다."

"아니, 뭐 그럴 것까지는 없고."

사장의 단호한 말에 현우는 깜짝 놀랐다. 하긴 이 정도 규모의 클럽을 운영하면 사장도 굉장한 부자일 것이다. 억 단위를 환불해준다는 말을 저렇게 간단하게 하니 말이다. 그리고 이 클럽에서 나가면 그는 그와 어울리기 힘들었다.

재벌들이 결혼 전에 들르는 거의 필수 코스였다. 이곳에서 교육을 받은 커플은 이혼을 한 커플이 한 커플도 없었고 권태기가 되면 이곳의 부부 러브메이커들이 다시 부부의 금슬을 좋게 만든다고 했다.

그는 그의 이미지상 이연이와 결혼을 끝까지 유지하고 싶었고 그의 약간은 변태적인 성욕을 이곳에서는 풀 수가 있었다. 그래서 그는 이곳을 나가기가 싫었다.

"그럼 내일도 오시겠습니까?"

"그럼요."

"알겠습니다. 오늘의 불미스러운 일은 저희가 알아서 처리하겠습니다."

사장은 차갑게 말을 하고는 자리에서 일어나 그에게 사무실의 문을 열어주었다.

"몸조심하십시오."

그의 인사가 조금은 기분이 나빴지만 으레 하는 인사거니 생각한 현우는 로비에서 자신을 기다리고 있던 이연과 함께 주차장으로 향했다.

"괜찮아요?"

언제나처럼 착한 이연이 그에게 물었다.

"그래."

"다행이에요."

그녀는 그의 차 조수석에 앉아서 안전벨트를 맸다.

"내가 너 죽일까 봐 그래? 너 보험 많이 들어왔으니까 죽으면 네 집은 대박 나겠다."

그는 이연의 보잘것없는 집이 싫었다. 그와 어울리는 재벌가 녀석들은 예쁘고 돈 많은 재벌녀들을 잘도 만나던데 그에게는 그럴 기회가 없었다. 그가 차의 시동을 걸고 클럽에서 빠져나왔다.

그의 집은 그녀의 집과 그리 떨어지지 않은 곳이었다.

"우리 집에서 내려서 걸어가."

"알았어요."

그는 너무나 착한 이연이 답답하게 느껴졌다. 하지만 그의 이미지를 생각할 때 이연 같은 여자도 없었다. 그의 부모님은 선생님이었고 그녀의 집안은 다 선생님들이었다. 교육자 집안의 사위는 괜찮아 보였다.

그의 집은 서울 근교의 전원주택이었다. 그의 집에 다 올 때쯤엔 거의 인가가 없었다.

쾅!

"아악!"

어두운 밤길을 운전하다가 검은 옷을 입은 사람을 친 것 같았다. 순간 온몸에 식은땀이 흘러내린 현우였다.

"뭐야? 사람이야? 짐승이야?"

"모, 몰라요."

그는 차에서 내려 앞에 쓰러진 검은 물체에 다가갔다. 가까이 갈수록 그 검은 물체는 사람으로 보였다. 짐승이 옷을 입고 있지는 않기 때문이었다. 그가 가까이 갈수록 누워 있던 사람이 움직이고 있었다.

다행히 죽은 건 아니었다. 차에서 이연이 내리는 소리가 들렸다.

"이봐!"

그가 큰 소리로 불렀지만 대답은 없었다. 그리고는 갑가기 그가 벌떡 일어났다. 그리고 그에게로 점점 가까이 다가오고 있었다.

"뭐야?"

검은 망토를 벗자 그 안에서 눈부신 빛이 나왔다.

"아아악!"

눈부신 빛에서 갑자기 날개가 쫙 하고 펼쳐졌다. 이건 꿈이었다. 현실일 리가 없었다. 날개라니 지금 그는 꿈속에 있는 것이었다. 그리고 남자는 아무것도 걸치지 않고 있었다. 날개 달린 괴물이 갑자기 그의 목을 잡고는 들어 올렸다.

그리고 그의 얼굴을 주먹으로 치기 시작했다. 괴물이 한 대를 치자 그의 입안의 이빨이 사방으로 날아가 버렸다. 양악수술로 다 임플란트를 했는데 수천만 원이 지금 한꺼번에 날아갔다.

너무 목을 꽉 쥐고 있어서 말을 할 수가 없었다. 살려달라고 빌고 싶었지만 그는 직감적으로 알았다. 오늘 그는 이 괴물에 의해 죽을 것이라는 걸 말이다. 그의 눈이 거의 튀어나올 지경이었지만 그를 보고 서 있는 이연에게 향했다.

"제발 살려주세요."

드디어 이연이 그를 향해 무릎을 꿇었다.

"정말 착한 사람이에요. 잘 모르셔서 그러는 거예요. 제가 이렇게 빌게요."

"그대는 잘못이 없다."

"아뇨, 제가 그를 못 하게 말렸어야 했는데 가만히 있었어요. 그가 하는 걸 다 들어주는 게 사랑이라고 생각했는데 아닌 것 같아요."

"……."

이연이 울었다. 그리고 아무 잘못도 없는데 그를 위해 빌고 있었다.

그의 비참한 최후를 가슴 아파할 사람은 이연뿐이었다. 하지만 깨달은 후에는 이미 늦었다.

"미, 미안하다."

그는 마지막으로 있는 힘을 다해 이연에게 사과를 했다. 그때였다. 그를 우악스럽게 쥐고 있던 괴물이 손의 힘을 풀었다. 너무나 눈이 부셔 날개 빼고는 사람인지 괴물인지도 알 수가 없었다.

"너의 여인이 너를 살렸다."

"우욱!"

입에서 피가 계속해서 흘렀지만 그는 죽지 않을 것이란 걸 알았다.

"이 모든 건 교통사고로 기억될 것이다. 그리고 넌 여인의 고마움만을 기억할 것이다."

그가 차에 불을 붙여 버렸다. 그의 람보르기니가 활활 타고 있었다.

차에서 불길이 활활 타오르고 있었다. 완벽하게 완전 범죄였다. 이곳은 CCTV도 없었고 단순 사고로 처리될 일이었다. 쥐도 새도 모르게 죽이고 한 줌의 재로 만들어 버릴 수 있었지만 에로스는 무슨 이유에선지 그렇게 하지 않았다. 베타가 먼저 그를 만났더라면 그는 벌써 한 줌의 재가 되었을 것이다.

그녀에게는 피해가 가지 않게 일을 처리한 것이다. 베타는 타들어가는 차를 보며 담배 한 대를 피웠다. 그가 먼저 와서 저 싸가지 없는 녀석을 죽이려고 했었다. 하지만 그가 모시는 에로스가 이렇게 직접 와서 처리할 줄은 몰랐었다.

거기다가 남자를 살려주다니 믿어지지 않았다. 물론 여자는 오늘이 지나면 이 일을 기억하지 못할 것이다. 그건 에로스의 능력 중에 하나였다. 그가 보기에 에로스는 하라에게 심하게 빠져 있었다. 그가 연희에게 맥을 못 추는 것처럼 말이다.

그는 화살이라도 맞았으니 그렇다 치지만 화살에 맞지 않은 에로스는 어찌 된 일인지 알 수가 없었다. 오늘 아침에 로비에서 연희를 희롱하던 녀석을 보고 베타는 이성을 잃었었다. 그때 죽였다면 모든 사람들에게 기억이 사라지게 하는 약을 먹여야 했을 것이다. 다행히 옆에 에로스가 있었기에 그는 그 순간을 참을 수 있었다.

그런데 그 저녁에 하라가 당하는 걸 본 에로스는 아마도 참을 수가 없었을 것이다. 자신이 사랑하는 여자가 당하는 걸 눈을 뜨고 볼 남자는 없기 때문이었다.

천하의 쓰레기 김현우는 그렇게 에로스에 의해 새 사람이 되었다. 그가 인간을 죽이는 걸 누구보다 싫어하던 에로스였다. 그들이 본성이 악한 건 다 신들의 탓이라 생각했다. 하지만 에로스도 사랑하는 여자 앞에서는 약한 신이었다.

위용위용!

멀리서 구급차의 소리가 들렸다. 베타는 다시 자신의 차를 타고 그곳을 떠났다. 착한 인간이 많기를 원하지는 않았지만 그를 건드리는 인간이 없기를 바라는 마음이었다.

그는 차를 몰고 연희의 집 앞에 서 있었다. 강남의 빌라 앞에 선 그는 입에 담배를 물고 연희의 빌라를 바라보았다. 아담한 빌라의 주차장에는 차들이 즐비하게 놓여 있었다.

철저하게 그를 거부하는 연희의 마음을 이해하지 못하는 건 아니었지만 화가 나는 건 사실이었다. 그가 한참을 기다리자 퇴근한 연희가 회사에서 지급한 벤츠 차량에서 내렸다. 실장들은 다른 직원들을 거의 자신의 차로 출퇴근을 시켰다.

그건 연희도 마찬가지였다. 그녀가 차를 집에 대자 마지막으로 내리는 직원이 차에서 내렸다. 그녀는 연희에게 인사를 하고 자신의 집으로 향했고 연희는 집으로 들어가고 있었다.

그때였다. 한 녀석이 연희의 손을 잡았고 연희는 남자의 손을 뿌리쳤다. 연희가 집으로 들어가려고 하자 남자가 그녀의 손을 다시 잡았다. 베타는 차에서 내려 연희에게로 향했다.

"이거 안 놔!"

"연희야, 한 번만 내 말 들어줘."

"내가 왜? 할 말 있으면 네 마누라한테나 가서 해."

연희가 똑 부러지게 말을 하고는 남자의 손을 다시 뿌리쳤다.

"연희야."

남자가 다시 연희의 손을 잡았고 연희는 필사적으로 손을 빼고 있었다.

"이봐!"

베타의 낮은 경고에 남자가 뒤를 쳐다봤다. 얼굴이 낯이 익었다.

"당신은……."

남자는 클럽 에로스의 회원이었다. 부부 쪽으로 안 간 걸 보니 부인과 사이가 나쁜 건 아닌 모양이었다. 그런데 연희와는 무슨 일이 있었던 걸까?

너무나 뻔한 모습에 베타의 얼굴이 굳어졌다. 연희가 회원과 바람을 피운 것이었다. 이건 질책의 사유가 되는 아주 심각한 일이었다.

"우리 연희와 무슨 관계지?"

"그게……."

"그리고 그 손은 좀 놓으시지."

베타의 눈에서 불길이 솟아오르고 있었다. 남자는 베타의 기세에 눌려 그녀의 손을 놓았다.

"유부남 아닌가?"

"난 연희를 사랑합니다."

"난 아니에요."

"연희도 절 사랑합니다. 하지만 제가 결혼을 하는 바람에 우리의 관계가 끝이 난 거죠."

베타가 그의 비겁한 변명에 그의 멱살을 잡았다.

"으으윽."

그의 몸이 공중에 들렸다.

"잘 들어. 넌 클럽 에로스에서 연희를 만났고 네 부인 몰래 바람을 피운 거잖아. 네 가정은 유지하면서 연희와 바람도 피고 싶다는 건가?"

그의 손에 힘이 더 들어갔다. 남자의 얼굴이 터질 듯이 붉어졌다.

"사장님, 그만하세요."

그가 연희의 말에 남자를 바닥으로 집어 던졌다.

"사장님과 전 얼마 전부터 사귀게 됐어요. 그러니 절 그만 괴롭혔으면 좋겠어요."

연희가 베타의 팔에 팔짱을 끼고는 자신의 빌라로 그를 데리고 들어갔다. 베타는 얼떨결에 연희의 집에 오게 되었다.

"누추하지만 커피나 한 잔 드시고 가세요."

연희는 이렇게 말을 하며 싱크대 위의 커피머신을 돌렸다. 베타는 작은 연희의 집을 둘러보았다. 여자 혼자 살기에 그렇게 작은 집은 아니었다. 물론 그의 기준으로는 아주 작은 집이었지만 말이다.

곳곳에 연희의 손길이 닿은 아기자기한 소품들이 많았다.

"드세요."

연희가 커피를 가져다주었다. 그는 커피를 좋아하지 않았지만 연희가 타준 커피라 기쁜 마음으로 마셨다.

"맛있군."

"원래 커피 안 좋아하시잖아요."

연희가 그에 대해 알고 있다는 게 감동이었다.

"어떻게 알았지?"

"저도 들어서 알고 있어요."

"그랬군."

커피를 아주 아껴서 마시고 있었다. 이걸 다 마시면 이곳에서 나가야 하기 때문이었다.

"언제부터 만난 거지?"

"사장님의 생각이 맞으셨어요. 재작년에 회원으로 처음 봤고 그가 저의 외로움을 파고들었죠. 클럽 에로스는 연인이 없으면 견디기 힘든 곳이에요."

"왜지?"

“하루 종일 에로틱한 것만 보다가 집에 와서 풀 상대가 없으면 그 외로움은 더한 게 되는 거죠. 저도 야릇함을 느낄 줄 아는 성인 여자니까요.”

“…….”

“사장님께서는 회원들의 모습을 못 보셔서 그래요. 그들이 만족스러운 섹스를 할수록 보는 저희들은 힘든 법이니까요. 하지만 제가 잘못하지 않았다는 건 아니니까. 문책을 당해도 할 수 없죠.”

그녀가 커피를 마셨다.

“그 남자를 사랑해서 날 거부한 건가?”

“아뇨, 제가 말했잖아요. 오르지 못해서 갖지 못하는 사랑은 하고 싶지 않다고. 사장님과 저는 너무 차이가 나요.”

“왜 그렇게 생각을 하나? 그렇다면 내가 남자로서 마음에 들지 않는 건 아닌가 보군.”

“어떻게 매력을 느끼지 않겠어요. 저도 사람인데…….”

“그런데 문제는 내가 너무 부자인 것 같다?”

“네.”

“부자가 아니면 가능한가?”

“아뇨, 지위도 높으시니까 안 돼요. 그런 거 다 빼놓더라도 사장님은 저에게 부담스러운 존재세요.”

“너무하는군. 난 기회도 얻지 못하는 건가?”

“그게 서로를 위해서 좋아요. 커피 다 드셨으면 이만 돌아가 주세요.”

그녀가 자리에서 일어났다. 그도 그녀를 따라 같이 일어났다. 하지만 연희의 바람대로 그는 물러서지 않았다.

“어머!”

그가 연희를 자신의 품에 안았다.

“내가 잘난 것 빼곤 우리 사이에 문제는 아무것도 없다는 얘기로 들리던데?”

“사장님!”

“베타라고 불러.”

“사장님, 이거 놔주세요.”

그녀의 고집스러움까지 사랑스러워 보이니 에로스의 화살을 인정하지 않을 수 없었다. 이 순간 그녀를 갖지 못하면 그는 돌아버릴 것 같았다. 그녀가 사라지는 두려움과 그녀를 가지고 싶은 마음이 지금 베타를 괴롭히고 있었다.

그렇다면 키스는 괜찮으니 키스만으로 만족하기로 한 베타는 연희를 품에 안았다. 어떻게 해서든 타버릴 것 같은 그의 심장을 진정시켜야 했다.

거세게 저항하는 그녀의 입술을 그가 자신의 입술로 막았다. 어찌나 부드럽고 촉촉한지 방금 전 그녀가 쏟아부었던 차가운 말들을 모두 잊어버리게 만들었다. 그녀의 혀가 그를 받아들이고 있었다.

야릇하게 그의 혀를 건드리는 그녀의 혀가 그는 아주 마음에 들었다. 그는 연희의 혀를 강하게 빨아들였다. 그녀의 모든 걸 빨아들이고 싶은 심정이었다. 얼마나 좋은지 미칠 것 같다는 생각이 드는 그였다.

키스만 하겠다던 그의 생각은 그녀가 그의 키스를 받아들이면서 바뀌고 있었다. 그래도 아직 그녀가 자신을 견뎌낼지 확신이 없었다. 그녀의 고른 치열을 혀로 쓸어내리며 그는 이 여인이라면 그를 견뎌낼 수 있을 것 같다는 확신이 들었다. 그는 연희의 풍만한 가슴을 손으로 쥐었다. 그러자 연희가 그의 손을 잡았다.

"사장님."

"오늘은 그냥 못 가."

"그래도 안 돼요."

그녀는 거부의 말을 했지만 그를 매몰차게 거절하지는 않았다. 약간의 용기를 내서 그가 그녀의 재킷을 벗기고 그 안의 니트도 벗겨냈다. 그러자 그녀의 풍만한 가슴을 위태롭게 감싸고 있는 블랙 레이스 브래지어가 그의 눈에 들어왔다.

"나를 고문할 셈이야."

그가 그녀의 레이스 브래지어 위로 입술을 가져갔다. 그리고 욕망에 휩싸여 튀어나온 젖꼭지를 혀로 핥기 시작했다.

"아아앙."

그녀의 입에서 신음이 터져 나오자 그는 그녀의 브래지어를 벗겨 버렸다. 신선한 공기와 접한 그녀의 커다란 유방에 소름이 솟아났다. 그는 그것을 혀로 다 핥으며 그녀의 하나하나를 그대로 느끼고 있었다.

그리고 손을 그녀의 스커트 아래로 밀어 넣고는 팬티 옆으로 손가락을 밀어 넣어 그녀의 질 안에 넣었다.

"아흐, 안 돼요."

"돼."

"아흐."

그가 손가락을 돌리자 그녀가 몸을 휘었다. 그는 그녀의 질에서 손가락을 빼고는 그녀가 걸친 옷을 모두 벗겨냈다. 알몸의 그녀는 비너스보다 더 황홀했다. 그녀가 그의 재킷을 벗기고 넥타이를 풀며 말했다.

"이래도 되는 걸까요?"

"우리의 운명이야."

그는 그녀의 손에 의해 풀어진 넥타이를 던져 버리고 그녀를 안아 들었다.

"어디가 침실이지?"

그녀가 웃으며 고갯짓을 했다. 그는 문을 다급하게 열고 그녀의 침실로 들어갔다. 그리고 그는 얼어붙은 듯 멍하게 서 있었다. 방 안에는 온통 그의 사진뿐이었다.

"연희……."

"이렇게 들켜 버렸네요."

연희는 이렇게 말을 하며 그의 입술에 자신의 입술을 댔다. 그는 그런 연희를 침대에 누이고는 자신이 생각해도 엄청난 속도로 옷을 벗었다. 그리고 연희 앞에 당당하게 섰다.

"당신의 페니스를 받아들이다가는 내가 죽는 건 아닌지 모르겠어요."

그의 엄청난 페니스의 크기에 연희가 살짝 놀란 것 같았다.

"그럼 하지 말까?"

솔직히 걱정스러운 마음에 그가 말을 하자 연희가 웃었다.

"농담이에요. 지금 안 하면 더 죽을 것 같아요."

그녀의 말에 그가 침대로 뛰어들었다. 그리고 그녀의 입술을 탐하며 손으로는 그녀의 온몸을 빠르게 어루만지고 있었다. 그의 급한 마음은 신만이 알 것이다. 그는 그녀가 그를 받아들일 수 있는 선택받은 여인지를 알고 싶어서 그의 페니스를 그녀의 질로 밀어 넣었다.

"아악!"

그녀는 외마디 비명을 지를 뿐 무사했다. 그녀의 상태를 확인하고부터 베타는 거의 이성을 잃고는 그녀의 질에 자신의 페니스를 빠르게 넣었다 뺐다를 반복했다. 1000년에 걸친 욕구가 이제야 분출이 되고 있었다.

여자에 그렇게 관심이 없던 그가 후회를 하고 있었다.

"이렇게 좋은 것을……."

"아흐, 좋아요?"

"응."

"저도요."

그녀는 그의 아래에서 보조를 맞추며 리듬을 타고 있었다. 달리 러브메이커가 아니었다. 그녀는 인간이지만 섹스만큼은 그를 능가하고 있었다. 베타의 깊은 곳에서 울림이 일어났다. 그는 지금 연희와 함께 침대 위로 떠오른지도 모르고 있었다.

순간 놀란 베타가 다시 연희와 함께 침대로 내려갔다. 연희가 눈을 감고 있었기에 망정이지 정말로 큰일이 날 뻔했다.

"하늘을 나는 기분은 처음이었어요."

연희의 말에 순간적으로 놀란 그가 연희의 눈부터 확인을 했다. 그녀는 여전히 눈을 감고 있었다. 안도의 한숨이 나오는 걸 억지로 참은 그였다.

연희의 볼륨감 있는 몸이 그의 손에서 야릇하게 움직이고 있었다. 그녀가 여신으로 태어났다면 세상이 남자들은 다 남아나지 않았을 것 같았다. 신을 받아들일 수 있는 선택 받은 욕망의 몸과 고도의 테크닉이 그를 미치게 하고 있었다.

"아, 조여."

그녀의 질이 그의 페니스를 조이고 있었다. 타이트한 건 기본이요, 그 움직임 또한 끝내줬다.

"이런 걸 가르치나?"

"물론이죠. 저한테 배운 학생들은 다 일등 신부가 됐죠."

"남자들이 다른 여자를 생각지도 못할 것 같아."

"당신은요?"

"미칠 것 같아."

연희의 웃음소리가 방 안을 울렸다.

"연희야."

"네, 사장님."

그녀가 고분고분하게 그를 불렀지만 그녀의 질은 그의 페니스를 저돌적으로 잡고 있었다. 그의 이마에서 땀이 흐르고 있었고 그의 등에서도 땀방울이 흐르고 있었다.

"한국에서는 이렇게 강한 여인을 뭐라고 하지?"

"옹녀요? 그건 왜 물어요?"

"으윽, 당신은 그 여자를 이기고도 남아."

그들의 거친 숨소리가 뒤섞인 소리가 색스럽게 퍼지고 있었다.

그가 마지막을 향해 달리기 시작했다.

"아아아악."

연희의 신음 소리가 방 안 가득 채웠다.

"너무 좋았어요."

그녀가 그의 품에 파고들었다. 베타도 연희를 꼭 안았다. 좋기로 말하자면 지금 그만큼 좋을 수는 없었다. 거친 숨을 몰아쉬며 그는 연희의 정수리에 입을 맞추었다. 연희의 손이 그의 가슴을 배회하고 있었다.

"이건 무슨 상처죠?"

그녀의 몸에는 네 개의 긴 선이 그어져 있었다. 하데스의 손톱이었다. 자신의 아버지인 그가 그에게 괴물로 변신해서 입힌 상처였다. 아버지가 아들을 죽일 생각이었다.

"가슴 아픈 상처."

"묻지 말아야 하는군요."

"그래 주면 고맙지."

"알았어요. 난 이상처가 너무 섹시하게 느껴져서 물은 거예요. 칼자국 같기도 하고 손톱자국 같기도 한데 여하튼 당신의 아픈 상처가 나에게는 섹시함으로 다가오네요."

"그렇게 느낀다니 다행이군."

"나중에 알려줘요."

"……."

그는 다시 연희의 정수리에 입을 맞추었다.

"당신은 날 배신하지 않았으면 좋겠어요. 숨기는 것도 없었으면 좋겠구요."

"난 배신하지 않아."

하지만 그에 대해선 말을 해줄 수가 없었다. 아마도 그의 얘기를 사실대로 했다가는 미친놈 취급을 받을 수도 있기 때문이었다. 인간은 신께 경배를 드리지만 그건 안 보일 때 한해서이다. 신이 그들의 눈에 나타나면 그들은 두려워하고 신을 부정하게 된다.

지금은 연희에게 두려움의 대상이 되고 싶지는 않았다.

"자, 내일 출근해야 하잖아."

"알았어요."

그는 품 안의 연희를 계속해서 바라보고 있었다. 지금 이 상황이 믿어지지 않으면서도 가슴 벅차게 좋았다. 그는 날이 새도록 잠이 든 연희를 바라보았다.

어두컴컴한 방 안에서 탁탁 소리가 계속해서 들리고 있었다. 뭔가를 치는 아주 작은 소리였다. 옥희는 자신의 책상에 앉아서 사진 하나를 들고 계속해서 까딱거리고 있었다. 그건 다름 아닌 하라의 얼굴 사진이었다.

"어쩐다?"

옥희는 하라가 회장의 방으로 몰래 들어가는 장면을 발견했고 그리고 그녀가 그 안에서 뭘 하는지 대충 짐작이 갔다. 섹스 후에 행복한 얼굴은 옥희는 쉽게 알아볼 수 있었다. 그렇다면 지금 회장이 만나는 사람은 하라가 분명했다.

그렇지 않고서는 신입인 주제에 회장실을 그렇게 몰래 들락거릴 리가 없었다. 그녀도 점심을 늦게 먹으러 내려가다가 우연히 그녀가 올라가는 걸 봐서 알았지 안 그랬으면 상상도 못할 일이었다.

이 사진을 가지고 고민을 하는 건 그녀의 애간장을 녹이고 있는 태양이라는 남자에게 던지는 미끼로 지금 사용할 것인가 말 것인가였다.

그녀의 마음이 이렇게 쉽게 변한 이유는 베타에 비해서 태양이 훨씬 남성스러웠기 때문이었다. 태양을 생각하면 아래가 젖어들었다. 그만큼 태양은 그녀에게 영향을 미치고 있었다. 몇 번 만나본 결과 말은 안 하지만 그는 분명히 회장을 미워하고 있었다.

어쩌면 별 볼일 없었던 그래서 베타에게 집착을 했던 그녀의 삶에 태양이 뜰 수도 있었다. 그는 보기에도 돈이 많아 보였다. 돈을 요구하는 것보다 그의 애인이 되는 게 훨씬 더 이득이 있을 것 같았다.

돈이야 이쪽에 요구해도 좋을 것 같기는 하지만 그렇게 하다가 태양이 안다면 태양과의 관계에 좋을 리가 없기 때문에 그녀는 일단 태양에게 모든 자료를 넘길 생각이었다. 뭐든 클럽 에로스에 관한 일은 다 수집할 생각이었다.

똑똑!

"실장님."

양반은 아닌 모양이었다. 하라가 그녀의 방 안으로 들어왔다.

"왜 불은 끄고 계세요?"

"귀찮아서. 오후 회원들 다 끝이 났거든."

"저희도 끝이 나서요. 최 실장님이 케이크 있다고 커피 한잔 하시자고 하네요."

"알았어. 누구누구 부른 거야?"

"조 실장님하고 김 실장님만요. 케이크가 작아서요."

"알았어."

하라가 나가고 옥희는 자리에서 일어났다. 슬슬 간을 보러 갈 시간이었다. 최 실장은 가끔 그렇게 실장들을 모아서 티타임을 가지곤 했다. 별로 마음에 들지는 않았지만 여긴 엄연히 사회생활을 하는 곳이었고 그녀도 이렇게 가끔은 그들과 보조를 맞추었다.

"잘 지냈어요?"

그녀가 들어가자 이미 김 실장도 와 있었다. 사장과 연애가 잘되기라도 하는지 그녀의 얼굴이 꽃같이 피어 있었다. 어째 오늘은 괜히 왔다는 생각이 들 정도였다.

"어서 오세요. 오늘 아침에 남친이 사준 건데 한번 드셔보세요."

최 실장까지 그녀의 염장을 지르고 있었다.

"다들 좋은 일들이 있나 봐요. 얼굴들이 빛이 나네."

그녀의 말뜻을 모를 리가 없는 실장들이었다.

"김 실장님, 애인 생겼어? 하라 씨도?"

둘 다 꿀 먹은 벙어리라도 됐는지 말이 없었다.

"오올, 수상해. 이거 조 실장님의 말이 맞나 본데요? 누군데?"

"그냥 예전부터 알던 사람하고 만나게 됐어요."

김 실장의 말에 조 실장의 눈썹이 올라갔다.

"그래? 혹시 김 실장님이 만나는 사람이 회사 사람이야?"

"아뇨."

빠르게 답했지만 숨기고 있었다. 그걸 조 실장은 알기에 눈꼬리가 더 올라갈 수밖에 없었다.

"역시 조 실장님은 눈치가 빨라. 우리 하라 씨는 누군데?"

최 실장의 말에 모두의 시선이 하라에게 꽂혔다.

"글쎄요, 전 아직……."

"하라 씨도 거짓말은 못하는구나?"

최 실장이 한마디 했다.

"여기 클럽 사람이야?"

"아, 아뇨."

점점 더 의심이 갔다.

"아니, 그런데 왜 자꾸 클럽 사람인지 묻는 거예요?"

김 실장이 발끈했다.

"아니, 들리는 소문에 클럽 오너들이 연애를 한다고 해서요."

둘의 얼굴이 동시에 굳었다. 하나는 사장, 하나는 회장이니 당연히 그럴 수밖에.

"진짜예요? 실장님? 진짜 실망이다. 난 우리 사장님이 좋았는데 그럼 둘 중에 누가 사장님이야?"

"아니에요."

둘이 동시에 대답했다.

"점점 이상해."

최 실장이 눈을 가늘게 뜨며 둘을 의심하고 있었다.

"케이크 먹으러 왔는데 자꾸 이렇게 말도 안 되는 얘기로 놀릴 거예요?"

김 실장의 말에 최 실장이 웃었다.

"알았어. 웃자고 한 얘기니까. 그래도 난 농담으로라도 두 분과 사귀냐는 얘기라도 듣고 싶다. 외국인들은 그것도 크다고 하던데……."

"이그, 정말 못 말려요."

"난 큰 남자가 좋아."

역시 최 실장의 쓸데없는 오지랖 때문에 그녀는 의심을 받지 않고 대강의 힌트를 얻었다. 연희는 사장을 하라는 회장을 사귀고 있는 게 분명했다. 심증은 확실했지만 물증이 필요했다. 그리고 오늘 그를 만나면 물어볼 것이다. 왜 그렇게 회장을 싫어하는지를 말이다.

궁금한 걸 참아야 많은 것을 얻을 수 있다는 걸 아는 그녀였지만 이번에는 진짜로 궁금했다. 그와 회장은 닮은 구석이 없었다. 외국인이고 한국말을 잘하는 잘생긴 부자라는 것을 빼고는 달라도 너무 달랐기 때문이었다.

"참느냐 마느냐."

그녀는 그렇게 중얼거리며 자리에서 일어났다.

7. 복수의 시작

온통 블랙인 회장실에서 밝게 빛이 나는 건 오직 회장뿐이었다. 오늘 하라는 회장이 보고 싶어서 몰래 회장실에 숨어들었다. 잠깐 얼굴만 볼 생각이었는데 그는 아닌 모양이었다.

탁!

그녀의 등이 회장실의 벽에 부딪쳤다. 다급한 회장의 입술이 그녀의 입술을 잡아먹을 듯이 빨아들이고 그의 손은 그녀의 치마를 허리까지 올리고 있었다. 유니폼의 재킷은 하늘을 날아 어딘가에 처박혀 버렸고 그녀의 니트와 브래지어는 가슴 위로 올라간 상황이었다.

그가 무릎을 꿇고는 그녀의 가슴을 거칠게 빨아들이고 있었다.

매일 저녁 그의 거친 애무 때문에 그녀의 몸은 성한 구석 없이 붉은 키스마크투성이였다.

"부드럽게 해줘요."

"거짓말."

그녀의 속마음을 훤히 들여다본 것처럼 그가 거친 숨을 내쉬며 말했다.

"어머!"

그녀가 놀란 이유는 그가 그녀의 팬티를 무릎 아래로 내렸기 때문이었다. 이건 찢지 않아서 고맙다고 해야 하는 건지 알 수가 없었다. 밖에 누군가 있을지도 몰랐다. 모두들 퇴근을 했을 테지만 그래도 불안한 하라였다.

어제는 그를 만나지 못했다. 그녀의 언니가 자꾸만 밤마다 고양이 소리가 난다고 해서 집에 오지 말아달라고 그에게 말했기 때문이었다.

하지만 그녀가 그를 못 보면 죽을 것 같아서 이렇게 모두가 퇴근을 한 시간에 그를 만나러 이곳에 용기를 내서 온 것이었다.

"아흐."

그의 입술이 가슴을 타고 내려와 그녀의 탄탄한 배 위에 머물렀다. 다가올 행위에 대한 기대감에 하라의 손안에 땀이 찼다. 그가 배꼽을 혀로 희롱하고 있었다. 생소한 감각에 하라는 자신도 모르게 몸을 부르르 떨었다.

"오늘은 더 풍성해 보이는군."

그가 그녀의 검은 숲을 바라보며 말했다. 그의 숨결이 그녀의 검은 숲에 바람을 불어 넣고 있었다. 그의 호흡이 거칠었다.

"누가 들어오면 어쩌죠?"

"안 들어와."

"어떻게 그렇게 장담을 하세요."

"내가 마법을 부렸거든."

"거짓말."

"하라는 나만 믿으면 돼."

그는 이렇게 말을 하고는 그녀의 여성을 입에 물었다.

"아아앙."

그녀의 신음 소리가 점점 커지고 있었다. 그의 혀가 그녀의 여성을 가르고 들어와 클리토리스를 찾아냈다. 그녀는 그곳을 그가 건드릴 때마다 온몸에 전기가 흐르는 듯 찌릿찌릿했다. 그의 머리에서 아카시아향이 나고 있었다.

이상하게 그의 몸에서는 향수 향이 아닌 자연의 향이 그대로 났다. 그녀가 그만큼 그를 좋아하기 때문에 그렇게 느껴지는 것 같았다. 하라가 그의 금발 머리를 손으로 감싸 쥐었다.

"미칠 것 같아요. 빨리 넣어줘요."

그녀의 말이 떨어지자 그가 그녀를 가볍게 안아 들고는 자신의 책상 위에 앉혔다. 그리고 그녀의 다리를 벌리고 들어와서 자신의 페니스를 바지에서 꺼냈다.

"당신의 벗은 모습을 보고 싶어요."

"안 돼."

그는 이렇게 말을 하며 하라가 다른 생각을 하지 못하도록 그녀의 질에 자신의 페니스를 넣었다.

"아아악."

여전히 그의 거대한 페니스는 고통을 주었다. 하지만 그 크기가 줄지 않는 한은 언제나 고통이 따를 것 같았다.

퍽퍽퍽.

그가 리듬에 맞춰서 허리 짓을 하는 동안 하라는 그의 등 뒤에 수많은 모니터를 보게 되었다. 모니터에는 지금 그에게 사랑을 받고 있는 그녀의 모습으로 가득 차 있었다.

"회장님, 저기……."

"알아, 저게 나의 눈이고 나의 눈은 오로지 당신에게 가 있어."

"아아아."

그녀는 신음을 내뱉으며 눈물을 흘렸다. 그가 그녀의 흐르는 눈물을 혀로 핥았다.

"허억헉, 진짜 저만 보고 계신 거예요?"

"헉헉, 그래, 그래서 아주 힘이 들지."

"아흐, 왜요?"

"지난번에 그 자식한테 당신이 당하는 걸 지켜보고만 있었으니까."

"봤군요."

"물론 손을 보기는 했지만 그래도 마음에 들지 않았어. 일을 그만두는 건 어때?"

그가 가쁜 숨을 몰아쉬며 그녀에게 물었다.

"싫어요."

"왜?"

"그건 비밀요."

하라는 솔직히 그와 있는 게 좋았고 여기서 근무를 하다 보니 러브메이커에 매력을 느끼고 있었다. 서로에 대해 알아가는 모습이 보기 좋았고 돈 좀 있다고 거들먹거리던 남자 회원이 자신에 맞게 변화된 여자 회원을 보고 나중에는 진짜로 좋아하는 모습도 보기에 좋았다. 그런 느낌은 러브메이커라면 다 느낄 것이다.

회장이 그녀의 다리를 더 크게 벌리고는 마지막 공격을 퍼붓고 있었다. 하라는 그의 책상에 손을 짚고는 그의 공격을 그대로 받아내고 있었다.

너무 완벽하게 좋았다. 절정에 다다르자 그녀의 클리토리스가 움찔거리기 시작했다.

"아, 갈 것 같아요."

그녀가 그의 가슴을 부여잡았다. 그는 바지만 내린 상황이었다. 혹시 커다란 상처가 있는지 그녀가 손을 넣어 그의 가슴을 더듬었다. 털만 있을 뿐 그 어떤 상처의 느낌도 없었다.

"당신의 벗은 모습이 보고 싶어요."

그가 갑자기 그녀를 뿌리쳤다.

"안 돼."

"왜죠? 커다란 상처쯤은 이해할 수 있다고요."

"당신이 이해할 수 있는 게 아냐."

"뭔지 궁금해요."

"아니, 절대로 안 돼."

그는 화가 난 듯 그녀에게 등을 돌렸다.

"뭐가 두려운 거예요?"

"내가 두려워한다고 생각하나?"

"네, 그 정도의 단점이 없는 사람이 어디 있어요."

"그런 문제가 아니야."

"그럼요."

"오늘은 이만 데려다줄게."

"알았어요."

그녀는 흩어져 있는 옷을 주섬주섬 입고는 매무새를 확인했다.

"여기는 거울이 없어요?"

이상하게 건물 어디에도 거울이 없었고 유리처럼 반사가 되는 게 어느 곳에도 없었다. 화장실에나 가야 거울이 있었다.

"화장실 좀……."

"여긴 없어."

하긴 그의 집이 있으니 화장실을 사무실에 만들 이유가 없었다.

"저 괜찮은가요?"

"응, 예뻐."

"차로 데려다주실 건가요?"

"베타가 태워다 줄 거야."

"……."

서운했다. 그가 왜 그녀를 데려다주지 않는 것일까?

"난 운전을 못 해."

그녀의 마음을 읽은 듯 그가 답했다. 하긴 사장님이 운전까지 다 해주는데 그가 운전을 할 필요는 없었기 때문이었다. 하라가 정돈이 되자 기다렸다는 듯이 사장이 들어왔다.

"가시죠."

"네."

하라는 무거운 마음으로 그곳을 나왔다. 사장의 차에 오른 하라는 깊은 한숨을 쉬며 창밖을 바라보았다. 사장 또한 아무 말 없이 운전만 했다.

"뭐 하나만 여쭤봐도 될까요?"

"말씀하세요."

그가 너무 깍듯하게 말을 해서 깜짝 놀라긴 했지만 지금 상황에서 그는 이렇게 할 수밖에 없을 것이다. 그녀는 회장의 여자였다.

"회장님과는 오래 안 사이신가요?"

"네, 생각하시는 것보다 더 오래 알던 사이입니다."

"그럼, 회장님에 대해서는 다 아시겠네요?"

"뭐, 그렇다고는 할 수 있습니다만 아닐 수도 있겠지요."

하긴 아무리 오랜 세월을 지냈다고 해도 모르는 게 있을 수 있다. 그녀가 언니들을 다 모르는 것처럼 말이다.

"혹시 회장님의 몸에 상처가 있나요?"

"아니오, 그분의 몸에는 상처가 없습니다. 생길 수도 없고요."

"그런가요?"

"왜 그러십니까?"

"옷을 안 벗으셔서……."

그녀는 답답한 마음에 부끄러운 줄도 모르고 말을 이어갔다.

"허허, 그래요? 이유가 있으시겠죠. 그분을 믿고 기다려 보세요."

"네."

사장의 말에 그녀는 꼬리를 내렸지만 찜찜한 마음은 여전했다.

아폴론은 리무진 안에서 볼일을 거의 다 봤다. 집은 답답했고 그나마 돌아다닐 수 있는 차가 그의 적성에 맞았다. 답답하다고 하늘을 날아다닐 수는 없으니까 말이다. 오늘은 그의 리무진에 특별한 손님이 탔다. 아니, 이제 막 특별해진 손님이었다.

옥희가 가져온 자료들이 아주 마음에 들었다. 그중에서 에로스의 여인에 대한 사진은 아주 좋았다.

"수고했어."

"말로만요?"

여인의 대담함 대답에 아폴론은 잠깐 당황했다.

"뭘 원하지?"

"알면서……."

그녀는 혀 짧은 소리를 냈다. 영혼에서 썩은 냄새가 나는 여인의 교태란 진짜 별로였다.

"나와 연인이 되고 싶다면 이 아가씨를 데리고 와."

"왜요?"

"그렇게 하면 아주 재미있는 일을 보게 될 거야. 섹스보다 더 짜릿한 경험을 하게 해줄 수 있지."

"좋아요. 그럼 내일 당장 데리고 올게요."

"알았어."

그는 흡족한 미소를 지으며 그녀의 손에 작은 상자를 주었다.

"이건 뭐예요?"

"내 마음의 표시. 너무 작다고 서운해하지는 마."

그 상자를 열자 그 안에는 손톱만 한 다이아 반지가 있었다.

"이건……."

"나중에는 더 큰 걸로 해줄게."

"정말요?"

그녀는 상자에서 반자를 꺼내서 직접 반지를 끼웠다. 어쩜 그렇게 자신의 손가락에 딱 맞는지 옥희는 너무나 기분이 좋았다. 이래서 부자를 사귀어야 하는 것이었다.

"내일 꼭 데리고 올게요."

"일만 잘되면 더 많은 걸 줄 수도 있어."

이때 대답을 잘해야 했다. 너무 좋아하면 밝히는 여자 같아 보일 수 있기 때문이었다.

다음날 옥희는 출근하자마자 하라부터 찾았다. 오늘은 그녀가 아니라 박 실장과 일을 하는 날인데 그녀가 박 실장에게 말해서 하라를 그녀의 방으로 데리고 왔다.

"안녕하십니까?"

오늘 하라의 얼굴이 밝지가 않았다.

"무슨 일 있어?"

"아뇨."

"그래, 오늘은 나랑 같이 일하는 거야."

"네."

"오늘은 유원그룹 아들이 올 거야. 그분이 원하시는 게 병원에서의 섹스니까 우리는 병원 방에 들어가면 돼."

"여기는 그런 룸들이 많은가 봐요?"

“어, 따로 인테리어 팀이 있어서 방송국처럼 세트를 만드는 거지. 자주 바꾸지는 않아. 남자들의 취향이 침실 이외에 하고 싶은 곳은 거의 정해져 있거든.”

“아.”

“할렘이나 미용실, 병원, 학교 교실, 전철 안, 사무실, 차 안 뭐 그 정도니까. 그게 기본이고 추가로 원하면 색다른 장소를 만들어 주기도 해. 화장실이나 길거리 같은 아주 이상한 곳을 원하는 사람들도 가끔 있거든.”

정말 사람들의 취향은 다양한 것 같았다.

“오늘 고객은 완전 재벌 중의 재벌이니까 더 신경 쓰자고.”

“네.”

“참고로 말하면 이 사람은 세 번째야.”

“진짜요? 돈이 많기는 많은가 보네요.”

“결혼을 세 번째 하거든.”

“아.”

“더 웃긴 건 이 사람과 결혼한 여자 둘도 각각 다른 남자들하고 왔고. 그러니 완전 VVIP 고객이지.”

옥희는 오늘 하루 종일 하라의 비위를 맞춰주었다. 다년간 진상 회원들을 상대한 노하우로 그녀는 하라를 구워삶고 있었다. 오전 시간이 지나가고 커피 타임을 가졌다. 옥희는 기회를 봐서 오늘 그녀에게 태양을 만나러 가자고 말을 할 참이었다.

"남자친구 진짜 생긴 거야?"

"……."

"뭐 지난번에는 농담이었고. 둘이 무슨 문제 있어?"

"……."

"좋을 때다. 사랑싸움도 하고."

옥희가 넌지시 운을 띄웠다.

"그게 아니라 사랑을 하면 부끄러움도 없어야 하는 거 아니에요?"

"당연하지."

하라가 걸려들었다.

"왜, 부끄럽대?"

"옷을 안 벗어요. 저만 벗고."

"왜?"

"모르죠. 이해가 가세요?"

"좀 그러네. 여자도 아니고 남자가. 흉터가 있는 거 아닐까? 그게 싫어서?"

"가슴에 손을 넣어봤는데 그렇진 않았어요."

"등은?"

"등은 안 봤는데……."

"혹시 모르니까 몰래 봐봐."

"그래도 될까요?"

"그럼, 사랑하는 사인데."

옥희는 무슨 상황인지 모르고 있었지만 하라의 편을 무조건 들어줘야겠다는 생각이 들었다.

"하라 씨, 기분도 좋지 않은데 우리 끝나고 맥주나 한잔할까?"

"둘이요?"

"아니, 내 남자친구랑. 그 사람이 남자의 심리에 대해서는 정말 잘 알아. 내가 인정하지."

"진짜요? 그렇지만 두 분의 데이트인데……."

"뭐 어때. 같이 맥주 한잔하는 건데. 그리고 한잔만 마시고 가면 되잖아."

"그래도……."

"괜찮으니까 같이 가."

"네."

드디어 하라의 답을 얻었다. 일이 순조롭게 잘 풀릴 모양이었다. 그녀의 인생에도 이제 불행 끝 행복 시작이었다. 퇴근 시간이 이토록 기다려지기는 처음이었다.

"근데 조 실장님, 손에 반지는 뭐예요?"

"남친이 그냥……."

하라가 그녀의 손을 잡고는 뚫어지게 보았다.

"이거 다이아예요? 맞죠?"

"그런가 봐."

"진짜 비쌀 텐데……."

하라가 너무 부러워하자 옥희의 마음이 더 부풀었다.

"이번에는 작다고 다음엔 더 큰 걸 해주다고 하더라고."

"이게 작아요? 대박."

이렇게 선물을 받고 기분이 좋았던 적이 없었다. 시간이 흐르고 그들은 태양과의 약속 장소로 향했다.

"여기는 굉장히 비싼 곳인데요. 예약도 몇 개월씩 기다려야 한다던데?"

강남의 아주 유명한 레스토랑 앞에서 하라가 말했다.

"진짜 남자친구가 부자신가 봐요. 지난번에 차를 들이받으신 그분 맞죠?"

하라는 이런 여우 같은 눈치가 없는데 효은이 중간에서 넘겨짚어 말을 한 모양이었다.

"응."

어차피 그녀와 그는 사귀게 될 텐데 미리 말하는 것도 나쁘지 않을 것 같았다.

"어서 들어가자."

"네."

그녀도 태어나서 처음 이렇게 비싼 식당에 와봤다. 그는 그녀의 회원들과 같은 재벌인 것 같았다. 만약에 그렇다면 완전 땡 잡은 것이었다.

"완전 좋아요."

하라가 촌스럽게 놀라는 표정을 지었다.

"뭐 이 정도 가지고."

옥희는 침착하려고 무진 애를 썼다. 그가 자리에서 일어나 그녀들을 맞이했다.

"숙녀분들 어서 오세요."

그는 아주 호탕하게 그들을 맞아했다. 정말 매력이 터지는 사람이었다. 식사를 하는 내내 상당히 여러 가지 주제로 그는 그녀들을 리드했다. 디저트가 나오자 그가 갑자기 하라에 대해 본격적으로 묻기 시작했다.

옥희도 눈치껏 그를 도왔다.

"하라 씨가 남친 때문에 고민이 있나 봐요."

"무슨 고민?"

"아니에요."

하라가 한발 뺐다.

"아니긴. 글쎄 옷을 안 벗는대요."

"뭐?"

"남자들은 어떨 때 옷을 안 벗을까요?"

하라는 진짜 고민이 가득한 표정으로 물었다.

"숨기고 싶은 게 있나 보지."

"상처가 아니고요?"

하라가 적극적으로 묻기 시작했다.

"자기를 믿고 보지 말라고 하는 건 뭔가를 숨기기 때문이지. 예를 들면……."

"예를 들면?"

하라의 몸이 태양 쪽으로 기울었다. 적극적으로 듣고 있다는 표시였다.

"타투?"

"타투가 왜요?"

"남자들은 타투에 대부분 사귀던 여자나 부인들의 이름을 새기거나 그녀들의 모습을 그려 넣지. 그걸 보이기 싫었을 수도 있지."

"아."

"나 같아도 보이기 싫을 것 같아. 남자에게 상처는 숨길 이유가 안 되거든."

하라의 표정이 어두워졌다.

"남친이 잘 때 한번 들춰봐, 살짝."

태양의 말에 하라가 고개를 끄덕였다.

"오늘은 너무 늦었으니 그만 일어나자고."

"네."

태양은 무언가 흡족한 걸 얻은 눈치였다. 그렇지 않고서는 그녀에게 웃으며 윙크를 할 리가 없었다. 옥희는 하라를 집에까지 태워다 주었다. 뭔가 특별히 말을 한 것 같지 않는데 참 이상하게도 만족스런 마음이 들었다.

회장의 사무실에서 섹스를 한 후에 일주일이 지나도록 둘은 만나지 않았다. 하라가 그에게 서운한 마음이 들어서 피했는데 그도 같이 피하고 있었다. 아폴론으로부터 며칠 전에 조언을 들어서 써먹어야 하는데 기회가 쉽게 생기지 않았다.

조 실장은 이상하게 그녀에게 너무나 잘해주었고 하라는 조 실장에게 자신의 속 이야기를 털어놓게 되었다. 물론 남친이 회장이라는 건 빼고 말이다.

조 실장은 생각보다 그녀에게 많은 조언을 해주었고 하라는 힘을 얻었다.

"맞다. 이거 태양 씨가 여행 갔다가 사 온 건데 하라 씨 주라고 하네. 귀여운 동생 같다고."

조 실장이 보기에도 비싸 보이는 가방을 그녀에게 선물했다. 핑크색의 가방은 작은 크로스백이었다. 가방에 달린 참이 너무나 예뻤다.

"진짜 마음에 들지만 받아도 될지……."

"받아. 잘 들고 다니면 되는 거야."

"네, 감사하다고 전해주세요."

"응."

하라는 조 실장의 조언을 듣고 주말을 그와 함께 보내기로 했다. 사과도 하고 일주일 동안 못했던 섹스도 마음껏 할 수 있고 그리고 문신에 그려진 여자의 얼굴도 확인하고 싶었다. 아니, 이름이라도 보고 싶었다.

퇴근 시간이 되자 하라는 사장실로 갔다.

"안녕하십니까?"

"어, 하라 씨."

"부탁드릴 게 있어서 실례를 무릅쓰고 찾았습니다."

"뭐죠?"

"회장님을 뵙고 싶습니다."

"알았어요. 퇴근 후에 이리로 와요."

"네."

그녀는 허락을 받고는 생각했다.

"핸드폰을 사라고 해야겠어."

핸드폰이 있을지도 몰랐다. 그런데 왜 그녀에게 번호를 가르쳐주지 않은 걸까? 다시 서운한 감정이 들었다.

퇴근 후에 사장의 도움을 받아 3층에 올라간 하라는 그녀의 생각이 잘못된 것이었음을 알았다.

"하라."

사장을 의식하지도 않고 그는 하라를 끌어안았다. 그리고 그녀의 입술에 수많은 키스를 퍼부었다. 마치 그녀가 살아 돌아온 것처럼 그는 반가워했다.

"안 오면 어쩌나 걱정했어."

"설마요."

"진짜야. 아까 베타가 하라가 저녁에 온다고 말을 했을 때부터 지금까지 시간이 어찌나 안 가던지."

"그랬어요?"

"응."

그는 하라의 얼굴을 매만졌다. 그리고 하라가 가져온 가방을 보았다.

"저건 뭐지?"

"이틀 동안 신세 좀 지려고요."

"뭐? 정말?"

"토요일, 일요일 쉬니까 가족들한테는 친구와 여행 간다고 했거든요."

그가 소리 내서 웃었다. 그리고 그녀를 안아 들고는 그의 침실로 향했다. 잠시 후 그가 그녀를 침대에 내려놓았다. 키스를 먼저 할 줄 알았는데 그는 하라의 옆에 앉아서 말없이 안아주었다. 그의 품이 따뜻한 줄은 알았지만 아기 새를 품은 어미의 품 같은 느낌이 들어서 신선한 충격이었다.

"따뜻해요."

"난 하라가 상처 받지 않았으면 좋겠어."

그의 가슴에 귀를 대고 있어서 그런지 그의 말에 울림이 있었다.

"전 상처 안 받아요. 당신에게 다른 여자들이 있었다고 해도 난 다 이해해요."

"정말인가?"

"네."

그가 기쁘게 답하는 걸 보니 정말 그의 몸 어딘가에 타투가 있는 게 확실한 것 같았다. 말은 받아들인다고 했지만 그게 쉬울 것 같진 않았다.

"왜 이렇게 따뜻하게 안아주는 거죠?"

"내가 하라를 이만큼 사랑하기 때문이야."

"절 사랑한다고요?"

"처음부터."

그의 하늘색 눈이 점점 짙어지고 있었다.

"그러니 날 믿어줘."

그는 또 그를 믿어달라고만 했다.

"알았어요."

더 이상 말을 해봐야 싸움만 날 것 같아서 하라는 잠시 입을 다물었다. 확인을 하면 그뿐이었다. 하지만 자꾸만 자기를 믿어달라고 하는 그의 말이 마음에 걸렸다.

8. 판도라의 날개

츄읍츄읍.

따뜻하던 포옹이 이제는 뜨거운 입맞춤이 되어버렸다. 오늘따라 그의 손길이 웬일인지 절박하게 느껴지고 있었다. 며칠 동안 그녀를 갖지 못한 것에 한풀이를 하듯이 그의 손은 거침이 없었다. 정신을 차리고 보니 그녀의 유니폼은 완벽하게 벗겨져 있었다.

그녀는 빛 가운데 있다는 착각이 들었다. 그의 몸에서 빛이 나고 있었다. 그가 얼마나 좋으면 이런 환상까지 보이는지 알 수가 없었다.

그 빛은 금방 사라졌지만 그게 그를 감싸고 있다 해도 하나도 놀랍지 않았다. 그만큼 그녀의 눈에는 그가 눈부시게 빛이 났다. 그의 손이 그녀의 가슴을 터트릴 듯이 거칠게 주물렀다. 그리고 손가락 끝으로 그녀의 유두를 잡아서 살짝 비틀었다.

그 찌릿한 느낌에 하라가 온몸을 떨었다. 그는 유두를 다시 잡아서 손가락으로 튕기기를 반복하다가 그녀의 신음 소리가 강해지자 입으로 그녀의 유두를 물었다. 그녀의 성감대가 모두 유두 끝으로 모인 듯 그가 이빨로 살짝 물자 거의 자지러질 듯 몸을 떨었다.

"제발."

그녀가 그의 손을 잡아서 자신의 여성에 가져다 댔다.

"아주 야해."

그가 놀렸지만 지금 그녀는 몸이 달아 있어서 그의 손가락이라도 받아들이지 않는다면 온몸이 터져 버릴 것 같았다. 그가 감질맛 나게 손 전체로 여성을 문지르기만 했다.

"넣어줘요."

"안 돼."

"제발……."

그녀는 그에게 애원을 하고 있었다. 그러자 그가 그녀의 여성을 손가락으로 가르더니 질의 입구에서 문지르기만 하고 넣어주지는 않고 있었다.

"회장님."

"에로스라 불러."

"당신의 본명인가요?"

"그래."

"에로스, 제발 넣어줘요."

그녀는 이렇게 애원하며 몸을 틀었다. 하지만 여전히 그는 그녀의 질 주위만 문지를 뿐 그녀의 바람을 들어주지 않고 있었다. 이쯤 되면 얄미울 법도 한데 하라는 지금 그가 너무 예뻐 보였다.

그가 자신의 본명을 말해주었기 때문이었다. 이렇게 하나씩 그녀에게 다가오는구나, 라는 생각이 들자 하라는 너무나 기뻤다. 하지만 그런 생각도 잠시 그가 손가락 대신 자신의 혀를 그녀의 질 안으로 밀어 넣자 그녀의 생각은 그대로 정지 상태가 되어버렸다.

"으응."

그녀의 입에서 고양이 소리가 나오고 있었다. 그의 혀 놀림은 정말 잠자던 그녀의 욕망을 최대치로 끌어올리고 있었다. 그가 이제는 그녀의 깊이 숨어 있는 클리토리스를 찾아내서 혀로 자극을 하고 있었다.

"미칠 것 같아."

그녀의 말에도 그는 여전히 그녀의 작은 클리토리스를 자극하고 있었다.

"그만 제발."

그녀가 거의 흐느끼자 그가 자리를 잡고는 그녀의 타이트한 질에 자신의 거대한 페니스를 집어넣기 시작했다. 이렇게 커다란 물건이 그녀의 안으로 들어간다는 게 매번 느끼는 것이지만 신기했다.

신은 여자로 하여금 남자를 받아들이는 능력을 준 것 같았다. 그가 오늘은 피스톤 운동으로 시작하는 대신에 허리를 돌리기 시작했다. 그녀의 질 안에 페니스가 그의 움직임에 따라 그녀의 질벽을 건드리고 있었다.

"아아앙."

저절로 신음 소리가 터져 나왔다.

"좋아요."

퍽퍽퍽.

그녀의 말이 끝나기가 무섭게 그가 허리를 움직이기 시작했다. 그는 허리를 움직이며 하라의 풍만한 가슴을 손으로 움켜쥐었다.

"아아아아."

그의 손이 그녀의 유두를 만지자 하라는 진짜로 쾌락에 미칠 것만 같았다. 그가 얼마나 힘을 주는지 그의 관자놀이에 핏대가 설 지경이었다. 하라는 그의 가슴에 손을 올렸다. 오늘도 그는 탄탄한 그의 몸을 옷으로 가리고 있었다.

그의 허벅지는 정말 말근육을 자랑했다. 그의 가슴도 이렇게 옷위로 만질 때는 완벽한 근육이었다. 그런데 그는 절대로 옷을 벗지 않았다. 그가 너무 격렬하게 움직였는지 그의 호흡이 많이 흐트러져 있었다.

그가 그녀를 갑자기 들어 올리더니 자신의 위에 올려놓았다. 여성상위 체위는 박 실장에게 배웠다. 그래서 하라는 배운 대로 그의 위에 쪼그리고 앉아서 일어났다 앉았다를 반복했다. 물론 그의 페니스를 질 안에 넣은 채로 말이다.

"으윽."

그의 입에서 그녀가 움직일 때마다 억제된 신음 소리가 흘러나왔다. 역시 뭐든 배워두면 써먹을 곳이 있었다. 그녀는 자신이 얼마나 아름다운지 알지 못하고 있었다. 하지만 지금 하라는 그의 얼굴에서 욕망에 들뜬 표정을 보자 더욱더 용기가 생겼다.

허리를 그녀가 요염하게 흔들자 에로스의 입에서 연이어 신음이 터져 나왔다. 하라의 손이 그의 가슴 위에 있었다. 그의 심장이 지금 터질 듯이 뛰고 있었다. 너무나 열심히 몸을 움직였는지 그녀의 이마에 땀이 송골송골 맺히고 있었다.

"너무 좋군."

"정말요."

"너무 잘해."

"여기 와서 많이 배웠죠."

"만든 보람이 있군."

"그러게요."

"아아아."

그녀가 다시 허리를 움직이자 그의 몸에서 이상하게 광채가 나왔다. 아까는 잘못 봤다고 생각했는데 지금은 선명하게 보였다.

"회장님 몸에서 빛이 나요."

"조명 탓이야."

"진짜요?"

"내 눈에는 하라의 몸에서 빛이 나 보여."

그의 말에 하라는 다시 열심히 허리를 움직이기 시작했고 그의 페니스가 그녀의 질에서 더욱 커지고 있었다. 그는 정말 정력이 센 사람이었다. 그녀가 보았던 회원들 중에 이렇게 오래 관계를 갖는 남자 회원은 없었다.

어떤 사람은 조루 증상을 보이기도 했다. 물론 그런 남자 회원에게는 비법의 약을 주기도 했지만 말이다.

"회장님은 정말 체력이 좋으신 것 같아요."

하라가 거의 숨이 넘어가는 듯한 목소리로 말을 했다.

"만족하나?"

"넘치게요."

하라가 미소를 지으며 그의 품에 안겼다. 하라는 눈이 사르르 감기고 있었다.

"너무 피곤해요."

"나도 그렇군."

그들은 그렇게 깊은 잠에 빠져들었다. 하라는 조용히 그의 숨이 고르게 될 때까지 눈을 감고 기다리고 있었다. 오늘이 아니면 다시는 확인을 하지 못할 것 같았다. 그의 몸에 새겨진 여인이 진짜 있을까? 아니면 정말 숨기고 싶은 깊은 상처가 있는 걸까?

하라가 몸을 일으키는데도 그는 여전히 잠을 자고 있었다. 하라는 그의 얼굴에 손을 왔다 갔다 해보기도 하고 그의 얼굴에 바람도 불어보았지만 그는 여전히 편안하게 잠이 들어 있었다.

하라가 침대에서 내려와 그의 옆으로 살금살금 다가갔다. 그가 깨지 않도록 노력을 하면서 그녀는 등을 돌리고 잠든 에로스의 옷을 미리 준비한 가위로 조심스럽게 잘랐다. 그녀의 가위가 그의 등을 타고 점점 위로 올라갔고 그의 옷이 벌어지며 눈부시게 아름다운 조각 같은 그의 등 근육이 펼쳐졌다.

그 어디에도 타투의 흔적은 보이지 않았다. 괜한 걱정을 한 것이었다. 그리고 그녀는 생각했다. 왜 이렇게 훌륭한 몸을 감추려고 한 걸까? 그녀의 가위가 그의 옷을 완벽하게 둘로 나누자 그녀는 그 이유를 알게 되었다.

눈부시게 아름다운 커다란 날개가 그녀의 눈앞에 나타났다. 이건 분명히 꿈인 것이다. 그는 사람이 아닌 날개가 달린 천사였다. 그녀 집안의 마지막 소원을 그녀가 이룬 것이다.

"우와."

감탄사가 절로 나왔다. 새하얀 깃털이 마치 눈부시게 자체적으로 빛을 발하는 것 같았다. 한번 만져 보고 싶은 마음에 하라는 조심스럽게 자신의 손을 그의 날개에 가져다 댔다.

“어쩜, 이리도 부드러울까?”

그녀가 살면서 만져 보았던 그 어떤 것보다 그의 날개는 부드러웠다. 마치 녹아내릴 것 같았다. 그녀는 그의 날개에 거부감이 없었다. 오히려 그의 날개가 그를 더 멋있게 보이게 만들었다.

그는 역시 특별했다. 그녀가 다시 한 번 그의 날개로 손을 가져간 순간 그가 일어났다. 그는 잠시 자신의 상태를 살피더니 무섭게 그녀를 바라보았다.

“왜 나를 믿지 못한 것이냐?”

“전…….”

“내가 그렇게 믿어달라고 말을 했는데 왜 그런 것이냐?”

“알고 싶었습니다.”

하라의 눈에서 눈물이 흘렀다.

“무엇이 그렇게도 알고 싶었던 것이냐?”

“에로스, 당신에게 다른 여인이 있을까 봐 걱정이 되었습니다.”

“이해할 수가 없구나.”

그는 지금 날개를 펼치고 침대 위에 떠 있었다. 그 모습이 어찌나 아름다운지 눈이 부실 정도였다. 새하얀 그의 날개에서 빛이 나고 있었다.

“용서해 주세요.”

하라는 어쩔 줄을 몰라 무릎을 꿇었다. 그의 변한 모습이 진짜 신의 위엄을 드러냈기 때문에 하라는 두려웠다.

"이제 끝났다."

그의 목소리가 그녀의 가슴을 울렸다. 그녀의 눈에서 후회의 눈물이 흐르고 있었다.

"정말 잘못했어요. 제발 한 번만 용서해 주세요."

"……."

그는 날개를 펼친 채 그녀를 내려다보기만 할 뿐 아무런 대답이 없었다.

"에로스, 당신을 사랑해요."

하라는 슬프게 울며 말을 했다.

"제발 한 번만……."

"왜 내가 그대와 사랑을 나누었음에도 천상으로 가지 못하는지 이유를 알았다. 그대는 마지막 소원의 주인공이 아니다. 가라. 다시는 내 앞에 나타나지 말라."

하라는 에로스의 눈에서 눈물이 흘러내리는 것을 보았다.

"죄송해요. 에로스, 한 번만……."

하지만 이미 에로스는 하늘로 사라지고 난 다음이었다. 이제 그녀의 사랑은 끝이 난 것이었다. 한 번만 믿었어도 그렇게 궁금해하지 않았어도 그녀는 에로스를 지킬 수 있었다.

마지막 소원이 이루어져야 천상에 올라가는 모양이었다. 그리고 그녀는 그 마지막 소원의 주인공이 아니었다.

"흑흑흑, 어떻게 하지?"

하라는 그렇게 바닥에 앉아서 한없이 눈물만을 흘렸다. 자신의 호기심을 자책하면서 말이다. 심장이 뜯겨져 나가는 고통이 그녀의 안에서 느껴지고 있었다. 옷을 입은 하라는 침대에 앉아서 하염없이 그를 기다리고 있었다.

날이 밝아왔고 다시 어두워져 갔다. 긴 한숨 소리와 하염없이 흐르는 눈물이 지금 그녀의 고통을 그대로 말해주고 있었다.

똑똑!

문소리에 하라는 침대에서 벌떡 일어났다. 에로스일 리가 없었다. 그는 자신의 방에 들어올 때 노크를 하지 않으니까 말이다. 사장이었다.

"이만 가시죠."

"사장님."

"회장님께서 다시는 보시지 않겠다고 하셨습니다. 그리고 직장에서는 해고 처리가 되셨습니다. 이제 다시는 이곳에 오시면 안 됩니다. 물론 들어올 수도 없지만 말입니다."

사장의 목소리가 차가웠다.

"사장님, 제발 절 좀 도와주세요."

"인간의 호기심은 많은 걸 얻게도 하지만 잃게도 합니다. 그분의 말을 믿으셨어야 합니다."

"흑흑흑."

"에로스 님의 마지막 말씀입니다. 기억은 내버려 두라고 하셨습니다. 그 기억이 하라 씨를 괴롭힐 거라고도 말씀하셨습니다."

"……."

"에로스 님이 하라 씨를 얼마나 사랑하셨는데……."

사장은 더 이상 말을 하지 않고 그녀의 짐만 챙겨 들었다. 그리고 그녀가 따라 나오기를 기다렸다. 하라는 후회의 눈물을 흘리며 방을 나왔다.

하늘을 정신없이 날았다. 날고 또 날아도 찢어지는 마음을 치유할 방법이 없었다. 태양의 따가운 빛 가운데 그는 가만히 빛을 받고 있었다. 이렇게 강한 빛이라면 그의 날개를 녹이고 그의 몸을 천 길 아래로 떨어뜨려 줄 것 같았다.

죽고 싶어도 죽지 못하는 아주 가련한 신세였다. 어떻게 해야 이렇게 무너지는 마음을 다잡을 수 있을까? 그는 욱신거리는 자신의 심장을 잡았다. 그리고 손가락에 힘을 주어 자신의 가슴을 파고들어 가려고 했다. 이렇게 고통을 느낄 바에는 차라리 뽑아버리고 싶었다.

몰랐었다. 사랑의 화살을 맞은 사람들의 고통을 말이다. 신으로서 그는 그들에게 심심풀이로 화살을 쏘았고 그들의 고통을 즐기기에 바빴다. 하지만 그가 이렇게 사랑으로 고통을 받게 되자 예전의 일들이 후회로 다가오기 시작했다.

하지만 이미 지나간 시간은 돌이킬 수가 없었다. 그는 하늘에 그렇게 넋을 놓고 떠 있었다. 그렇게 하다가 그의 근처로 인간들의 비행기가 다가오자 그는 다시 클럽 에로스로 날아갔다. 그녀가 사라졌기를 바라면서.

그가 회사로 돌아온 건 그녀와의 일이 있은 후 사흘이 지나서였다. 사흘 낮밤을 그는 하늘에서 보낸 것이다. 낮에는 태양에 녹아내리길 바랐고 밤에는 날개가 얼어서 부서지길 바랐다. 하지만 그는 무사했고 그의 날개는 멀쩡했다.

하지만 그의 가슴속의 아픔은 여전했다.

"잘 배웅해 드렸습니다."

"……."

"회사는 해고 처리했습니다."

"……."

"많이 우셨습니다."

"……."

"에로스 님."

"혼자 있고 싶다."

"압니다. 하지만 인간은 누구나 실수 한 번은 합니다. 용서를 해주시는 게……."

"네 입에서 용서란 단어가 나오니 어색하구나."

그는 차갑게 말을 하고는 베타에게서 등을 돌렸다.

"나가거라."

베타가 조용히 그의 사무실을 나갔다. 그는 자신의 책상에 앉아 평소처럼 수십 대의 모니터 화면을 보고 있었다. 그 어디에도 하라가 없었다.

꽝!

"아아악!"

그의 목소리가 천둥같이 건물을 울리고 있었다. 모두가 놀랐지만 그것이 그의 목소리인 줄은 아무도 모르고 있었다. 베타만이 오로지 그것이 주인의 가슴 아픈 소리임을 알았다.

며칠째 식음을 전폐한 딸 때문에 손 여사의 속이 타들어가고 있었다. 며칠 전에 여행을 다녀온다고 하더니 무슨 일이 있었는지 하루 종일 울기만 하는 하라를 보며 손 여사의 마음이 찢어졌다.

"엄마, 아직도야?"

둘째 하민이 퇴근해서 들어오며 동생의 안부부터 물었다. 오후에도 수시로 전화를 하며 동생이 괜찮은지를 물었었다.

"밥은 먹었어?"

손 여사는 고개를 저었다.

"쟤 저러다가 큰일 나는 거 아닌지 모르겠다."

"걱정하지 마. 큰언니가 수액주사하고 영양제 병원에서 가져온다고 했어."

"그래?"

"그러니까 너무 걱정 마시고 잠깐 소파에서 쉬셔. 좋아하는 드라마를 좀 보든지. 내가 올라가 볼게."

"그래, 내가 아무리 가도 말도 안 해."

하민이 그녀의 어깨를 잡고는 소파로 밀었다.

"이제 제발 좀 앉아 있어."

하민은 손 여사를 소파에 앉혀두고는 2층으로 올라갔다.

똑똑!

"들어간다."

대답이 없는 동생의 방문을 열고 하민은 방 안으로 들어갔다. 하라는 여전히 등을 돌리고 누워 있었다. 어깨를 들썩이고 있는 걸 보니 울고 있는 게 분명했다.

"그렇게 계속 울다가는 온몸이 쪼그라들겠어. 물이라도 마셔."

하민이 물 잔을 가져가는데도 여전히 하라는 등을 돌린 채 가만히 있었다.

"박하라!"

"……."

"굶어 죽을 거야? 무슨 일인데? 차였어?"

그녀가 그냥 한 말인데 이번엔 하라가 소리를 내서 울었다.

"흑흑흑."

갑자기 미안한 마음이 든 하민이었다.

"미안해. 우리 하라가 실연을 당했구나. 세상에 넘쳐 나는 게 남자야. 그리고 남자는 남자로 이겨야 해."

"흑흑흑."

하라의 울음이 그치질 않자 이번에는 하민이 더 당황했다. 그때였다. 다행히 큰언니가 방 안으로 들어왔다.

"넌 애를 달래는 게 아니라 더 흥분을 시키고 있어."

"미안."

"비켜봐."

하은이 하라의 팔을 걷고는 수액주사와 영양제를 놓았다.

"이거 다 맞을 동안 앉아 있을 테니까. 언니한테 속시원하게 털어놔 봐."

"실연당했네."

"박하민!"

"미안. 막내, 미안해. 언니가 좀 웃기려고 했는데 막내의 기분이 영 아닌가 보다."

하민과 하은은 막내인 하라를 쳐다보며 안쓰러운 표정을 지었다.

"하라야, 손님 오셨다."

울던 하라가 자리에서 벌떡 일어났다. 혹시나 에로스가 아닐까 하는 기대 때문이었다. 하지만 방문을 열고 들어온 건 조 실장이었다.

"실장님."

"하라 씨, 괜찮은 거야?"

그녀의 손에는 박스가 들려 있었다. 조 실장과 목례를 한 언니들은 방을 나갔고 엄마는 음료수와 과일을 내왔다.

"몸이 안 좋아서 그만둔 거야?"

"……."

"월요일 날 하라 씨가 출근을 안 해서 얼마나 걱정했는지 몰라."

"죄송해요."

"죄송은 무슨. 걱정이 돼서 그렇지. 사장님께서 물어봤더니 해고가 됐다는 말에 한 번 더 놀랐어. 며칠 안 나온 거 가지고 해고가 말이 돼?"

"……."

"그리고 이건 하라 씨 짐."

"감사합니다."

"뭘."

"회장님은 출근하시나요?"

"응."

하라는 마음이 찢어졌다.

"저 부탁이 있는데 회사에 들어갈 수 있나요?"

"하라 씨도 알잖아, 얼마나 보안이 철저한지. 전할 말 있으면 나한테 말해. 전해줄게."

"아닙니다."

더 이상 그에게 피해를 줄 수 없었다. 사람들이 그의 정체를 알기라도 한다면 그는 정말 사라져 버릴지도 몰랐다.

"그리고 이건 하라 씨한테만 알려주는 건데. 회장님이 좀 이상하다는 소문이 있어."

"무슨 소문요?"

"해외로 나간다는 말이 있어."

"네?"

"나도 느끼는 거지만 회장님은 이상할 정도로 늙지를 않으셔서 항간에는 뱀파이어다 아니면 외국에서 시술을 받고 온다는 말도 있었어. 아마 둘 중에 하나는 맞을 것 같아. 그렇지 않고서야 그렇게 동안일 리가 없거든."

"……."

"왜, 내 말이 거짓말 같아? 여기 주방장이 20년이 됐는데 밥 한 번 먹으러 내려온 적이 없다고 그러는 거야. 거기다가 20년 전의 모습과 지금의 모습이 똑같대. 사장님하고 회장님 두 분 다."

조 실장답지 않게 수다스럽게 많은 정보들을 쏟아내고 있었다. 머리가 아파왔다.

"실장님, 제가 지금 너무 어지러워서요."

"알았어. 쉬어. 난 이거 놓고 갈게."

"네."

하라는 누워서 눈을 감았다. 그리고 입술을 깨물었다. 그에 대한 선명한 기억이 그녀를 더 힘들게 하고 있었다.

하라의 집을 거의 도망치다시피 나온 옥희는 뒤를 돌아보며 누가 쫓아오는 건 아닌지 살피고 또 살폈다. 그녀는 자신의 차에 올라서도 전후좌우를 살폈다. 그리고 자신의 가방 안에서 하라에게 선물했던 백에 달려 있던 참을 들어 올렸다.

"됐어."

소형 카메라가 내장된 참은 하라와 회장 간에 있었던 일을 그대로 녹화했을 것이다.

"얼른 가서 확인을 해야지."

그녀의 태양은 자꾸만 빠르게 정보를 가지고 오라고 요구를 하지만 그녀는 더 알아봐야 할 것 같았다. 무엇이 그녀에게 유리한지 말이다. 집으로 돌아온 옥희는 서둘러 녹화된 영상을 돌려보았다.

그리고 그녀는 그동안 궁금하게 생각했지만 한 번도 가보지 못했던 3층의 내부를 처음으로 보았다. 다행히 처음에 그들이 사랑을 나누는 모습이 보였다. 그리고 방으로 들어가 버려서 한동안 별다른 내용이 없었다.

지루함을 느낀 옥희는 영상을 빠르게 돌렸고 한참 후 그녀는 자신의 눈을 의심케 하는 장면을 보았다. 방 안에서 힘이 빠진 모습으로 울면서 하라가 나왔고 갑자기 사장이 등장했다. 그리고 그녀는 눈부시게 광채가 나는 날개 달린 남자의 모습을 보았다.

공중에 떠 있는 그는 날개가 달려 있었고 옷을 입고 있지 않았다. 금발에 아름다운 모습의 그는 다름 아닌 회장이었다.

"대박."

완벽하게 특종을 잡은 것이었다. X맨에 나오는 돌연변이 같은 모습의 회장이 그녀를 놀라게 하고 있었다.

"이게 무슨 일이야?"

갑자기 이 테이프를 태양보다는 방송사에 팔고 싶다는 생각이 들 정도로 굉장한 것이었다.

"뭐지? 도대체 회장의 정체가 뭐야?"

그녀는 늦은 시간임에도 불구하고 태양에게 전화를 걸었다. 그리고 그의 집으로 향했다.

"너무 늦은 시간 아닌가?"

12시가 훌쩍 넘은 시간이었다.

"아뇨, 늦은 시간보다 더 중요한 게 있어요."

그녀는 자신의 노트북에 있는 영상을 그에게 보여주었다. 그의 얼굴에는 미소가 가득했다.

"결국은 헤어지는군. 하하하, 결국은 헤어졌어."

"뭐가 그렇게 우스워요?"

"아냐, 하하하. 가슴 아픈 표정을 짓다니, 저러면 에로스가 아니지."

"뭐라구요?"

"내 아픔이 어떨지 그도 느꼈겠어. 아니, 살아서 옆에 있는데 가까이 못 가는 게 더 고통스러우려나?"

"태양 씨!"

그녀가 엉뚱한 소리만 하는 그를 불렀다. 그러자 갑자기 그가 그녀의 입술에 자신의 입술을 대고 깊은 키스를 했다. 그의 혀가 아주 강하게 그녀의 입안을 지배하고 있었다.

"아주 잘했어."

그가 그렇게 말을 하며 그녀의 팬티를 순식간에 아래로 내렸다.

"이걸 바란다고?"

"아주 격렬한 걸 원해요."

"아주 격렬해질 거야. 타는 듯한 뜨거움도 느낄 거야."

"그 정도예요?"

그의 거친 모습에서도 느껴지지만 그는 확실하게 섹스에는 도가 튼 그녀를 사로잡을 수 있을 것 같았다. 오늘 타이트한 검은색 티셔츠에 울룩불룩 올라온 그의 근육들을 손으로 느끼며 옥희는 강한 성욕을 느끼고 있었다.

"으으음, 당신은 정말 대단해요."

“아마 더 대단한 걸 느끼게 될 거야.”

그가 일어서서 바지를 내리자 그녀는 이제껏 본 페니스 중에 가장 커다란 녀석과 마주하게 되었다. 마른침을 삼키며 과연 그녀가 받아들일 수 있을지 걱정이 되었다.

“진짜 대단하네요.”

그녀가 그의 페니스를 손으로 잡았다가 손을 떼어냈다.

“앗!”

전기가 흐르는 것 같았다. 그만큼 그녀가 흥분을 한 것이다. 그가 더 이상은 못 참겠다는 듯이 그의 페니스를 단 한 번의 동작으로 그녀의 질 안으로 밀어 넣었다.

“아아아악!”

온몸이 타들어가는 느낌이었다. 그는 움직이지 않고 그대로 그녀를 내려다보고 있었다.

“타는 것 같아요.”

그녀의 말에 그가 자신의 페니스를 뺐다.

“타는 것 맞아.”

“아, 아아아악!”

“너의 영혼에서 썩는 냄새가 나서 싫었는데 지옥에서 그 썩는 냄새나 없애라고. 하데스에게 안부도 전하고.”

“당신은 뭐야? 아아아악!”

죽어가는 여자에게 자신의 신분을 숨길 건 없었다.

"난 태양의 신 아폴론이다."

그가 말을 하자 그의 몸에서 불꽃이 일었고 그녀는 온몸이 타서 재가 되어 사라졌다.

이제 에로스의 여인을 죽이는 일만 남았다. 지금 죽이면 고통의 시간이 그만큼 짧아지니 조금 더 기다렸다가 그녀를 없애 버릴 것이다.

그녀는 에로스를 견딘 여자였다. 인간이 신과 잠자리를 하게 되면 그 여인을 다른 신들은 건드리지 않았다. 하지만 그는 지금 룰을 깰 생각이었다. 그만큼 그는 사랑의 상처에서 헤어나지 못하고 있었다.

집 안에서 타는 냄새가 진동을 하고 있었다. 아폴론은 모든 집 안의 문을 열고 바람을 일으켜 냄새를 모두 거둬냈다.

"죽어서도 고약한 냄새를 남기는군."

그는 아무렇지 않게 자신의 침실로 들어갔다. 해가 지고 나면 나른함을 느끼는 그였다. 그래도 오늘은 아주 기분이 좋았다. 아름다운 에로스의 얼굴이 고통으로 일그러지는 걸 봤기 때문이었다.

이제 조금씩 망가져 가는 그를 아주 즐거운 마음으로 볼 것이다. 그러다가 그녀를 없애 버릴 것이다. 아무리 신의 여인이라고는 하지만 지금 그따위 룰은 그의 안중에 없었다.

"조금만 기다리라고."

그는 이렇게 말을 하고는 눈을 감았다. 모처럼 아주 깊이 잠들 것 같았다.

눈을 뜨니 그가 운전사에게 말한 대로 그녀를 쫓아와 죽집에 차가 멈춰 있었고 이곳에는 에로스가 오지 않았다. 그래서 아폴론은 우연을 가장해 죽집으로 들어갔다.

"하라 씨."

그가 먼저 하라에게 반갑게 인사를 했고 그녀의 어머니와 언니가 그를 보고 어쩔 줄을 몰라 했다. 인간 여자들이란. 그는 하라의 죽 값을 계산해 주고 먹지도 않는 죽을 사서 죽집에서 나와 운전 기사에게 죽을 주었다.

이렇게 자주 우연을 가장해서 에로스가 없을 때 만나야겠다는 생각이 들었다. 원래 죽음은 면식범들에게 당하는 확률이 크니까 말이다. 아폴론은 사냥을 하기 전에 사냥감을 안심시키듯이 하라의 환심을 사고 있었다. 그는 이 사냥에서 자신이 크게 이길 거라는 확신이 들었다.

9. 회복되지 않는 상처

그와의 일이 있었던 게 벌써 한 달이 지나고 있었다. 통장에는 웬일인지 엄청난 금액이 들어왔고 그걸 돌려주려 했지만 사장이 받지 않았다. 아마도 클럽 에로스에 관한 이야기를 하지 말아달라는 입막음 용도일 것이다.

"이렇게 하지 않아도 되는데……."

돈은 진짜 바라지 않았다. 오히려 그녀를 더 비참하게 만드는 것일 뿐이었다.

비참한 마음이 들었다. 오늘은 엄마와 함께 병원에 왔다. 안 그래도 마른 체격의 그녀인데 지금은 5킬로가 더 빠져서 완전히 피골이 상접한 모습이었다.

"뭘 이렇게 하지 않아도 돼?"

엄마가 옆에서 그녀의 말을 듣고 화를 내셨다.

"딸년이 굶어서 죽어가는데 병원도 가지 말라고?"

"엄마."

운전을 하던 둘째 하민이 엄마를 말렸다.

"쟤라고 저러고 싶어서 그렇겠어? 멀쩡하게 다니던 회사도 잘리고 누군지 모르지만 남자친구한테도 차이고."

저렇게 말을 하는 언니가 더 얄미웠지만 싸울 기운도 없었다.

"근데 오늘 병원 문 열었을까?"

"네 학교 개교기념일이지 다른 사람들은 다 일한다."

"맞네."

오늘은 평일이지만 언니가 쉬는 날이어서 운전기사 노릇을 해주고 있었다.

"아빠네 병원 가자."

"안 돼! 명색이 아빠가 의산데 딸이 저 모양인 걸 어떻게 환자들에게 보이니?"

"그렇네."

엄마와 언니가 뭐라고 하든 하라는 그저 창밖을 볼 뿐이었다. 그녀의 애인이 신이었다니 아주 놀라운 현실이었다. 에로스가 그의 이름이라고 생각을 했지 신의 이름이라고는 생각지도 못했었다.

그는 차근차근 그녀에게 그렇게 말을 하려 했는데 그녀는 기다리지 못했고 믿지 않았다.

"흑흑흑."

저도 모르게 눈물이 또다시 나왔다.

"쟤 또 저런다."

"엄마, 아무래도 정신과에 먼저 가는 게 나을 것 같아."

"그럴까?"

"응."

언니와 엄마가 그녀를 정신과로 데리고 가고 있었다. 지금은 내과보다는 정신과가 그녀에게 필요한지도 모르겠다. 마음이 죽을 것같이 아팠다. 몸의 수분이 그동안 눈물로 다 빠져나온 줄 알았는데 또 흐르고 있었다.

정말로 정신과에 왔다. 종합병원은 예약을 해야 해서 예약을 안 해도 되는 그래도 유명한 병원을 골라 찾아왔다. 의사는 금테안경을 쓴 아저씨였다. 그래도 인상은 참 푸근해 보였다.

"환자분, 자꾸만 눈물이 나세요?"

설문지에 체크한 내용을 그가 다시 물으며 그녀를 살펴보았다. 최대한 그녀의 마음을 안정시키려고 노력하면서 친절하게 묻고 있는 의사였다.

"네."

하지만 하라는 짧게 대답했다. 그녀의 머릿속에는 온통 에로스

뿐이었다. 그래서 자꾸만 눈물이 나기 때문이었다.

"죽고 싶은 생각도 들고요?"

"네."

"최근에 몸무게가 갑자기 빠지거나 찌시지는 않았나요?"

"네."

"남자인가요?"

"네."

그녀가 하도 로봇처럼 네라고 하니 의사가 엉뚱한 걸 물었다. 그리고 눈물이 주르르 흘러내리는 그녀를 걱정스러운 눈길로 보았다.

"환자분?"

"죄송해요."

"뭐가 죄송하죠?"

"안 듣고 있었어요."

의사의 말이 귀에 들어오지 않았다.

"하라 씨, 하고 싶은 말 있어요?"

"네?"

"하라 씨가 하고 싶은 말 해요. 우리는 모르고 또 하라 씨가 이곳에 다시는 안 온다면 오늘의 인연이 끝이니까 편하게 말해요."

그의 말이 맞았다. 오늘만 보면 되는 사람이었다.

"사랑하는 사람이 있었는데 그 사람에게 차였어요."

"왜죠?"

"그 사람이 믿어달라고 했는데 믿지 않았거든요."

"관계를 회복하기 위해 노력은 했나요?"

"전 그 사람의 근처에도 못 가요."

"왜죠?"

의사에게 그녀는 그동안 말 못했던 그녀의 마음속 이야기를 했다.

"한 번의 잘못 때문에 그 사랑을 저버린 건 하라 씨 잘못이에요. 그 사람에게 다른 사람이 생기지 않은 이상 이렇게 울고 있지 말고 관계를 회복하기 위해 노력해 봐요."

"어떻게 해요?"

"그 사람을 만나서 솔직하게 얘기하고 용서를 구해요. 하라 씨가 싫지 않다면 실망은 했겠지만 용서할 거예요. 어떻게 노력도 안 해보고 포기를 해요. 너무 사랑한다면서……."

"……."

"밥도 먹고 기력도 회복해서 예쁘게 하고 찾아가 봐요."

의사의 따뜻한 말도 좋았지만 누군가에게 이렇게 털어놓고 나니 기분이 한결 좋아졌다.

"감사합니다."

그녀는 병원에서 나오면서 희망의 빛을 보았다.

"엄마, 우리 죽집에 가자."

하라의 말에 엄마와 언니가 놀란 얼굴이었다.

"집에 가자. 전복이랑 다 있어."

"아니, 지금 배고파."

"하민아, 죽집으로 가자."

"어."

언니와 엄마는 하라의 마음이 변할까 봐 죽집으로 직행을 했다. 그런 하라의 모습을 멀리서 보는 이가 있었다.

"따라가."

"네."

아폴론은 하라의 동태를 살피고 있었다.

"굶어서 죽은 줄 알았는데 아직 살아 있군."

그는 이렇게 말을 하며 웃었다. 그가 이렇게 말을 하는 건 하라를 놓고 한 것이 아니었다. 빌딩 위에서 그녀를 내려다보고 있는 에로스를 봤기 때문이었다. 마음의 병을 알아서인지 에로스는 그 찬란하던 빛을 잃어가고 있었다.

"이제 슬슬 한번 저놈의 목을 조여볼까?"

아폴론은 이렇게 말을 하며 하라의 뒤를 계속해서 쫓았다. 하라가 있는 곳에는 에로스가 있었기 때문이었다.

금발의 머리카락이 은색으로 변하고 있었다. 그의 머리 색이 바뀐 건 이번이 처음이었다. 금빛으로 찬란하던 그의 금발도 멋있었지만 지금의 은발은 훨씬 더 그의 얼굴을 빛나게 했다. 날카로움이 추가된 에로스는 남성적인 매력이 극에 달했다.

"에로스 님."

멍하게 자신의 석상 위에 앉아 있는 에로스를 발아래에서 베타가 불렀다. 그가 베타를 쳐다보자 베타가 한숨 섞인 말을 했다.

"이렇게 계시지 마시고 그만 하라 씨를 용서하시죠."

"……."

"이러다가 제우스 님이 벌을 내리시기 전에 에로스 님 스스로 깊은 잠에 빠져드실 것 같습니다."

"……."

"그리고 인간세상에 사랑의 에너지가 점점 더 적어지고 있습니다. 에로스 님이 인간들을 쳐다보지 않으시니 그들의 영혼이 어두워져 사랑하는 이를 찾지 못하고 있습니다."

"……."

"에로스 님!"

"아직 귀가 먹지는 않았다."

"어떻게 하실 생각이십니까?"

"내일은 해야겠지."

그는 자신의 날개를 힘차게 펼쳤다.

"에로스 님, 지금은 환한 대낮입니다."

"잔소리가 많구나."

그는 날개를 다시 옷 속에 감추고는 석상에서 뛰어내렸다. 예전으로 돌아가고 싶었다. 신들에게 사랑의 화살과 분노의 화살, 미움의 화살을 쏘며 장난을 치던 그때로 말이다. 그때로 돌아가면 절대로 사랑의 화살을 복수의 용도로 쓰지 않을 것이다.

사랑하는 이가 죽거나 떠나는 광경을 보면 미칠 것 같다는 걸 그가 알아버렸기 때문이었다.

"내가 잘못한 일이 많아."

"네?"

뜬금없는 그의 말에 베타가 그를 바라봤다.

"너에게도 미안하다. 내가 사랑의 화실을 쏘지 말았어야 했는데……."

"아닙니다. 전 행복합니다. 다만 에로스 님이 잘못하신 게 있다면 상대를 죽이는 고통을 신들에게 주셨다는 겁니다. 사랑하는 여인을 사랑을 나누다 죽이게 되는 신들의 마음이 얼마나 괴로울까요."

그랬다. 상대방이 신을 견딜 수 있는 특별한 사람이라면 다행이지만 그렇지 않으면 진짜로 행복하게 사랑을 나누다 여자를 죽이게 되는 꼴이었다.

"난 특별한 인간의 여자를 볼 줄 모른다."

"그건 헤르메스 님이 아십니다."

그건 이상하게 도둑 헤르메스가 알았다. 그의 눈엔 특별한 여인들이 보인다고 했다.

"이미 늦었다."

"다음부터는 그렇게 하시라는 겁니다."

"……."

에로스는 생각에 잠겼다.

"우선은 우리 클럽의 회원들부터 봐주시죠. 그동안 서로에게 하트를 날리던 사람들이 지금은 서로 무뚝뚝하게 교육만 받고 갑니다."

"알았어. 이제 그만 잔소리를 하라고."

그는 이렇게 말을 하며 건물 안으로 들어가자 그 뒤로 베타가 미소를 지으며 따랐다.

클럽 에로스의 담은 생각보다 높았다. 전화번호를 알고 있는 실장은 조 실장뿐이었는데 어느 날부터 연락이 닿지 않았다. 그래서 그녀는 무작정 이렇게 클럽 에로스에 왔다. 철조망으로 된 거대한 문 앞에 경비원들이 무장을 한 채 서 있었다.

보기에도 위압감이 드는 모습이었다. 검은색 경비복에 모자까지 쓴 그들은 특전사같이 보였다. 군대에 대해서는 잘은 모르지만 아는 선배가 특전사 출신인데 자신의 얘기를 할 때 들어보니 사람이 아닌 전투기계를 만든다고 했다. 감정 없이 일을 처리해야 한다고도 했다.

그렇다면 오늘 그녀가 저들의 감정에 어느 정도 호소를 할 수 있을까? 그녀가 출퇴근하며 느낀 건 저들이 굉장히 철저하게 출입을 통제하고 있다는 것이었다.

엄마의 차를 빌리고 옷도 아주 야하게 입었다. 그리고 그녀가 꾸밀 수 있는 최대의 아름다운 모습으로 그녀는 이곳을 찾았다. 그녀의 차가 들어서자 경비원 중 한 명이 다가왔다.

"출입증 보여주십시오."

하라는 최대한 미소를 지으며 그에게 윙크까지 했다.

"수고하십니다. 기억하실지 모르겠는데요. 저기 제가 여기 다니던 사람인데요. 사장님하고 약속이 있어서요."

"출입증 보여주십시오."

하라는 출입증을 찾는 척 가방을 뒤적거렸다.

"어머, 깜빡하고 안 가져왔네. 진짜 제 얼굴 기억 못하세요?"

경비원의 동공이 흔들리기는 했지만 그는 머리를 흔들며 정신을 차리려고 애썼다.

"출입증이 있으셔야 합니다."

"그럼 사장님하고 통화하게 해주세요."

"성함이 어떻게 되십니까?"

"하라요, 박하라."

경비원이 부리나케 경비실로 달려갔다.

"제발."

이제 그녀의 운명은 사장 손에 달려 있었다. 회장에게 연락을 하는 것보다 언제나 중간에서 묵묵히 그녀를 배려해 주었던 사장에게 알리는 편이 나을 것 같았기 때문이었다. 하라는 손에 땀을 쥐며 경비원 오기를 기다리고 있었다.

"미안하지만 만나주실 수 없다고 하시는데요."

"그래요?"

"네."

어떻게 할 방법이 없는 하라는 경비원에게 봉투를 건넸다.

"그럼 이거라도 전해주세요."

그녀의 심정을 쓴 편지였다. 하나는 사장에게 다른 하나는 에로스에게 쓴 것이었다.

"부탁드립니다."

그녀는 그렇게 말을 하고 차를 돌렸다. 아직은 그녀를 만날 마음이 없는 것 같았다. 하지만 그녀는 계속 올 것이다. 그녀가 지쳐서 그가 싫어질 때까지.

빵빵!

누군가 그녀의 차 옆으로 와서 경적을 울렸다. 옆을 보니 모르는 차였다. 그냥 지나가려고 하자 뒷좌석의 차창이 열리며 반가운 얼굴이 보였다. 태양이라는 남자였다. 그가 그녀에게 손을 흔들며 자신을 따라오라고 했다.

하라는 그의 뒤를 따라 작은 커피숍 앞에 차를 세웠다. 차에서 내린 하라는 그를 보며 인사를 했다.

"안녕하세요?"

"잘 지냈나?"

"네, 지난번에 죽 감사히 먹었습니다."

"차 한잔할 시간은 있나?"

"오늘은 제가 쏘겠습니다."

우울했는데 그래도 아는 얼굴을 보니 위안이 되었다. 그와 작은 커피숍에 들어가자 그곳이 더 작아 보였다. 그만큼 그의 체격이 컸다.

"운동하셨어요?"

주문한 커피를 그의 앞에 내려놓으며 하라가 그간 궁금했던 걸 물었다.

"좀 했지."

"아니, 전문적으로요."

"아니."

"제가 보기에는 이종격투기나 프로 레슬링 선수 같아서요."

"하하하, 그런가?"

그의 웃음소리는 아주 호탕했다. 그래서인지 사람이 아주 좋아 보였다.

"조 실장님은 잘 지내시죠?"

그녀의 질문에 그의 표정이 갑자기 어두워졌다.

"연락 안 하는데."

"아, 그러셨구나. 저도 조 실장님하고 연락이 안 돼서 잘 지내시나 궁금해서요."

"……."

그는 아무 말도 하지 않았다. 아마 둘이 헤어져서 그런 것 같았다.

"그런데 오늘 평일인데 어떻게 오전에 여기 계시는지……."

"개인 사업을 하다 보니 시간이 자유로워. 어떻게 보면 시간 많은 백수지."

"그렇게는 안 보이세요. 지금 백수는 전데요. 잘렸거든요."

"그래서 클럽 에로스 앞에 있었던 건가? 항의하려고?"

"아뇨, 그런 건 아니에요."

그는 클럽 에로스를 알고 있었다.

"클럽 에로스를 아세요?"

"돈 좀 있는 사람치고 거길 모르는 사람이 있을까? 돈 있고 쾌락을 원하는 사람들이 가는 곳이지. 난 그곳을 좀 한심하다고 생각해. 그곳의 오너도 마음에 들지 않고."

그의 험담에 하라는 기분이 좋지 않았다. 그도 사업을 한다면서 남의 일을 욕하는 건 아니라고 생각했다. 거기에 에로스까지 욕을 하니 기분이 좋지 않았다.

"생각보다는 괜찮은 곳이에요."

"어? 미안. 조 실장하고 거기서 근무했지? 난 조 실장에게 오라고 하도 권유를 받아서 그만."

"그러셨구나."

그들은 한동안 말없이 커피를 마셨다.

"실례되는 질문인 줄 알지만 조 실장에게 들은 말이 있어서……."

"뭔데요?"

커피 잔을 입에서 떼어내며 하라가 그를 바라보았다.

"거기 회장하고 하라 씨가 사귄다고 하던데 사실인가?"

"……."

조 실장이 알고 있을 리가 없었다. 그녀에게 직접 말한 적은 없으니까 말이다. 그렇다면 그녀가 의논을 할 때 여우 같은 조 실장은 그 상대가 회장인 줄 알고 있었던 것이다.

"조 실장님이 그렇게 말씀하셨어요?"

"그래, 자신이 직접 하라 씨가 회장실로 가는 걸 우연히 봤다고 했어. 3층의 금지 구역?"

진짜로 조 실장이 그에게 말을 하긴 한 것 같았다. 3층이 금지 구역이라는 걸 외부인은 절대로 알 수가 없었다. 조 실장이 말해주지 않는 한 말이다.

"내가 아는 그 회사의 회장은 아름답지만 굉장히 잔인한 걸로 알고 있지. 그의 부하인 베타도 그렇고."

"굉장히 부정적이시네요."

"내가? 난 소문을 얘기했을 뿐이야."

그의 말이 맞았다. 그는 남들에게 들은 안 좋은 소문 때문에 클럽 에로스의 단점만 생각하고 있는 것이었다.

"좋은 분들도 많고 그 안에서는 어쨌든 다들 행복해하고 있어요. 월급도 상상을 초월하게 많고 그 안에서 이루어지는 일들은 진짜 인간이면 한 번쯤은 상상한 일들을 현실로 만들어주니까요. 나쁜 점만 있다고 할 순 없죠."

"그렇군."

하라의 커피 잔이 다 비워졌다.

"바쁘실 텐데 그만 일어날까요?"

하라가 자리에서 일어나려고 했다.

"내가 커피 값이라고 치고 한 가지 가르쳐 줄까?"

"……."

"에로스를 만날 수 있는 방법."

그가 에로스라는 이름을 알고 있었다. 하라는 일어서려다 말고 다시 자리에 앉았다.

"회장님에 대해 아시나요?"

"너무 잘 알지. 하지만 내가 그를 별로 좋아하지 않아."

하라가 그를 올려다봤다.

"남자가 너무 예쁘게 생긴 거 마음에 들지 않거든."

그가 농담처럼 말을 하고 웃어 보였지만 하라는 그가 진짜 웃고 있지 않음을 느꼈다.

"말씀해 주세요."

"이 주소로 가면 집이 하나 나올 거야. 아주 잡동사니들로 가득한 곳이지. 그곳에 가면 키가 작은 아주 예쁘장한 소년을 만나게 될 거야. 그에게 에로스에게 가는 방법을 가르쳐 달라고 해."

그녀가 그가 내민 주소를 받아 들었다.

"아참, 그가 좋아할 만한 걸 가져가는 게 좋을 거야."

"예를 들어서요?"

"하라가 가장 아끼는 게 되겠지."

"그럼 되는 건가요? 돈을 많이 주어야 하나요? 돈이 없는데 그리고 전 그렇게 값어치가 나가는 물건을 가지고 있지 않아요."

"그럼 뭘 원하는지 가서 물어봐. 그는 에로스 바로 앞까지 데려다줄 거야."

"진짜요?"

"그래."

그에게 주소를 건네받고 하라는 서둘러 집으로 향했다. 집에 그녀가 아끼는 게 뭐가 있나 찾아보기 위해서였다. 그래도 그를 만날 수 있는 방법이 있다니 정말로 다행이었다.

오전에 하라가 찾아왔다는 보안요원의 전화를 받고부터 베타의 기분은 그렇게 좋지 않았다. 에로스는 아직 하라를 잊지 못했음에도 그녀를 만나기를 거부하고 있었다. 베타는 에로스가 하라를 보러 하루에도 몇 번씩 나가는 걸 알고 있었다.

"어찌해야 하나?"

그는 이렇게 말을 하며 한숨을 쉬고 있는데 그의 비서가 안으로 들어왔다.

"이거 보안요원이 아침에 전화 왔던 분이 주고 가신 거라고 하더라고요."

그는 비서에게 봉투를 받았다. 봉투 안에는 그에게 보낸 것과 에로스에게 보낸 것이 들어 있었다. 그는 자신에게 온 편지의 봉투를 뜯었다. 그 안에는 자신이 얼마나 에로스를 그리워하고 있는지가 쓰여 있었다. 그리고 자신이 에로스에게 용서를 구할 기회를 달라고도 했다.

"후~"

한숨이 몰려든 그는 방을 나와 3층의 에로스의 방으로 가서 편지를 놓고 나왔다. 그는 에로스가 행복하기를 바랐다. 남들의 쾌락을 주관하는 신이지만 정작 자신은 그런 감정들을 느껴보지 못한 에로스였다.

이번엔 그런 감정을 느꼈다고 생각했는데 하라를 대하는 그는 좋아했던 만큼이나 냉담했다. 그의 방으로 들어가려다가 그는 자신의 방 안으로 들어가는 연희를 보고 그녀의 방 안으로 따라 들어갔다.

"깜짝이야."

뒤에서 그녀를 안았다.

"1시간 후에 회원님이 오시고 수시로 사람들이 들어올 수도 있어요."

"알아."

그는 그녀의 앙큼한 입술에 자신의 입술을 겹쳤다. 부드럽고 야릇한 그녀의 입술이 그를 달아오르게 만들고 있었다.

"이렇게 섹시해도 되는 거야?"

"물론이죠. 섹시한 남친 앞에서 기가 꺾이면 안 되니까."

그는 그녀를 안아 들고는 탈의실 쪽으로 향했다.

"저기라고 안심할 수 없는데요."

"내가 다 잠갔어."

"언제요?"

"지금."

그녀는 알 수가 없을 테지만 그는 그의 능력으로 문을 잠가 버렸다. 그들의 은밀한 시간이 방해받는 걸 원치 않는 베타였다. 그녀를 탈의실에 있는 화장대 위에 앉힌 그는 키스를 계속하며 손으로 그녀의 팬티를 벗겨냈다.

"오늘은 시간이 없어."

"바빠요?"

"아니, 내가 못 참을 것 같아."

그녀가 그를 향해 웃으며 손으로 그의 버클을 풀기 시작했다.

"그럼 빨리 해야죠."

역시 야한 여자였다. 그는 그런 그녀가 더 마음에 들었다. 그는 화장대에 섹시하게 앉아 있는 연희의 치마를 허리 위까지 올렸다. 그리고 다리를 넓게 벌리자 검은 숲속의 여성이 그대로 드러났다.

그는 자신의 손을 먼저 그녀의 다리 사이에 넣어 그의 거대한 페니스를 받아들이기 전에 준비를 시켰다.

"아아앙."

그의 손가락의 움직임에 연희에게서 신음이 터져 나왔다. 참을 수가 없는 그는 자신의 페니스를 그녀의 질에 밀어 넣었다.

"아아악……."

그녀의 신음 소리가 더 커지자 베타는 그녀의 입을 자신의 입술로 막았다. 그녀가 그의 입안으로 신음 소리를 쏟아내고 있었다. 이렇게 그를 받아들일 수 있다는 게 그 자신도 너무 신기했다. 인간의 여인들이 너무나 대단하다는 생각이 들었다.

"으윽!"

그때 그녀가 그의 페니스를 질로 꽉 조여왔다. 극한의 쾌락이 그의 페니스에서 온몸으로 퍼져 나가고 있었다.

"뜨거워."

"미치겠어요."

퍽퍽퍽.

탈의실 안에 그들의 살이 부딪치는 소리가 크게 났다.

똑똑!

“김 실장님?”

탈의실 밖에서 메이크업 아티스트의 목소리가 들렸다.

“어? 어.”

“문이 잠겼어요.”

“어, 고장이 났어. 조금 있다가 고칠 거야.”

“회원님, 간호사 분장 맞죠?”

“응.”

“알았어요.”

그들이 대화를 나누는 중에도 베타의 뜨거운 피스톤 운동은 계속되고 있었다.

“그런데 실장님, 어디 편찮으세요?”

“아니.”

“목소리가 떨려서요.”

“괜찮아.”

“네, 좀 있다가 봬요.”

“응.”

오늘따라 끈질긴 메이크업 아티스트 때문에 베타는 하마터면 소리를 지를 뻔했다.

“끈질기군.”

“좀 그렇죠.”

연희의 얼굴엔 웃음기가 흘렀다.

“왜?”

“당신은 너무 본능에 충실해서요.”

베타가 연희의 얼굴을 두 손으로 감쌌다. 자신에게 사랑을 가르쳐 준 여인이었다. 영원히 함께하면 좋으련만 그녀는 인간이었다. 언젠가 죽음을 맞이할 것이다. 인간에게 100년은 긴 시간이지만 신들에게는 찰나였다.

그녀를 과연 잊을 수 있을까? 이 기억으로 언제 사라질지 장담할 수 없는 억겁의 세월을 견딜 수 있을까?

그가 연희를 꼭 끌어안았다. 그리고 그는 연희의 분신을 그의 곁에 남길지를 심각하게 고민하고 있었다.

“갑자기 왜 그래요?”

여전히 그의 페니스는 연희와 연결이 되어 있었다.

“미안.”

“아니에요. 메이크업 아티스트 때문에 리듬이 끊긴 거죠.”

“아니, 아직 끝이 나지 않았어.”

그는 다시 허리를 움직이기 시작했다.

“아흐.”

연희의 입에서 다시 뜨거운 신음 소리가 흘러나왔다. 그녀의 옷을 다 벗기고 전부를 갖고 싶었지만 지금 그들은 시간이 많지 않았다.

"오늘 밤 집으로 가지."

"오세요."

그들은 밤의 밀회를 약속하고 한 번의 섹스로 만족을 해야 했다. 그가 방문을 나올 때는 아무도 그를 보지 못했다. 왜냐면 나옴과 동시에 그는 자신의 방으로 들어갔기 때문이었다. 공간을 이동할 수 있는 능력이 그에게는 있었다.

그는 낮은 휘파람을 불며 저녁의 밀회를 기대하고 있었다.

10. 그에게로 가는 길

흰색의 메모지에는 수유리 빨래골의 주소가 적혀 있었다. 차를 몰고 가기에는 너무 골목골목이라서 하라는 조금 힘이 들었다. 그나마 지금은 개발을 해서 차량의 이동이 편해졌다고는 하는데 운전 초보인 그녀에게는 완전 난코스였다.

"도대체 어디냐? 내비야, 알려다오."

—목적지 전방 200m…….

거의 다 온 것 같았다. 산 아래에 있는 동네였다. 건물의 뒤로 북한산으로 올라가는 길이 보였다. 그녀는 목적지라고 가르쳐 준 곳에 내려서 집집마다 주소를 확인해야 했다.

"찾았다. 112번지."

그곳은 놀랍게도 고물상이었다.

삐그덕.

문을 여는데 고장이 났는지 듣기 싫은 소리가 났다.

"계세요?"

그녀는 용기를 내서 그 안으로 들어갔고 주변을 살피기 시작했다. 안은 생각보다 넓었고 고물들로 가득했다. 그런데 이상하게 이곳에서도 숲의 향이 나고 있었다. 에로스에게는 아카시아향이 태양에게서는 장미향이 그리고 이곳은 꽃 이름은 생각이 나지 않았지만 숲에서 나는 야생화의 향이 났다.

"이상하네."

고물상에서는 대부분 악취가 나야 정상인데 이상했다.

"산 밑이라서 그런가?"

그녀는 이렇게 말을 하고는 다시 주변을 살피기 시작했다. 진짜로 잡다한 물건들이 가득했다. 하지만 고물이라기보다 새 제품들 같았다. 여기서 악취가 나지 않는 건 물건들이 깨끗하기 때문이었다.

"택도 그대로네."

순간 주변을 자세히 보니 모든 물건들에는 가격표가 붙어 있었다.

"훔친 건가?"

"빙고!"

뒤에서 갑자기 어린아이의 목소리가 들렸다. 어찌나 깜짝 놀랐는지 하라는 바닥에 그대로 주저앉고 말았다.

"누, 누구야?"

"그건 내가 묻고 싶은데?"

아주 잘생긴 소년이었다. 머리는 붉은 갈색이었고 눈도 예쁜 갈색이었다. 아이는 혼혈 같은 이미지였다.

"어른들은 안 계시니?"

"응, 나 혼자."

아이가 부산스럽게 여기저기를 왔다 갔다 하고 있었다. 아이는 멜빵바지에 빵모자를 쓰고 있었고 모자에는 깃털이 꽂혀 있었다. 딱 봐도 요즘보다는 1900년대 유럽의 아이 같았다. 그랬다. 태양이 아까 소년을 만나라고 했었다. 그런데 진짜 소년이라고는 생각지 않았었다.

소년이 어떻게 그의 앞에 데려다준다는 말인가? 돌아가려다가 밑져야 본전이라는 생각에 그녀는 소년에게 물었다.

"너, 혹시 이름이 뭐야?"

"……."

소년은 들은 척도 하지 않고 여기저기로 돌아다니면서 무언가를 찾는 것 같았다. 아예 그녀를 대놓고 무시를 하는 것 같았다.

"얘!"

"……."

더 이상 무시를 당할 수는 없었다.

"너, 에로스에게 날 데려다줄 수 있니?"

그녀의 말이 떨어지기가 무섭게 소년은 그녀의 코앞에 와 있었다.

"왜?"

"어?"

"왜 에로스가 어디 있는지 알고 싶은데?"

"그를 만나고 싶으니까?"

"아, 특별한 여자 인간이구나?"

"특별한 여자?"

"어, 신들과 자도 죽지 않는 인간 여자. 신의 아이를 낳을 수 있는 여자. 하지만 그들은 인간이라서 때가 되면 죽게 되지. 하지만 그들의 아이는 반신반인이 되어 살아가게 돼. 불사의 몸으로 말이야."

"어떻게 알아?"

하라는 아이의 말에 놀라움을 금치 못했다. 나이가 들어봐야 십대 중반이었다. 생긴 건 어찌나 귀엽게 생겼는지 콧잔등의 주근깨도 인상적이었다. 하지만 아이의 말은 무서울 정도였다. 마치 앞을 내다보는 인간과는 다른 존재 앞에 선 것 같았다.

"특별한 여자들은 그렇게 많지 않아. 하지만 신들은 아름다운 여인들을 좋아하지. 그래서 신들은 무분별하게 여자들을 취했고 그 때문에 반신반인들이 생겨나서 인간을 만들 때 아예 신을 받아들이는 여자를 만들었고 그들이 아니면 신과 관계를 갖는 즉시 죽어. 한 줌의 재가 되지. 그래서 신들은 여자를 취하는 일을 망설였고 자연스레 반신반인도 줄었어."

"너도 반신반인이야?"

"아니."

아이는 상당히 기분이 나쁘다는 표정으로 순간적으로 산더미처럼 쌓인 물건 위에 올라가 있었다.

"그래서 안 가르쳐 줄 거야?"

아이가 다시 내려왔다. 이때도 너무나 빠르게 다시 그녀의 코앞으로 왔다.

"그럼 나한테 뭘 줄 건데?"

"뭘 갖고 싶어?"

아이가 갑자기 쪼그리고 앉아서 한참을 생각하더니 그녀에게 말했다.

"네가 가장 아끼는 거."

"난 그런 거 없어."

아무리 생각해도 물건 중에 그렇게 아끼는 게 없었다.

"넌 뭘 가지고 싶어?"

"……."

"말해봐."

"안 줄 거면서."

소년은 천진하게 웃으며 다시 말했다.

"네 목숨."

"어?"

"에로스를 보고 싶다며. 그는 신이야. 그런 그를 아무렇게나 만날 수 있다고 생각해?"

"난 매일 봤어."

"그거야 에로스가 원했을 때고 지금은 아니잖아. 거 봐, 너는 싫은 거야. 그지?"

"아니야. 내 목숨을 줄게. 그런데 시간을 줘."

"얼마나?"

"그건 내가 에로스를 만나고 얘기해 줄게."

소년이 그녀를 뚫어지게 보았다.

"영혼에서 향기로운 냄새가 나. 하데스에게 데려다주면 지옥의 불길을 내게 줄 것 같아."

그녀를 다시 한 번 보면서 소년은 못 알아들을 이야기를 했다.

"무슨 얘기지?"

"그런데 널 어떻게 믿어?"

"어?"

"네가 약속을 지킬 거라는 걸 말이야."

"난 약속을 어긴 적이 없어."

"그래? 그럼 사인해."

소년이 갑자기 사라졌다가 갑자기 나타났다.

"깜짝이야."

"내가 좀 빠르지."

확실한 건 이 소년도 사람이 아닌 것 같았다. 갑작스럽게 이상한 존재들이 그녀의 앞에 나타나니 참 감당하기 힘이 들었다.

"여기에 도장 찍어."

아주 오래된 두꺼운 종이에 영어도 아닌 것이 영어 같기도 하고 뭔지 모를 글자들이 쓰여 있었다.

"뭐라고 쓰여진 거야?"

"아, 이거? 영혼 계약서."

"뭐?"

"네가 나한테 영혼을 판다는 내용이야."

하라는 망설임 없이 사인을 했다.

"이게 뭔지는 알고 그렇게 빠르게 사인을 하는 거야?"

"어차피 나는 에로스만 만날 수 있다면 죽어도 상관없어."

"왜?"

"그를 내 목숨보다도 더 사랑하거든."

"지옥의 불은 뜨거워. 그리고 영원히 그곳에서 사는 거야."

"괜찮아."

소년은 그녀를 한동안 바라보았다.

"내가 이거 찢어주고 그냥 에로스를 만나게 해줄 수 있어. 내 작은 부탁 하나만 들어주면."

"그게 뭔데?"

솔직히 하라도 솔깃한 얘기였다.

"에로스의 화살촉 하나만 나에게 주면 돼. 금으로 된 거야. 다른 건 다 다른 물질로 되어 있어서 금은 쉽게 구분할 거야."

"싫어."

"뭐?"

"싫다고. 영혼으로 해."

"왜?"

"난 그에게 한 번 실망을 줬기 때문에 또 한 번 그렇게 할 수가 없어."

소년이 한참 하라를 바라보았다. 그리고 무슨 결심을 했는지 그녀의 손을 잡았다.

"꽉 잡아, 내가 널 에로스에게 데려다줄 거니까."

하라는 그녀보다 작은 체구의 그가 그녀를 가볍게 안아 올리자 깜짝 놀랐다.

"이러고 가는 거야?"

소년은 웃으며 하늘 위로 몸을 날렸다.

"아아악!"

비명이 절로 나왔다. 이건 꿈이 아니었다. 하라는 지금 하늘을 날고 있었다. 소년의 발에는 날개가 달려 있었다.

"헤르메스?"

소년은 대답하지 않고 그녀를 하늘 높이 데려가고 있었다. 그랬다. 도둑의 신인 헤르메스는 빠른 몸으로 무언가를 훔치기를 좋아했다는 신화를 읽은 적이 있었다. 그는 또 죽은 사람을 지옥으로 인도하는 일도 한다고 알고 있었다.

그녀는 지금 헤르메스에게 영혼을 판 것이었다.

툭!

어느새 그녀는 익숙한 방에 툭하고 떨어졌다. 이곳은 클럽 에로스의 3층에 위치한 에로스의 방이었다. 바닥에 그대로 주저앉아 하라는 에로스부터 찾았다. 그가 놀란 얼굴로 소파에 앉아 있다가 일어났다.

"헤르메스!"

천둥 같은 소리가 방 안을 울리고 있었다. 그녀를 본 것 같았지만 그의 눈은 헤르메스를 무섭게 쳐다보고 있었다. 그의 금빛 머리가 은빛이 되어 있었다. 그의 표정도 온화함은 사라지고 얼음처럼 차가웠다.

"나한테 소리 지르지 말라고."

헤르메스가 공중에 떠다니며 그의 눈치를 살피고 있었다.

"에로스!"

"헤르메스, 지금 뭐 하는 거지?"

"일단 조금 있다가 다시 올게."

헤르메스가 꽁지 빠지게 사라졌다.

"미안해요."

"……."

그는 그녀를 보지 않기 위해 등을 돌려 버렸다.

"미안하다는 말은 꼭 하고 싶었어요. 그리고 사랑해요. 이 말도 꼭 하고 싶었어요. 어떻게 해야 당신의 마음이 풀릴지 모르겠지만 지금 이렇게 와보니 당신의 얼음처럼 차가워진 마음은 돌아오지 않을 것 같네요."

"……."

"미안해요."

더 나올 것이 없을 것 같은데 눈물이 흘러내리고 있었다.

"이제 다시는 못 볼 건데 한 번만 돌아봐 주면 안 되나요?"

여전히 그의 모습은 그대로였다. 그가 갑자기 날개를 펼치더니 그녀에게 돌아섰다.

"뭐가 그렇게 궁금했던 거지? 난 그대로 널 사랑했는데 말이야."

"……."

"인간들을 이해할 수가 없어. 열지 말라고 하면 끝까지 열어보고 가지 말라고 하면 끝까지 가고 나중엔 후회의 눈물을 흘리고 용서해 달라 하고. 어떻게 해야 그 망할 놈의 궁금증이 사라질까?"

그는 모르고 있었지만 지금 그의 몸에서 빛이 나며 공중에 떠 있었다. 두려운 광경이었지만 하라는 꼼짝을 할 수가 없었다. 그녀가 그에게 큰 죄를 저질렀기 때문이었다.

"미안하다고요!"

"……."

그녀가 소리를 지르자 그가 하라를 그때서야 바로 쳐다봤다.

"당신에게 이렇게 사과를 하기 위해서 난 목숨까지 내놨단 말이에요."

"뭐?"

"내가 헤르메스에게 부탁을 했어요. 당신을 딱 한 번만 보게 해 달라고."

하라가 너무나 서러워서 자리에 주저앉아 울기 시작했다.

"어떻게 해서든 사과를 하고 싶었고 내 마음도 전하고 싶었어요. 내가 우리 집안 마지막 소원의 주인공은 아니지만 그래도 난 당신의 마음을 가지고 싶었단 말이에요. 흑흑흑."

그는 여전히 공중에 떠 있었고 하라는 여전히 바닥에 앉아 있었다.

그때였다. 갑자기 헤르메스가 쏜살같이 나타나 에로스가 어찌 손을 쓸 사이도 없이 하라를 안고 하늘을 날기 시작했다.

"에로스!"

그녀는 외마디 비명을 질렀고 에로스가 그들의 뒤를 따랐지만 헤르메스의 속력을 따를 수가 없었다. 눈 깜짝할 사이에 다시 헤르메스의 고물상에 도착한 그녀는 정신을 차릴 수가 없었다.

"이제 끝."

헤르메스는 아무런 표정 없이 그녀에게 말을 했다. 천사 같던 얼굴이 갑자기 소름 끼치게 느껴졌다.

"5분도 안 있었다고!"

하라는 그를 향해 소릴 질렀다. 얼굴에서 눈물이 마르지도 않은 아주 짧은 시간이었다. 목숨을 담보로 만나기엔 그 시간이 너무너무 짧았다.

"진짜? 너무 짧았어? 사과는 한 거 아니야?"

"대답을 못 들었단 말이야."

"네가 나한테 대답까지 듣는다고 말 안 했잖아."

헤르메스의 지적에 그녀는 할 말이 없었다. 그렇긴 했다.

"나도 너랑 언제 간다고 얘기 안 했어."

하라가 당차게 말했다. 헤르메스의 모습이 그리 무섭지 않아서 그녀는 그렇게 말을 할 수가 있었다.

"그녀의 말이 맞아."

뒤에서 낯익은 소리가 들렸다. 그 목소리의 주인공은 다름 아닌 태양이었다. 하라는 태양의 뒤로 얼른 몸을 숨겼다. 태양과 헤르메스는 골리앗과 다윗 같았다. 그러니 태양의 뒤에 숨는다면 별일은 없을 것 같았다.

"아폴론, 그렇다고 내 것을 뺏으면 안 되지."

"아폴론? 태양의 신?"

"원래부터 내 거였어. 이리로 보낸 것도 나고."

갑자기 헤르메스가 주위를 빠르게 돌기 시작하며 알아들을 수 없는 말을 내뱉고 있었다. 그의 얼굴을 보아하니 욕을 하는 게 분명했다. 아니면 저주?

"네가 에로스에게 당한 건 알지만 그건 네가 에로스의 어머니인 아프로디테와 헤라 사이에 양다리를 걸쳤기 때문이야."

"뭐라고!"

갑자기 태양의 몸에서 빛이 강하게 났다.

"난 페르샤를 사랑했어. 사랑의 화살을 쏴서 특별한 여인이 아닌 평범한 여인과 사랑에 빠지게 하고 내 손으로 죽이게 만든 놈을 어떻게 용서를 해!"

"그거야 내가 알바가 아니고 저 여자는 나랑 계약을 했다고."

헤르메스가 계약서를 들어 올리자마자 아폴론이 그 계약서를 태워 버렸다.

"앗 뜨거, 이게 뭐 하는 짓이야?"

"이제 그 계약은 무효야."

"뭘 하려고."

"내 손으로 이 여자를 에로스가 보는 앞에서 죽일 거야."

아폴론이 갑자기 하라의 팔을 잡으며 말했다.

"날 도운 게 아니었군요."

"미안하지만 그렇네. 난 에로스에게 복수를 해야 하거든."

아폴론이 아주 비열하게 웃었다.

"아폴론!"

그때 하늘에서 우레와 같은 목소리가 들리더니 수많은 빛을 뿜으며 에로스가 그녀를 구하기 위해 왔다. 그의 거대한 날개가 오늘은 더 힘 있게 펼쳐졌다. 에로스의 눈빛에 적의가 가득했다. 그가 아폴론의 머리 위에 그대로 떠 있었다. 아폴론은 에로스를 올려다보고 있었다.

"어이, 이게 누구야?"

아폴론이 그의 한 손에 하라의 허리를 안고 에로스에게 말을 했다. 하라가 아무리 손을 풀려고 해도 아폴론의 손은 꿈쩍을 하지 않았다.

"아직도 날 용서하지 않은 건가? 600년이나 날 이곳에 묶어놓은 걸로 된 것 아닌가?"

에로스가 아폴론을 향해 따지듯이 물었다.

"우리에게 600년쯤은 찰나 아닌가? 그리고 인간의 시계와 우리의 시계는 다르지. 그리고 600년이 지나도 난 그녀를 지울 수가 없어."

"미안하게 됐어."

"왜? 사랑을 해보니 너의 그 알량한 화살에 맞아 삶을 포기한 사람들이 이해가 가?"

아폴론의 말에 증오가 가득한 게 하라에게 그대로 느껴지고 있었다.

"이 여인과 헤어지고 난 후 가는 곳마다 에로스 네가 있더군. 아주 우스운 꼴을 하고 말이야."

"……."

에로스가 그녀의 곁에 있었다니, 하라는 너무나 놀랐다.

"내가 미안했어."

"미안하다고 말로만 하는 건 소용이 없어. 너도 똑같이 당해봐야 나의 찢어지는 심정을 알게 될 거야."

아폴론의 손에 붉게 빛이 나는 검이 갑자기 나타났다. 그때였다. 갑자기 에로스가 아폴론의 앞에 무릎을 꿇었다.

"에로스!"

하라의 눈에 눈물이 고였다.

"그러지 마요. 일어나요. 잘못은 내가 했는데 당신이 왜 그래요?"

하라의 눈에서 하염없이 눈물이 흘러내리고 있었다.

"미안하네, 이래도 용서가 되지 않나?"

"늦었어."

그는 그렇게 말을 하며 하라의 목을 향해 칼을 내리쳤다. 눈 깜짝할 사이에 일어난 일이라서 하라는 소리 한번 지르지 못하고 자신을 향해 날아오는 칼을 멍하게 바라보고 있었다.

"에잇!"

"아악!"

순간 에로스가 그 칼을 몸으로 막았다. 찢어지는 소리와 함께 그의 가슴을 뚫은 칼에서 붉은 피가 흘러나오고 있었다. 이건 꿈이었다. 이럴 수가 없었다. 그녀의 옆으로 힘없이 쓰러진 에로스를 하라가 손으로 살짝 건드렸다.

"에로스."

하라는 숨조차 제대로 쉬지 못하고 그의 이름을 조용히 불렀다. 그녀의 굵은 눈물이 그의 가슴에서 흐르는 피 사이로 떨어져 피가 되었다. 그녀의 가슴도 찢어진 듯 아팠다. 숨을 쉴 수가 없었다.

"에, 에로스."

피눈물이 그녀의 얼굴을 타고 내려왔다.

"에로스, 이건 아니잖아요. 빨리 일어나요. 어서요."

이때까지 하라는 조용히 그에게 속삭이듯이 말했다. 그리고 손에 잡히는 돌을 아폴론에게 던졌다.

"나쁜 자식!"

잡히는 대로 다 던지며 하라는 절규했다. 아폴론도 에로스가 칼을 맞자 좀 당황했는지 하라가 던지는 돌들을 그대로 맞고 있었다. 그녀가 다시 에로스에게 가서 그를 안았다.

"에로스! 안 돼, 안 돼요. 제발 이건 아니라고 말해줘요."

하라가 쓰러진 에로스의 얼굴을 쓰다듬었다.

"죽지 마요. 신은 안 죽는다며? 내가 죽는다고 했으니까 날 죽이란 말이에요."

그때였다. 갑자기 하늘의 문이 열리더니 날개가 달린 사람들이 우수수 내려와서는 헤르메스의 고물상 안의 모든 신들을 데리고 하늘로 순식간에 올라갔다. 하라만을 남겨둔 채로 말이다. 그녀의 옷에 묻어 있던 피도 감쪽같이 사라졌고 그녀가 앉아 있던 헤르메스의 고물상은 공사 현장으로 변해 있었다.

"에로스! 흑흑흑."

그녀가 에로스를 부르며 미친 듯이 그곳을 돌아다니고 있었다.

"아가씨, 여기서 뭐 해?"

경비원 아저씨의 플래시 빛이 그녀의 얼굴을 향했다.

"누구를 찾아야 해요."

"누굴? 이 밤에 누굴 찾아?"

그녀는 흐느끼며 자리에 주저앉았다.

"내가 다 잘못했다고요."

그녀를 이상하게 여긴 아저씨는 경찰에 신고를 했고 하라는 부모님의 품으로 인도가 되었다. 집으로 가서도 울기만 하는 그녀 때문에 식구들의 근심이 이만저만이 아니었다.

"왜 그러는 거야? 엄마 속상하게."

"엄마, 나 때문에 죽었어. 그 사람이 나 구하려다가 죽었다고."

하라는 엄마의 품에 안겨 그렇게 하염없이 울었다.

뜬눈으로 밤을 샌 하라는 밤새 고민을 하다가 하민에게 부탁을 해서 저녁에 클럽 에로스로 향했다.

"하라야, 넌 직장에 다닌 적이 없다니까."

언니가 답답했는지 그렇게 말을 했다.

"언니, 왜 그래? 3개월이 넘게 다닌 회사야."

"후, 그래 알았다. 가보자."

그녀는 강남에 위치한 회사를 설명했다.

"여기야? 뭐가 있다고?"

정말 거짓말처럼 사라졌다. 그리고 그곳은 공원이 되어 있었다.

"여기는 예전부터 있던 디자인 공원이잖아."

"미치겠다."

"하라야, 자꾸 이러지 마. 무슨 일이 있었던 거야?"

모든 게 그가 이곳에 없었다고 말하고 있었다. 그녀가 겪은 건 아무것도 아니라고 말하고 있었다. 이 모든 게 꿈이었다고 말을 하고 있었다.

"언니, 내가 미친 거야?"

"하라야."

"흑흑흑, 모든 게 이렇게 선명한데 아니란 말이지? 에로스는 없었단 말이지?"

"……."

그녀는 또다시 울었다. 가슴이 끊어질 것만 같았다. 이제 정말 그를 찾을 방법이 없었다. 그가 사라졌다. 사랑의 신 에로스가 아폴론의 검을 맞고 사라진 것이었다.

그 후로 하라는 하루에 한 번씩 이 공원에 와서 시간을 보냈다. 엄마의 성화에 못 이겨 그녀는 물리치료사 자격증을 따기 위해 학원을 다니고 있었다. 학원을 갔다가 오는 길에 그녀는 이곳에 앉아서 멍하게 시간을 보내다가 집으로 돌아갔다.

그 일이 일어난 지 두 달이 넘어가고 있었다. 디자인 공원이라는 이곳은 처음엔 낯설었지만 지금은 그래도 그의 존재가 있었던 곳이라는 걸 그녀 혼자라도 기억할 수 있는 곳이 되었다. 공원의 벤치에 앉아서 별다방 커피 한 잔을 마시고 있는데 누군가 그녀의 옆에 앉았다. 하라는 혼자 있고 싶었지만 자리를 이동해서 벤치의 끝에 앉았다.

"여긴 참 좋네요."

"그러게요."

남자가 그녀에게 말을 걸었다. 커피 잔에 커피가 한 모금 남았다. 하라는 커피를 한 번에 다 마시고는 자리에서 일어났다.

"이곳에 매일 오시나요?"

어디서 듣던 목소리였다. 하라는 눈을 돌려 그의 존재를 확인했다.

"사장님?"

그가 모자를 벗고 그녀에게 환하게 웃었다. 에로스보다는 못 했지만 정말 잘생긴 얼굴은 그대로였다. 다만 양복이 아닌 야구점퍼에 청바지 차림의 그가 어색해 보였지만 말이다.

"잘 지냈어요?"

"아뇨, 죽지 못해서 살고 있죠. 혹시나 언제 에로스의 소식을 들을 수 있을까 하면서 말이죠."

"……."

베타가 그녀를 측은한 눈길로 바라보았다.

"제가 마지막 소원의 여인이었다면 그는 어떻게 되었을까요?"

"천상으로 돌아갈 수 있었을 겁니다."

"우리의 운명은 어차피 헤어지는 것이었군요. 우리 조상이 좋은 소원을 빌지 않으셨네요."

"아니죠, 아무도 못해본 신과의 사랑을 경험하게 해주신 거죠."

"그런가요?"

그녀가 다시 벤치에 앉았다.

"이쯤이 그가 자던 침실일 거라 생각하고 여기에 매일 왔어요. 두 달 동안요. 혹시나 기적이 일어날까 하는 마음에서……."

그는 아무 말도 하지 않았다.

"혹시나 어떻게 된 일인지 알 수 있을까요? 신은 죽지 않는 거 아닌가요?"

"죽진 않습니다. 깨어나지 않는 깊은 잠에 빠져드는 거죠."

하라의 눈이 커졌다.

"그러면 그가 누워 있는 곳은 볼 수 없을까요?"

"저도 천상으로는 갈 수 없습니다."

"……."

잠깐의 기대가 실망으로 다가왔다.

"끝까지 하라 씨를 지키신 걸 보면 아주 많이 사랑하신 것 같습니다."

"그럴까요?"

"그럼요. 이제 마음을 다잡으세요."

"그건 당장은 힘이 들 것 같아요. 그런데 이 모든 게 어떻게 하루 만에 모두의 기억에서 사라진 것이고 저만 기억할까요?"

"나도 기억해요."

양손에 커피를 든 김 실장이 그들의 곁으로 다가왔다.

"오랜만이에요."

"두 분은……."

"우리는 함께 있어요. 그리고 그날 클럽 에로스를 정리할 때 저도 함께 있었죠. 믿기 힘든 일이었지만 지금은 이렇게 셋이 함께할 수 있다는 게 행복하죠."

"셋이요?"

그녀가 행복한 미소를 지으며 말했다.

"4주 됐어요."

"축하드려요."

하라는 연희를 보며 부러움의 시선을 함께 보냈다.

"오늘은 하라 씨를 보러 왔어요. 이곳에 와 있을 것 같다고 이 사람이 그러더라고요."

"고맙습니다. 지금은 어디 계세요?"

"우리는 강원도 쪽 바다가 보이는 곳에 작은 집을 얻어서 살고 있어요. 아주 조용하고 좋아요. 지금은 휴가를 떠난 것 같아요."

"오늘 저 때문에……."

"덕분에 서울에 한 번 온 거죠. 우리 식사라도 할까요?"

"네."

하라는 모처럼 그녀를 미친 여자 취급하지 않는 두 명의 사람들과 맛집에서 간단히 저녁식사를 하고 헤어졌다.

"제가 혹시 무슨 소식이라도 듣게 된다면 연락할게요."

"감사합니다."

그들과 헤어진 후 하라는 더욱더 마음이 쓸쓸해졌다. 그래도 좋게 지내는 두 사람을 보니 마음속 깊은 곳에서부터 진심으로 부러움을 느끼고 있었다.

집으로 들어가니 모두들 또 그녀를 걱정 어린 시선으로 보고 있었다. 하긴 가족이 이상한 소리를 하며 매일같이 눈물로 지내는데 걱정을 안 할 수는 없는 노릇이었다. 밥 먹고 왔다고 얘기를 한 하라는 방으로 곧바로 들어갔다.

똑똑!

"하라야."

큰언니가 엄마가 깎아준 사과를 들고 방으로 들어왔다.

"언니."

"이거 먹고 씻어. 맛있더라."

"고마워."

언니가 사과를 침대 옆에 테이블 위에 놓으며 하라 옆에 앉았다.

"너무 힘이 들면 학원 잠깐 쉬고 여행 좀 다녀올까?"

"아니, 지금은 괜찮아, 큰언니."

"알았어."

다음 달에 큰언니는 오래 사귄 남자친구와 결혼을 한다. 집에 식구가 하나 줄어드는 것이었다.

"언니는 신혼여행지 정했어?"

"어, 그리스."

"와, 좋겠다. 나도 한번 가보고 싶어."

에로스의 이야기가 그곳에서부터 시작이 되었기 때문에 한 번은 그들의 신전을 보고 싶었다. 그렇게라도 마음을 달래고 싶은 하라였다.

"난 취직되고 안정이 되면 한번 배낭여행으로 가보려고."

"그래, 그것도 좋지."

"아참, 이거 너한테 온 것 같던데."

언니가 편지 봉투를 그녀에게 건넸다. 언니가 나가고 편지를 열어보니 사장이 그녀에게 보낸 것이었다. 아마 오늘 만나지 못하면 어쩌나 하고 미리 보낸 것 같았다.

"주소는 어떻게 알았지?"

봉투를 열어본 하라는 한동안 말을 잇지 못했다. 그 안에는 사랑하는 에로스의 깃털이 들어 있었다. 아카시아향을 머금은 채로 말이다.

11. 사랑의 날개

가위에 눌린 듯이 몸이 움직이지 않았지만 두렵지 않았다. 그동안 꿈속에 나타나지도 않았던 그가 오늘 밤 그녀를 찾아왔기 때문이었다. 6개월이 흘러 지금은 아버지 친구분의 정형외과에서 물리치료사 일을 시작했다. 하지만 신체적 학대 수준으로 일을 열심히 하다 보니 집에 돌아와서는 거의 뻗었다.

예전에는 눈이 오나 비가 오나 공원에서 한 시간 이상을 있었지만 지금은 30분도 머물러 있지 않았다. 미안한 마음이 들었다.

"절대로 잊지 않았어요."

"알아."

그녀의 잠꼬대를 꿈속의 그가 받아주었다.

"보고 싶어요. 이렇게 꿈에서라도 매일 찾아와 줘요."

그의 얼굴은 오늘도 선명하지 않았다. 꿈속의 그는 얼굴을 보여 주지 않았다. 하지만 그녀는 그가 에로스임을 알았다. 그의 섬세하고 따뜻한 애무가 그녀의 몸에 각인되어 있기 때문이었다.

"한 번만 볼 수 있다면 정말 죽어도 좋을 것 같아요."

"죽으면 진짜로 날 볼 수가 없으니 살아야지."

"에로스."

"난 언제나 당신 곁에 있어."

그가 그녀의 이마에 입을 맞추었다.

"키스해 줘요."

그의 입술이 그녀의 입술을 덮었다.

"안 돼!"

"너희들도 나와 같은 고통을 겪어야 해."

갑자기 꿈에 무서운 얼굴의 아폴론이 나타났다.

"제발! 안 돼!"

그녀가 에로스를 온몸으로 막았다.

"이번엔 절대로 죽일 수 없어."

"감히 인간 따위가 뭘 안다고! 비켜~!"

그와 동시에 그의 칼이 움직였고 이번에는 그녀의 심장에 칼이 꽂혔다.

"에로스! 에로스!"

그녀가 침대에서 벌떡 일어났다. 악몽을 꾸었다. 이렇게 선명한 꿈은 처음이었다. 온몸이 식은땀에 의해 축축하게 젖어 있었다. 이렇게 생생하게 꿈을 꾼 건 참으로 오랜만이었다.

"무슨 일이 있는 건 아니겠지."

혹시나 잠이 들어 있다는 그를 아폴론이 해치지 않았을까 하는 생각에 하라는 쉽게 잠을 이룰 수가 없었다. 시계를 보니 새벽 4시였다. 다시 침대에 눕기 전에 하라는 방 안에 불을 환하게 켰다.

또다시 그런 꿈을 꿀까 걱정이 되었기 때문이었다. 그래도 오늘은 에로스가 꿈에 나와서 그나마 잠시 행복할 수 있었다.

"하라야!"

어김없이 엄마의 목소리로 아침이 시작이 되고 있었다. 간밤에 에로스의 꿈 때문에 제대로 잠을 자지 못한 하라는 비몽사몽으로 침대에서 일어났다.

"하라야."

"일어났어."

"그게 아니라, 너한테 배달이 왔어."

"이 새벽에 무슨 배달. 나 택배 시킨 거 없어."

"빨리 나와."

하라는 여전히 비몽사몽한 상태로 1층으로 내려갔다. 계단을 내려가는 순간 하라는 자신의 눈을 의심했다. 거실에 장미 바구니가 가득했다.

“너 남자 있어?”

그녀의 뒤를 따라 내려온 둘째 언니가 하라의 어깨를 잡으며 물었다.

“우리 하라 완전 여우네.”

“아니야.”

“그런 누가 저렇게 많은 꽃을 너에게 보내?”

“그러게. 엄마, 잘못 온 거야. 나 출근 준비할게.”

“너한테 온 거 맞고 여기 카드도 있어.”

하라는 엄마와 언니의 성화에 못 이겨 카드를 펼쳐 보았다. 카드에는 아무런 말도 쓰여 있지 않았고 에로스의 깃털만 들어 있었다. 하라는 그 자리에 멍하게 서 있었다.

“누군데? 이건 무슨 털이야?”

“엄마, 이거 내 거 맞아. 다른 건 없어?”

“응.”

하라는 정신이 번쩍 들었다. 그리고 서둘러 방으로 가서 김 실장에게 전화를 걸었다.

“여보세요?”

[어, 하라 씨. 아침부터 웬일이야?]

“저기 혹시 사장님 계시나요?”

[응, 잠깐만. 자기야.]

김 실장의 목소리에 행복감이 묻어났다.

“아침부터 죄송해요.”

[아니, 괜찮아. 무슨 일이야?]

“저기 혹시 지난번에 저에게 편지 보내셨어요?”

[아니.]

“그럼 오늘 장미 바구니는요?”

[내가 안 보냈는데, 왜 그래?]

“이상해서요. 누가 에로스의 깃털을 저에게 하나씩 편지 봉투에 담아서 보내서요.”

수화기 너머에서 침묵이 흘렀다. 사장도 놀란 것 같았다. 에로스는 깊은 잠에 빠져 있었다. 그렇다면 누가 이런 장난을 한 것일까?

“에로스가 깊은 잠에 빠진 건 맞나요? 저도 그날 아폴론의 칼에 맞은 그를 보았을 뿐 의식을 잃었는지는 확인하지 못했거든요.”

[알았어. 내가 알아봐 줄게. 지난번엔 요정들의 말만 전해 들었고 나도 천상엔 갈 수가 없으니까 그 정도로 마무리를 했는데 한번 알아볼게.]

“감사해요.”

[감사는 무슨. 감사는 내가 해야지. 이렇게 에로스 님이 살아 있다는 작은 희망을 준 거잖아.]

사장의 말을 들으니 그녀도 희망이 생겼다. 하지만 지난번 아폴론처럼 그녀에게 해를 끼치기 위해 일부러 접근을 하고 있는 누군가가 있을 수도 있었다.

"전 또다시 아폴론처럼 누군가가 그럴까 봐 겁이 나요."

[걱정하지 마. 내가 알아볼 테니까.]

"고맙습니다."

하라는 세 개의 깃털을 나란히 책상에 놓았다. 처음에 그가 그녀의 침대 옆에 떨어뜨리고 간 깃털과 편지 속의 깃털, 그리고 오늘 깃털까지 모두 세 개였다.

"제발 깊은 잠에서 깨어났기를 바라요."

그녀는 이렇게 말을 하고는 출근 준비를 서둘렀다.

검은 암흑 속에서 에로스는 아무것도 보지 못한 채로 눈을 감고 있었다. 몸은 움직이지 않았고 오로지 그의 머릿속에는 하라의 마지막 울부짖음만이 선명하게 기억날 뿐이었다. 아폴론의 악의에 찬 공격은 그로 하여금 놀라게 만들었다.

그의 칼이 정확하게 하라를 노렸다면 그가 가슴을 찔리지 않았을 것이다. 아마 그가 그 자리에 그대로 있었다면 하라도 그도 아폴론의 칼을 맞지 않았을 것인데 그는 아폴론이 하라를 죽일 거라는 생각 때문에 몸을 날린 것이었다. 그래서 결국은 공중을 향한 칼에 자신의 가슴을 대준 꼴이 돼버린 것이었다.

'멍청하긴.'

아폴론은 그에게 경고를 하려고 한 것이었다. 신이 신을 죽일 수는 없었다. 그가 깊은 잠에 빠져든 건 그 당시 받은 그의 충격 때문일 것이었다. 깨어나야 했다. 하지만 이상하게 몸이 움직이지 않았다.

얼마나 시간이 지난 걸까? 인간의 시계와 천상의 시계는 달라서 그가 만약에 지금 눈을 뜨고 내려간다고 해도 10년이 지났는지 100년이 지났는지 알 수가 없었다.

'더 이상은 안 돼.'

그는 눈을 뜨기 위해 최선을 다하고 있었다.

'눈을 떠야 한다.'

그때였다. 갑자기 그의 앞에 강렬한 빛이 나타났고 그에게 기운을 불어 넣었다. 그건 바로 신들의 왕인 제우스였다.

『일어나라. 에로스여.』

그의 눈이 빛 가운데 열리고 있었다. 밝은 빛에 처음엔 적응이 되지 않았지만 그는 곧 제우스를 보았다. 그의 옆에는 아폴론이 서 있었다.

『이제 그만 그 약속의 굴레를 벗어도 된다.』

그는 이제 천상에 올라가도 되는 것이었다.

『제우스여, 제가 인간의 세상에서 잠시 동안 머물게 허락해 주십시오.』

『그건 안 된다. 너희들은 인간의 질서를 너무 망가트리기 때문이다.』

제우스의 발아래 엎드린 에로스가 애원을 하고 또 애원을 했다.

『에로스를 한번 보내주심도 괜찮을 것 같습니다.』

그동안 아폴론은 에로스가 깊은 잠이 든 후에 많은 후회를 했다. 죽이겠다고 생각을 했지만 막상 그가 깊은 수면의 상태로 빠지자 신들의 질타가 계속해서 아폴론에게 쏟아졌고 아폴론 또한 후회를 하기 시작했었다.

그 후로 그는 제우스에게 에로스가 깨어나게 해달라고 도움을 청하기도 했었다. 에로스도 잠이 들었지만 열린 귀로 요정들에게 아폴론의 얘기를 들었었다. 그리고 오늘 아폴론이 에로스의 편을 들어주었다.

제우스의 허락을 받은 에로스는 인간세상에 내려와 하라를 찾았다. 그를 여전히 그리워하는 하라를 보며 그는 빨리 그녀의 앞에 나타나고 싶었지만 그의 몸이 아직은 신의 모습 그대로였다. 길거리에 신의 모습으로 다닌다면 그들은 아마 기절을 할 것이다. 그들의 커다란 몸에 다들 놀랄 것이다.

신들의 원래의 모습은 걸리버 여행기에 나오는 거인과 소인국 사람들 정도의 차이였다. 때문에 신들도 인간의 세상에 나올 때는 자신의 몸을 줄이고 나오는 것이었다.

게다가 아직 예전의 힘과 능력이 다 돌아오지 않았다. 그래도 다행인 것은 몇 개월이 흐르지 않았다는 것이었다.

깊은 잠의 후유증이 생각보다 심했기에 마음은 아프지만 하라를 멀리서 지켜보는 수밖에 없었다. 인간세상을 보기에 천상은 그리 문제가 되지 않았다.

그래도 조바심이 나는 그는 하라에게 자신의 존재를 알리고 싶었다. 자신이 그녀의 곁에 있음을 그녀가 느꼈으면 좋겠다는 생각이었다. 그는 보고 있지만 그녀는 그가 깊은 잠에서 깨어난 줄 모르고 있을 게 뻔했다. 그는 아직 베타와도 연락을 하지 못하고 있었다.

그가 요즘 들어 애를 태우고 있는 이유가 있었다. 그의 신경을 건드리는 사람이 있었기 때문이었다. 인간치고는 꽤 잘생긴 남자였다. 그 남자는 하라가 아르바이트를 나가는 병원의 물리치료사였다.

어찌나 멀끔하게 생겼는지 그가 지나가는 곳마다 여인들의 얼굴이 다 그를 향해 고정이 되어 있었다. 애건 어른이건 결혼을 했건 하지 않았건 모두가 그를 원하는 것 같았다. 아주 신기한 일이었다. 거기에 영혼까지 맑으니 에로스의 심기가 불편할 수밖에 없었다.

그래서 그는 하라에게 자신의 깃털 하나를 요정을 시켜 보냈다. 하지만 하라는 그의 존재를 잘 인지하지 못한 것 같아서 그는 여자들이 좋아한다는 장미꽃 바구니를 보냈다. 아직 등장은 못하지만 그의 존재를 미미하게나마 요정들의 도움을 받아 조금씩 알리고 있었다.

하지만 그녀가 이를 좋아할지 어떨지는 모를 일이었다. 그의 존재가 살아 있음을 알기를 바라며 에로스는 오늘도 하늘의 연못에서 그녀를 보기 위해 노력을 하고 있었다.

하늘에는 인간들의 모습을 세세하게 볼 수 있는 커다란 연못이 있었다. 그곳에 가면 신들은 인간들의 세상을 편하게 볼 수 있었다. 마치 CCTV를 보는 것처럼 말이다. 에로스를 위한 것이나 다름없었다.

아침부터 그는 하라의 병원을 내려다보았다. 그 남자 녀석이 하라에게 커피를 건네는 장면이 그의 눈에 들어왔다.

"빌어먹을 놈."

요정들은 그의 반응이 우스운지 자기들만의 언어로 웃으며 그의 행동을 흉보고 있었다. 다 그를 보필하는 요정들이었지만 아주 장난꾸러기들이었다.

"조용히 안 해. 안 그러면 천상에서 다 쫓아낸다."

그의 격한 반응에 요정들이 줄행랑을 치고 있었다. 그사이에 그녀가 남자의 커피를 받았다.

"에이씨, 놓쳤잖아."

뭐라고 하면서 꼬시는지 들었어야 했다. 그가 자신의 허벅지를 주먹으로 쳤다. 그의 이런 피를 말리는 고통을 근처에서 그를 지켜보던 신들은 아주 재미있어 했다.

"그래? 그렇다면 내가 사랑의 화살의 쓴맛을 보여주겠어."

라고 말을 하다가도 그는 입을 닫았다. 두 번의 실수는 하고 싶지 않았다. 아폴론과 겨우 화해를 했는데 또 그러고 싶지는 않았다. 하지만 그는 아폴론에게 이번에는 진짜 고르고 골라 운명의 상대를 짝지어주었다. 헤르메스의 눈으로 특별한 여자 인간을 점지해서 아폴론에게 사랑의 화살을 쏘아주었다.

아폴론은 요즘 아주 깊은 사랑에 빠져서 옛 여인은 잊은 지 오래인 것 같았다. 진작 이럴 걸이라는 생각이 들 정도로 아폴론의 낮과 밤은 뜨거웠다. 요즘은 아폴론이 부러운 에로스였다.

"여기 커피."

"감사합니다."

하라에게 요즘 한없이 잘해주고 있는 김우진 물리치료사였다.

"매일 받기만 해서 어쩌죠?"

"다음에 몰아서 밥 사면 되죠. 술도 좋고."

그는 언제나 믿음직한 오빠 같은 사람이었다. 안 지는 얼마 되지 않았지만 그는 정말 자상했다. 생긴 것도 배우같이 잘생겼다. 하지만 사랑의 화신이자 미의 여신의 아들인 에로스의 외모와는 비교가 되지 않았다.

"하라 씨?"

"좋아요. 드시고 싶은 거 정하세요."

"술."

"알았어요. 언제가 좋을까요?"

"오늘."

"오늘요? 너무 빠른 거 아닌가요?"

그가 매력적인 미소를 지었다. 진짜로 에로스만 만나지 않았어도 넘어갈 판이었다.

"미남에 길들여진 게 다행이지."

"뭐라고요?"

"잘생기셨다고요."

"감사합니다. 그런 의미에서 이따가 저녁에 치맥 콜?"

그녀가 미소를 지었다.

"성격도 좋아."

하라는 이렇게 말을 하며 물리치료실로 향했다.

"하루가 시작이구나."

그녀는 청소를 끝내고 우진이 사준 다 식은 커피를 마시려고 했다.

"이걸로 마셔요."

갑자기 우진이 그녀의 커피를 자신의 따뜻한 커피와 바꾸었다.

"김 쌤, 안 그러셔도 돼요."

"아니, 난 식은 커피가 좋아요."

그가 하라의 옆에 서서 다 식은 커피를 마시고 있었다.

"김 쌤은 여친 있어요?"

"아뇨, 왜요?"

"너무 자상해서 여친이 불안할 것 같아요."

그녀의 말에 그가 천만불짜리 미소를 지으며 말했다.

"여친한테는 완벽하게 올인하는 스타일이에요. 지금은 없지만요."

"너무 눈이 높으신 거 아니에요? 하긴 눈이 높을 만도 하십니다."

이상하게 이 사람은 참 편했다. 좋은 느낌이 드는 사람이었다.

"김 쌤은 참 좋은 사람인 거 같아요."

그녀는 이렇게 말을 하고는 자리에서 일어났다.

"오늘의 첫 환자분 오시네요."

그도 자신의 자리로 갔다. 바쁘게 하루가 가고 벌써 저녁이었다. 하라는 그와 함께 약속대로 병원 근처의 치킨 집으로 향했다. 모두가 선남선녀인 그들을 힐끔거리며 바라봤다. 하라는 그들의 시선이 불편했지만 그는 그런 것 같지 않았다.

치킨 집의 아르바이트 여자가 그를 보자 아주 꼬리를 노골적으로 치고 있었다.

"오빠 왔어?"

"……."

그는 이럴 때는 또 상당히 무뚝뚝했다. 남자들끼리 올 때와는 다르겠지만 말이다. 치맥을 시키고 그가 하라를 뚫어지게 보았다.

"하라 씨는 남친 있어요?"

"네."

그에게 숨도 쉬지 않고 답했다.

"거짓말."

"아니에요. 진짠데……."

"뭐 하는 사람이에요?"

"사업했어요."

"망했어요?"

그는 아주 신이 난 목소리였다. 라이벌이 잘 안 됐다니 좋아하는 것이었다. 너무 노골적으로 들이대는 사람이라 하라도 우진이 자신을 좋아하고 있다는 걸 알았다. 하지만 이 정도로 좋아할지는 몰랐었다. 하라는 비록 좋은 오빠 이상의 감정밖에 없었지만 말이다.

"망하진 않았고 사업을 접었어요. 지금은 조금 긴 여행을 떠났고요."

"언제 돌아오는데요?"

"그건 몰라요."

"무작정 기다릴 건가요?"

"네."

그녀는 진짜로 무작정 기다릴 것이다. 그녀가 죽기 전에 깨어나서 그녀를 찾는다면 그녀는 마지막으로 그의 얼굴을 딱 한 번만 보고 싶었다.

“순정적인 면이 있네요.”

“순정적인 게 아니라 그를 사랑하고 있는 거예요.”

“제가 자꾸 끼고 싶어지네요.”

“아니요, 절대로 못 끼실 거예요.”

“길고 짧은 건 대봐야 알죠.”

우진은 그녀가 아무래도 너무 마음에 든 것 같았다. 남친이 있다면 물러설 줄 알았는데 그게 다 허사였다. 그때 치킨과 맥주가 와서 어색한 분위기가 많이 가셨다. 하라는 어색해지는 게 싫어서 화제를 다른 걸로 돌렸다. 하지만 얘기를 나눌수록 허사라는 걸 알았다. 난감한 일이 아닐 수 없었다.

그나마 조금 나아진 분위기로 둘은 헤어졌다. 어차피 그와 같이 일을 해야 하니 하라는 신경을 두 배로 더 썼다.

“사회생활 한번 하기 힘드네.”

그가 잡아준 택시에 올라 그녀가 혼자 이렇게 중얼거렸다.

우진은 모처럼 마음에 드는 여자를 만났다. 1년 전, 혜빈과 헤어진 후에 여자에게 관심을 가진 건 처음이었다. 그의 잘생긴 외모 덕에 그는 언제나 여자들을 몰고 다녔다. 하지만 그는 자신의 외모만 보고 쫓아다니는 여자들을 원하지 않았다.

하라처럼 느낌이 좋은 여자를 만나기 원했다. 혜빈과 비슷하게 생긴 하라를 보며 그는 하루빨리 사귀고 결혼을 하고 싶다는 생각이 들었다.

의사 아버지에 의사 언니, 학교 선생님인 집안도 마음에 들었다. 아버지가 의사인 건 그와 같았다. 한의사인 아버지와 형님, 그리고 막내인 자신이 참 하라와 비슷하다는 느낌이었다. 그렇게 한다면 엄마도 이번만큼은 반대를 안 하시겠지? 라는 생각이 들었다.

혜빈이는 가난한 집 딸로 간호사였다. 어머니는 그런 며느리는 죽어도 못 들인다고 하시고 혜빈에게 많은 상처를 주었다. 그래서 견디지 못한 혜빈과 헤어지게 되었다.

그가 하라에게 이토록 집착을 하는 이유는 곧 혜빈이 결혼한다는 소식을 듣고 나서부터였다. 그들은 오래 만났고 그들의 지인들이 서로의 안부를 전해주었다. 혜빈을 잊지 못한 건 아니지만 그도 결혼은 아니더라도 여자친구 하나쯤은 만들고 싶었다.

"안 되지."

울림통이 대단한 남자의 목소리가 갑자기 어디선가 들렸다. 그의 아파트는 커다란 아파트 단지 안에 있었고 그가 지금 걷고 있는 길은 사람들이 많이 다니는 곳이었다. 하지만 지금은 개미새끼 한 마리도 없었다. 갑자기 소름이 끼쳤다.

"전능하사 천지를 만드신……."

"안 된다고."

"하나님 아버지를 믿사오며 그의 외아들……."

"넌 절대로 하라와는 안 돼."

"우리 주 예스 그리스도를 믿사오며……."

어릴 때 교회를 다닌 덕에 그는 지금 교회를 나가지 않고 있지만 사도신경을 외울 수 있었다. 지독한 기독교 신자인 어머니가 안 좋은 꿈을 꾸면 외우라고 말해주신 것이었다. 갑자기 술이 확 깬 우진이었다.

"하라는 안 된다고."

"누구야!"

주변엔 가로수뿐 아무도 없었다. 평소 겁이 많은 편은 아니었지만 지금의 이 느낌은 찜찜했다.

"하라가 아직 너와 아무 관계가 아니기 때문에 내가 참는 것이다. 그냥 하라를 내버려 둬."

인정하기는 싫었지만 소리는 더 선명하게 들렸고 뱅그르르 돌아봐도 주변엔 아무것도 없었다.

그는 달리기 시작했다. 너무 무서웠기 때문이었다.

"우진아, 하라는 안 돼."

"에이 씨. 알았다고."

그의 입에서 마음에 드는 답이 나왔다.

"너에게 좋은 짝은 내가 찾아주마."

그는 주변을 두리번거렸다. 혹시나 주변에 사람이 있다면 가만히 두지 않으려 했지만 진짜 아무리 눈을 씻고 봐도 사람은 없었다. 그때였다. 갑자기 뭔가가 그의 발을 걸어 넘어트렸다.

"으아악!"

그는 걸음아 날 살려라를 외치며 자신의 아파트 쪽으로 꽁지 빠지게 달아났다.

"허억헉."

이제는 갔으려나 생각을 하며 그는 엘리베이터에 올랐고 12층을 눌렀다.

"에이 헛것이 들린 거야."

"아니."

"으아아악!"

그는 그대로 엘리베이터에서 기절해 버렸다. 에로스는 조금 너무했나라는 생각이 들기도 했지만 지금 하라를 지킬 수 있는 방법은 이 방법뿐이었다. 엘리베이터에 널브러져 있는 남자의 상태를 살피던 에로스는 씩하고 웃었다.

"겁이 많은 녀석이군. 하지만 죽지는 않겠어."

우진은 다음 날 출근을 하지 못했다. 걱정이 된 하라가 그의 핸드폰으로 전화를 했지만 그는 받지 않았다. 너무 놀란 나머지 더 이상 이런 경험은 하고 싶지 않았다. 그는 하라와 마주치지 않기 위해 급기야는 오래 다니던 병원을 그만두었다.

사람이 살고 봐야지 결혼은 그다음 일이었다. 그는 깨끗하게 하라를 포기했다.

따뜻하고 넓은 들판이 펼쳐져 있었다. 들판에는 코스모스 같은 꽃들이 형형색색으로 피어 있었고 아주 익숙한 청량한 향이 나고 있었다.

가을인데도 아직 코스모스 구경도 못 간 그녀를 위해 꿈속에서나마 이렇게 보여주시니 감사할 따름이었다. 일요일 날 나른한 낮잠이 이런 횡재를 선사할 줄은 몰랐다. 이제 이 꿈의 하이라이트는 에로스의 등장이었다.

멀리서 흰색 양복을 입은 남자가 그녀를 향해 걸어오고 있었다. 그였다. 오늘도 얼굴을 보여주지 않을 테지만 말이다. 하지만 그녀는 오늘 그의 얼굴을 뚫어지게 보고 있었다. 그러자 희미하던 얼굴에 눈, 코, 입이 생기고 마침내 그의 얼굴이 완성되었다.

너무나 보고 싶었던 그의 얼굴이 드디어 꿈속에서 보였다.

"에로스."

그는 미소를 지으며 그녀에게서 멀어져 갔다. 얼굴이 보이니 몸이 멀어지고 있었다. 하지만 그의 표정이 좋아서 마음이 놓이기는 했다.

"에로스."

또한 불렀지만 소용이 없었다.

"에로스!"

그녀는 벌떡 일어났다. 그녀의 침대 위에 땀이 한 가득이었다.

"괜찮아?"

언니가 그녀의 목소리가 들렸는지 방문을 두드렸다.

"어, 괜찮아."

그녀는 이렇게 말을 하며 땀에 젖은 얼굴을 쓸어 올렸다.

"뭐지?"

도저히 알 수 없는 꿈이었다. 그녀는 무거운 마음으로 아침식사를 하고 병원으로 출발을 했다. 병원이 집과 그렇게 멀지 않아서 그녀는 아침마다 운동 삼아 걸어서 30분 정도인 병원을 걸어다녔다.

그렇게 걸으면서 그녀는 하루를 준비했다. 오늘은 뭘 할지 그리고 어떻게 치료를 했는지 등을 생각했다. 어떤 때는 큰소리로 말을 하기도 했다. 자꾸만 에로스 생각이 나서 공부가 안 되기 때문이었다.

이렇게라도 하지 않으면 진짜로 폐인이 될 것 같았다. 그녀는 이어폰을 끼고 있었고 세상은 그녀가 좋아하는 팝송으로 가득했다.

하라는 땅만 보고 걸었다. 그러니 횡단보도를 건널 때 차가 달려오는 것도 몰랐다.

끼이익!

갑자기 그녀의 몸이 공중으로 들렸다가 바닥으로 아주 사뿐히 내려왔다. 마치 누군가 안아 올렸다가 내려준 것 같았다. 그리고 그녀의 허리에 잠깐이었지만 에로스의 손이 감겨져 있었다.

"조심해."

"……."

에로스였다. 그녀의 에로스가 그녀를 구해주었다. 그녀는 서둘러 뒤를 쳐다봤지만 어디에도 에로스는 없었다.

"미쳤어? 눈을 어디다가 달고 다녀? 죽으려면 혼자나 죽어!"

남자의 독설이 계속해서 쏟아졌지만 하라의 얼굴에 미소가 걸렸다. 분명히 에로스였다.

"딱 걸렸어."

여자에겐 느낌이라는 게 있었다. 분명히 그녀에게 일어난 모든 일들은 에로스가 한 일이 분명했다.

"뭘 걸려? 미쳤어."

하라를 칠 뻔한 남자가 어이가 없다는 듯이 소리를 질렀다.

"하하하."

하라가 막 웃자 남자가 차를 몰고 갔다. 아무래도 그녀가 미친 줄 아는 것 같았다.

"에로스가 깨어났어."

그는 분명히 그녀의 옆에 있었지만 무슨 이유인지 그녀 앞에는 나타나지 않았다. 아니, 나타나지 않아도 그녀 곁에 머물기만 해도 좋았다.

"깨어났어."

그녀는 이렇게 말을 하며 병원까지 소리를 지르며 뛰어갔다.

병원에 있으면 시간이 어떻게 가는지 몰랐다. 김우진 선생이 갑자기 그만두고 나서 그녀의 일이 많아졌다. 물론 다른 물리치료사가 있긴 했지만 둘만으로는 턱도 없었다. 그래도 이렇게 바쁜 게 좋았다.

몸은 힘이 들어도 마음은 편하니까 말이다. 바쁘게 하루를 보내고 그녀에겐 할 일이 있었다. 베타에게 전화를 해서 에로스가 깨어났다는 말을 하고 싶었다. 그리고 그도 보았느냐고 묻고 싶었다.

그녀는 병원에서 퇴근을 하자마자 그녀가 매일 찾는 공원으로 갔다. 그곳에서 전화를 하는 게 좋을 것 같았다.

하지만 먼저 자리를 차지한 남자가 있었다. 남루한 옷차림의 남자는 노숙자 같았다. 핸드폰을 들고 그녀는 베타에게 전화를 걸었다. 신호는 가는데 무슨 이유에선가 전화를 받지 않았다.

"아가씨."

"앗, 깜짝이야."

노숙자가 그녀의 옷을 잡았다.

"배가 고파서 그러는데 한 푼만 줘요."

왠지 오늘은 좋은 일을 해야 할 것 같았다. 그가 그녀를 구해주었기 때문이었다.

"아저씨, 이걸로 따뜻한 밥 사드세요."

그녀가 만 원짜리를 그에게 주었다.

"복 받을 거예요."

그녀는 그냥 미소만 지어 보였다. 노숙자가 사라지고 그녀는 노숙자가 앉았던 곳 바로 옆에 앉았다. 착한 일도 했겠다. 다시 전화를 걸었지만 사장은 여전히 전화를 받지 않았다.

"뭐지?"

하라는 갑자기 허탈했다.

"무슨 일이 있는데 전화를 안 받지?"

이제 슬슬 걱정이 되고 있었다. 그녀는 그에게 빨리 말하고 싶었지만 오늘은 그런 행운이 따라주지 않았다. 그녀는 조용히 공원에서 일어나 집으로 가는 버스에 몸을 실었다.

"후."

버스 가장 뒷좌석에 앉아서 그녀는 창문에 머리를 기댔다. 차가 움직이면서 유리창에 그녀의 머리가 쿵쿵 하고 찧었다.

"그렇게 하지 마."

갑작스러운 목소리에 하라가 몸을 바로 하고 앉았다. 그러나 그녀의 주위에는 사람이 없었다.

"뭐야?"

하라는 정말 깜짝 놀랐다. 그리고 주변을 세심히 살펴보기 시작했다. 하지만 어디에도 에로스는 보이지 않았다. 하지만 하라의 표정은 그 어느 때보다 밝게 빛이 났다. 그리고 그녀는 에로스가 나타날 거라는 자신에 차서 다시 한 번 창문에 머리를 댔다.

"그러지 마."

분명히 이건 에로스의 목소리였다.

"나와요."

"……."

"팔이 없어도 되고 다리가 없어도 돼요. 당신의 모습이 추해도 상관없으니까. 예쁜 모습으로 나타나려고 안 나타나고 있는 거면 싫어요."

하라의 마음이 급했다.

"에로스."

운전기사가 룸미러로 혼자서 말을 하고 있는 그녀를 이상한 눈으로 보고 있었다. 그래도 하라는 개의치 않았다.

아무리 설득을 해도 그는 나타날 생각을 하지 않고 있었다. 목적지에 다 온 그녀는 버스에서 내려 집으로 뛰기 시작했다. 왠지 그도 그녀를 쫓아올 것 같았다. 그러면 조금은 편하게 말을 할 것 같아서였다.

"다녀왔습니다."

집에 오자마자 그녀는 인사만 하고 방으로 올라갔다.

"밥은 먹고 왔어요."

그녀는 자신의 방에 도착하자 가방을 침대에 던져 놓고는 조용히 눈을 감았다.

"나 눈 감았다가 뜨면 나타나야 해요."

그녀는 진심을 담아 말하고는 눈을 감았다.

"……."

주변이 공허했다. 누구 하나 그녀와 같은 공간에 있는 생명체가 없었다.

"에로스, 제발."

얼마나 시간이 흘렀을까? 그녀는 그대로 꼬꾸라졌다. 그리고 피곤했는지 코까지 골며 깊은 잠에 빠져들었다. 그때였다. 밝은 빛이 나며 그녀의 방 안에 누군가가 들어왔다. 그가 온 것이었다.

사실 하라는 잠이 들지 않았다. 일부러 연극을 한 것이었다. 그가 오는지 안 오는지 궁금했다. 그녀가 깊이 잠이 든 줄 알고 그가 그녀의 방으로 들어왔다. 그가 그녀의 얼굴에 나 있는 눈물자국을 손으로 닦아주었다.

그가 이러는 건 그가 깊은 잠에 빠지기 전 그녀에게 했던 모진 행동들 때문인 것 같았다. 한없이 다정하고 에로틱하며 섬세한 그로 돌아온 것이었다.

"가지 마요."

그녀는 잠꼬대처럼 그렇게 말을 했다. 하지만 그는 자리에서 일어나려 했다. 하라는 무조건 그의 허리를 팔로 감았다.

"이제는 못 가요."

"하라."

"이제 더 이상 혼자는 싫어요."

하라의 눈에서 눈물이 흘렀다.

"아무것도 바라지 않으니까 그냥 내 곁에 있어요."

그가 하라의 머리를 쓰다듬었다.

"하라야."

"무슨 말을 해도 절대로 안 놓을 거야."

"안 가."

"거짓말."

"아니, 진짜로 가지 않아도 돼. 이젠 인간의 모습으로 변할 수 있는 힘이 생겼고 제일 먼저 하라에게 온 거야."

하라가 눈을 뜨고 그를 올려다보았다. 그의 얼굴은 눈이 부시게 아름다웠다.

"흑흑흑, 당신이 죽은 줄 알고, 아니, 깊은 잠에서 안 깨어나는 줄 알고 무서웠어요."

"이렇게 왔으니까. 이제 그만 울어."

그는 여전히 그를 붙들고 있는 하라의 두 손을 풀고는 그의 품에 하라를 안았다.

"보고 싶었어요."

"알아, 난 항상 하라를 위에서 보고 있었어."

"진짜요?"

"응, 그리고 다른 녀석들이 기웃거릴 때마다 훼방을 놨지."

"난 당신을 배신하지 않았어요."

"알아, 내가 하라 곁에 다른 놈이 있는 걸 못 참은 거지."

그는 깊은 눈동자 안에 하라를 가득 담고 있었다. 그의 손이 하라의 얼굴을 살짝 들었고 그의 입술이 그녀의 입술에 내려왔다. 얼마나 기다려 왔던가?

"으으음, 얼마나 옆에 있었던 거예요?"

"……."

"으음, 왜 안 나타난 거예요?"

"……."

그녀는 숨을 쉴 수 있는 타임만 되면 질문 공세였다. 그래서 그가 그녀가 말을 하지 못하도록 입을 막아버렸다.

"으으음."

그리고 아주 깊은 키스를 했다. 키스만으로도 하라는 녹아내릴 것만 같았다.

"사랑해요."

"나도 사랑해. 이 세상 그 무엇보다도."

그의 말에 하라의 입술에 미소가 번졌다.

"영원히 너만 사랑할게."

그의 영원은 사람들의 영원과는 다른 것이었다.

"내가 살아 있을 동안만 사랑해 주면 돼요. 우리 최선을 다해서 사랑해요. 신들의 시계로는 이곳의 시간은 순간인 시간이니까."

"그래."

그가 하라의 손을 잡고 다시 한 번 긴 키스를 했다. 영원히 함께 할 사랑을 담아서.

에필로그

음식 냄새가 집 안에 가득했다. 엄마와 언니들이 주방에서 각자 맡은 영역에서 음식을 하느라 정신이 없었다.

"자기야."

큰언니가 형부를 불러 입에 고기를 넣어주었다.

"성우 씨!"

이번엔 둘째 언니가 형부를 불러 똑같이 고기를 입속에 넣어주었다.

"그만 집어 먹어!"

엄마의 불호령이 있고 나서야 언니들의 작은 애정 행각이 끝을 맺었다. 오늘은 그가 우리 집에 인사를 오는 날이었다. 준비를 하지 말라고 그렇게 말을 했는데도 엄마는 상다리가 휘어질 정도로 상을 차리고 있었다.

"하라 신랑이 덩치가 제일 좋은데 얼마나 많이 먹겠어. 안 그래?"

"그래 엄마, 그렇다고 너무 막내 사위만 챙기는 거 아냐?"

"누가 사위야."

아빠는 막내인 하라가 시집을 가는 게 못내 아쉬우신지 아직 그를 사위대접 해주시진 않았다. 물론 싫어하시는 건 아니다. 어찌 사랑의 신인 에로스를 미워하겠는가? 물론 그가 신인 줄은 아무도 모르고 있었지만 말이다.

그래도 집에서는 그녀가 마지막 소원의 주인공이라고 생각했다. 금발에 푸른 눈인 외국인과 결혼을 하기 때문이었다. 날개는 돈이 대신 그 자리를 메워준 것 같았다. 그가 돈 많은 사업가라는 사실이 날개 달린 신보다 더 환영을 받았다.

"근데 준비 다 돼가는데 왜 이렇게 안 와?"

"올 거야. 근처래."

하라는 이렇게 말을 하면서도 눈은 문에 가 있었다.

"시집가니까 좋아?"

"응."

큰언니의 물음에 하라는 숨도 쉬지 않고 답을 했다.

"엄마, 재 좀 봐."

"가만히 둬라. 울고 있는 것보다는 백배 나으니까."

"하긴."

언니가 고개를 끄덕였다.

"내가 언제 울었다고 그래?"

"이제는 이해해. 네가 그렇게 정신줄 놓고 울 만하더라. 그렇게 겁나 잘생긴 금발의 외국인일 줄 그 누가 알았겠니. 완전 멋지더라."

지난번에 언니들은 에로스의 초대를 받아 저녁을 아주 근사하게 얻어먹었다. 물론 처음에는 그가 외국어만 할 거라 짐작하고 언니들이 당황했지만 한국말을 잘하자 완전 넘어가 버렸다. 물론 형부들의 경우는 다르지만 말이다.

"아빠, 밥."

우리 집의 가장 귀염둥이 유나가 아빠를 불렀다. 이제 세 살인 유나는 말도 똑 부러지게 잘하는 아가씨였다. 큰언니의 딸이자 엄마, 아빠의 유일한 손녀요, 그녀에겐 하나뿐인 귀한 조카였다. 둘째 언니는 결혼한 지 얼마 되지 않아서 아이가 아직 없었다.

그래서 지금 집안의 사랑은 오로지 유나의 몫이었다. 거기에 에로스의 축복까지 받아서 유나는 눈에 띌 만큼 예쁘게 생긴 아이였다.

딩동!

"왔나 봐요."

어제도 보고 매일매일 보는데도 하라가 버선발로 뛰어나갔다.

"저렇게 좋을까?"

뒤에서 험담을 해도 하라의 귀에는 들리지 않았다. 그가 왔다. 그의 시간이 아닌 인간의 시간으로 그녀는 그를 5년째 만나고 있었다. 결혼을 이야기한 건 한참 전이었지만 이렇게 딱 마음을 먹기까지 그녀의 고민이 컸다.

그와 결혼을 하게 되면 그녀는 늙는데 그가 계속 젊다면 가족들은 의심을 할 것이었기 때문이었다. 그래서 걱정이었는데 그가 묘책을 찾아냈다. 그도 그녀처럼 나이 든 모습으로 변하면 된다는 것이었다.

그가 좀 번거롭기는 하겠지만 그는 그렇게 하기로 했다. 거기다가 신들의 아이는 바로 걷고 말하기 때문에 만약 아이가 생기면 잠시 외국으로 이민을 가기로 했다. 참 번거로운 삶이 되겠지만 그가 이렇게 말을 했다.

남들과 다르다는 차이가 경중이 있는 것이다. 집안에 사위로 신이 들어왔다는데 받아들일 인간은 그렇게 많지 않았다. 서로가 모르고 사는 게 좋다는 말이다. 그녀도 거기에 동의했다.

"이게 나에겐 가장 가치 있는 일이야."

그의 말이 옳았다. 둘이 함께하는 것보다 가치 있는 건 없었다. 그가 문안으로 들어왔다. 손에는 선물을 가득 들고 말이다.

"왔어요?"

"응. 오늘 예쁜데?"

"언제는 안 예뻤나?"

"오늘이 훨씬 훨씬 더 예뻐서 그런 거야."

그는 솜사탕 같은 남자였다. 잡기만 해도 녹아내리고 있었다.

"어서 들어가요. 그런데 음식은 잘 먹어요?"

"응, 왜?"

"엄마가 아주 잔뜩 해놨는데 잘 먹는 사위를 좋아하시거든요."

"그래?"

"네."

잠시 후에 그녀는 이 말을 뱉은 걸 땅을 치고 후회했다.

"어서 오게. 에로스."

아빠가 그를 매서운 눈으로 쳐다보며 말했다. 그가 너무 큰 나머지 아빠가 한없이 작아 보였다. 하지만 그런 걸로 기가 눌릴 아빠가 아니었다.

"키가 몇인가?"

"197cm정도 될 겁니다."

"농구했나?"

"아뇨, 운동은 하지 않았습니다."

"키가 아깝군."

아빠는 어떻게든 단점을 잡으려고 시비를 걸고 있었다.

"할아버지, 아저씨한테서 빛이 나."

갑작스러운 유나의 말에 에로스와 하라가 동시에 당황했다. 천사 같은 맑은 영혼을 가진 아이들의 눈에는 그가 신인 게 보이는 모양이었다.

"아저씨가 잘생겼다고?"

큰언니가 유나의 말에 고맙게도 대꾸를 해주었다.

"아니, 반짝반짝하다고. 날개도 있어."

"컥!"

하라가 물을 마시다가 목에 걸렸다.

"이해하세요. 우리 유나의 상상력이 너무 뛰어나서요. 잘생겼다는 얘기예요."

"아니야, 날개가 예뻐."

"유나야."

급기야 언니가 유나를 데리고 방으로 들어갔다.

"애나 어른이나 잘생긴 걸 좋아해."

엄마가 에로스를 보며 말을 했다.

"감사합니다."

"어쩜 그렇게 한국말도 잘하고? 내 딸이지만 역시 전생에 나라를 구했나 봐."

엄마는 에로스가 아주 마음에 드신 모양이었다.

"너무 예비사위 잡지 말고 밥부터 먹이고 잡든지 어쩌든지 해요."

엄마의 말에 모두가 식탁으로 향했다. 정말로 상다리가 휠 정도였다.

“장모님, 전 이렇게 안 차려주셨습니다.”

“저도요.”

큰형부와 둘째 형부가 볼멘소리를 했다.

“그렇게 미안하게 생겼는데 상 차려준 것만도 고맙게 생각들 하세요.”

둘째 언니의 말에 두 사람은 꼬리를 내렸다.

“잘생긴 우리 예비신랑 많이 드세요.”

둘째 언니가 그에게 숟가락과 젓가락을 주었다.

“네.”

모두가 모인 자리에서 그가 먹은 건 정말 경이로울 정도로 많았다. 엄마의 입은 귀에 걸렸고 형부들은 그런 그를 더 질투했다.

“사람인가?”

둘째 형부의 말에 하라가 형부를 째려보았다.

“너무 맛있네요. 저희 어머니는 음식을 못하십니다.”

당연하지, 아프로디테가 음식이라. 이건 온 세상이 웃을 일이었다. 여신은 아름다움으로 열일을 하는 것이었다.

“아이고 어쩐지. 집밥이 그리운 거였구나. 많이 먹어요.”

엄마는 완전 넘어갔다.

밥상을 물리고 이번에는 아빠와 형부들의 주특기인 술 먹이기

작전이었다. 술에 취해봐야 그 사람의 됨됨이를 알 수 있다며 아빠가 야심차게 준비한 소주 한 박스를 아예 거실로 가지고 왔다. 어쩐지 집안 남자들이 걱정이었다.

간단한 안주를 상에 차려놓고는 서로 에로스의 잔을 채우느라 정신이 없었다.

"이거 받게."

"네."

"나, 나도 받아."

서로가 에로스를 보내기 위해 혈안이었다.

"자네, 우리 막내 처제한테 잘해야 해."

"네, 알겠습니다."

혀가 점차 꼬부라지는 큰형부의 말에 에로스가 차분히 대답하고 있었다. 에로스는 술을 물처럼 받아 마셨고 아빠가 첫 번째, 큰형부가 두 번째, 둘째 형부가 세 번째로 거실 바닥에 장렬히 전사를 했다.

"이게 뭐 하는 짓이야."

그들을 침대 방으로 옮긴 건 에로스였다.

"우리가 예비사위한테 추태를 보였어."

"아닙니다."

그는 이렇게 또 한 점을 엄마와 언니들에게 땄다.

"이제 2층 하라 방에서 잠깐 쉬어요. 우리는 뻗은 남자들 처리를 해야 해서."

하라는 에로스의 손을 잡고 그들이 매일 밤 밀회를 하는 장소인 그녀의 방 안으로 들어갔다.

"문으로 들어오니 새롭죠?"

"응."

그는 빛 가운데 언제나 그녀의 방을 찾았다. 불이 번쩍하고 나면 그가 온 신호였다. 그의 목에 그녀가 까치발을 들고 팔을 감았다.

"이렇게 들어온 소감은 어때요?"

"아주 좋아."

"클럽 에로스에 다시 나가면 안 돼요?"

그동안 클럽 에로스가 다시 오픈했다. 베타 사장이 다시 새로운 건물에서 좀 더 자극적인 시스템으로 회원들을 은밀히 모아서 지금은 그때처럼 성업 중이었다.

"왜?"

"그냥 집에서 노는 것도 그렇고 러브메이커라는 것도 재미있는 직업이기도 하고."

"하고 싶다면 해. 그렇지만 아이가 생기면 곤란하고."

"알았어요."

그의 허락을 받고 나니 정말 기분이 좋았다. 하라가 그의 입술에 입을 맞추었다.

"러브메이커를 하려면 섹스에 대한 많은 경험과 해박한 지식이 필요하지 않나요?"

"필요하지."

"그럼 지금부터 가르쳐 줘요."

그녀의 말이 끝이 나기가 무섭게 그의 입술이 그녀의 입술을 삼켜 버렸다. 그의 혀가 그녀의 혀를 거칠게 휘감았다. 그와의 섹스는 매번 새로웠고 좋았다. 그는 그녀와 섹스를 할 때 이제는 신의 능력도 과감하게 썼다.

지난번에는 절정에 다다르며 점점 공중으로 올라가 천장에 부딪치기도 했었다. 그는 그녀에게 정말로 새로운 경험을 많이 하게 해주었다.

그가 그녀의 혀를 이빨로 살짝 물자 하라의 정신이 돌아왔다. 그리고 더욱 세게 그의 목을 잡아당겼다.

"으으음, 너무 좋아요."

그들의 혀와 타액이 섞이며 점점 더 짙은 키스를 하고 있었다. 아래층에 엄마와 언니들이 있는 건 신경도 쓰이지 않았지만 그래도 혹시 모르는 일이었다. 그의 손이 그녀의 윗옷을 벗기려 들자 하라가 옷을 잡았다.

"아래층에……."

"다 자."

"네?"

"내가 다 재웠어."

그의 말에 하라가 웃었다. 그도 급하기는 한 모양이었다. 하라는 웃으며 자신의 옷을 몽땅 벗어버렸다. 그도 그녀처럼 순식간에 옷을 벗었다. 방에 밝은 빛이 강하게 비췄다.

좌악!

그녀가 방 안의 커튼을 쳤다. 지난번에 아주 두꺼운 암막 커튼을 사서 방 안에 설치를 했다. 그렇지 않으면 사람들이 아주 이상하게 생각할 수 있는 상황이었다.

"눈부시게 아름다워요."

"당신은 더 눈부셔."

"거짓말."

"하라는 내 눈에 언제나 눈부시게 아름다워."

"나도 영원히 젊었으면 좋겠어요."

"……."

그의 표정이 어두워졌다. 그도 어쩔 수 없는 일이었다. 하라가 다시 그의 목에 손을 둘렀다. 그도 어쩔 수가 없는 일인데 자꾸만 이렇게 말을 하게 된다. 그녀보다 그가 더 슬픈 일인데 말이다.

"미안해요."

그녀는 이렇게 말을 하며 그의 입에 키스를 했다. 그리고 점점 아래로 그녀의 입술을 내렸다. 그의 조각 같은 몸매는 하나의 예술 작품을 보는 듯했다.

"으음, 멋있어요."

그녀는 혀를 그대로 내밀고 아래로 아래로 점점 내려가고 있었다. 그의 금빛 체모가 그녀를 현혹하고 있었다. 그녀는 홀린 듯 그의 금빛 숲에 입술을 가져다 댔다. 은빛으로 변했던 그의 머리카락 색과 몸의 털의 색이 그녀를 만나고 다시 돌아왔다. 그도 처음 겪은 일이라고 했었다.

그녀가 혀로 그의 체모를 가르고 아래로 내려가자 고개를 쳐든 그의 거대한 페니스가 그녀의 입술을 막고 있었다. 하라는 자신 있게 그의 페니스를 손으로 잡았다.

"너무 멋져요."

그렇게 말을 하고는 얼른 입안에 그의 페니스를 넣었다.

"으으윽."

그때마다 그의 입에서도 신음이 터져 나왔다. 하라는 그의 페니스를 정성껏 빨았다. 그의 페니스가 주는 쾌락의 기쁨을 알기에 그녀는 더욱더 정성껏 애무를 했다. 그의 귀두에 자신의 혀를 살살 돌리자 에로스는 몸의 균형을 잃어버리고 휘청했다.

"이 마녀."

그가 이렇게 그녀에 의해 흐트러지는 모습이 좋았다. 그가 날개를 활짝 폈다. 그가 절정에 다다를 때 하는 멋진 동작이었다.

"오늘은 진짜 미치겠어."

그가 이렇게 말을 하며 그녀를 안아 들었다. 그리고 그녀의 입술에 키스를 하고 아무것도 걸치지 않은 전라의 상태 그대로 하늘로 날아올랐다. 그녀가 무섭지 않게 그는 다정하게 안고 있었다.

"우리 어디로 가요?"

"당신의 집에 있는 그 초상화의 주인을 만났던 곳."

"송악산이요?"

그가 고개를 끄덕였다. 그리고 진짜 빠르게 어딘가로 날았다. 그녀의 눈을 살짝 가려주었다. 강한 바람에 다칠까 걱정이 되었기 때문이었다.

그가 바위 위에 그녀를 내려놓았다.

"진짜군요."

"당신의 조상이 우리를 이어준 곳이기도 하지."

"아름다워요."

한여름이라서 시원한 폭포 물소리가 너무나 듣기가 좋았다. 그는 그녀를 잠시 놔두고 어디론가 날아갔다. 그리고 눈 깜짝할 사이에 그녀의 침대의 이불을 가져와 바위 위에 깔았다. 그리고 그녀의 다리를 벌렸다.

"당신 너무 밝혀요."

"이건 하라가 너무 섹시해서 그래."

그의 손가락이 촉촉하게 젖어 있는 그녀의 질 안으로 들어가 질벽을 긁고 있었다. 짜릿함이 온몸으로 퍼지고 있었다. 에어컨 바람과는 다른 숲의 청량한 바람도 그녀의 뜨거움을 식히지 못하고 있었다.

"더 깊이."

그녀가 허리를 휘며 그에게 애원하고 있었다. 그녀의 아름다운 이마에는 욕망의 땀방울이 맺히기 시작했다.

"아아앙, 빨아줘요."

그녀의 요구가 요즘은 아주 노골적이었다. 그녀는 이제 그와의 섹스를 두려워하지 않았다. 러브메이커 때의 교육으로 그녀는 섹스가 노력을 하면 얼마나 황홀한 놀이가 될 수 있는지를 알게 되었다.

그의 입술이 그녀의 여성을 한 번에 삼켜 버렸다. 차가운 밤공기와는 상반되는 아주 따뜻한 그의 입술에 하라는 몸을 활처럼 휘었다. 그가 그녀의 다리를 더 넓게 벌리고는 달빛에 그녀의 여성이 드러나게 만들었다.

"부끄러워요."

"아니, 너무나 아름다워. 핑크색의 당신의 클리토리스가 나의 눈빛에 움찔거리고 있어."

그의 노골적인 표현에 하라의 다리 사이가 더 많이 젖어들었다.

"당신이 이렇게 흥분할 때가 좋아."

그는 이렇게 말을 하며 하라의 애액을 손가락에 묻혀 보여주었다.

"에로스."

"부끄러워하지 마. 난 이런 하라가 미치게 좋으니까."

그의 표현이 노골적이었지만 하라는 좋았다. 그의 눈동자 안에 그녀가 꽉 차 있었기 때문이었다. 그가 혀로 그녀의 여성을 핥기 시작하자 하라는 몸을 꼬았다. 다리 아래서 느껴지는 욕망의 전류에 그녀의 온몸이 감전되고 있는 것 같았다.

"아아흐."

숲속에 그녀의 신음 소리가 울렸다. 그가 마침내 자리를 잡고 그녀의 질 안에 부풀 대로 부푼 거대한 그의 페니스를 밀어 넣었다. 하라는 고개를 들어 그의 페니스가 자신의 질로 들어가는 걸 조였다.

그의 페니스의 힘줄이 툭 튀어나왔다. 마치 남자의 팔뚝처럼 말이다.

"아악, 아파."

그녀가 저절로 비명에 가까운 신음 소리를 냈다. 그러자 그가 자신의 입술로 그녀의 소리를 막았다. 그가 움직이기 시작하자 그녀의 고통도 어느 정도 풀렸다. 그가 허리를 움직이자 이제 적응이 된 그녀가 그와 함께 허리를 돌리기 시작했다.

그녀는 이제야 여유가 생겼는데 그는 그렇지가 않은 모양이었다.

"으으윽."

그의 절제된 신음 소리가 낮게 울려 퍼지고 있었다. 하라는 조금 더 허리를 움직였다. 하라는 그의 기쁨을 위해서라면 뭐든 할 수 있었다.

퍽퍽퍽.

그가 한쪽 무릎을 세우고 그녀의 엉덩이를 받치며 깊게 자신의 페니스를 넣었다. 깊은 속까지 그의 페니스가 느껴지고 있었다.

"아흐, 좋아요."

그녀의 입에서 계속해서 신음 소리가 났다. 죽을 것만 같았다. 이렇게 하다가는 진짜 돌아버릴 것 같은 느낌이었다.

퍽퍽퍽.

"더 깊이."

퍽퍽퍽.

"빠르게."

그녀의 요구 조건에 그는 무조건 반사적으로 응하고 있었다. 그녀의 신음 소리가 커질수록 그의 신음 소리도 커져 갔다. 그의 온몸에서 기쁨과 환희의 빛이 밝게 빛나고 있었다.

"사랑해요."

그녀가 고백을 하며 그의 목에 팔을 감았다. 오늘은 이상하게 그의 페니스의 움직임이 너무나 좋았다.

"안에다 해줘요."

"그게 무슨 뜻인지 알아?"

"알아요, 제발."

그녀는 그의 아이를 가지고 싶었다. 유나를 볼 때마다 생각이 났고 베타의 아들 러브를 볼 때마다 부러웠다.

퍽퍽퍽.

그의 허리 짓이 오늘따라 요란했고 쾌감이 극대화 되어 몇 번이나 절정을 맛보았는지 모른다. 그녀의 클리토리스는 지금도 움찔거리며 절정을 만끽하고 있었다.

"이제는 버티기 힘들어."

그가 그렇게 말을 하며 마지막 피치를 올리고 있었다.

"으으으윽."

그의 이마에 핏대가 섰다. 오늘 그는 다른 때보다 더 열정적인 섹스를 했다.

퍽퍽퍽.

"이제 간다."

그가 그렇게 말을 하며 자신의 분신들을 그녀의 안에 가득 채워주었다. 그 따뜻한 느낌이 너무나 좋았다. 그녀는 그의 정액을 밖으로 바로 나가지 않게 하려고 질에 힘을 주고 있었다.

"그렇게 하지 않아도 돼."

그가 그녀의 땀에 젖은 머리카락을 쓸어주었다.

"오늘 밤에 우리의 아기가 당신의 뱃속에 자리를 잡았어."

"어떻게 알아요? 하긴……."

"왜?"

"당신은 신이니까. 당신 닮은 아들을 원해요."

"하라의 바람대로 나를 닮은 아들이 올 거야."

그가 하라의 이마에 입을 맞추었다.

"행복해요."

"나도."

바위에 그대로 누워서 밤하늘의 수많은 별들을 보았다.

"별이 쏟아져 내릴 것 같아요."

"그렇군."

"서울의 하늘도 이랬으면 좋으련만……."

하라는 하늘을 보며 그런 생각이 들었다. 이렇게 깨끗한 하늘이 보이는 곳에서 그의 아들을 키우고 싶다고 말이다.

"당신의 신전 근처도 이렇게 별이 많아요?"

"응."

"그럼 우리 이 아이를 낳으면 그리로 가요."

"알았어."

하라는 그녀의 배를 손으로 만졌다. 아직 이 안에 아기가 있는지는 확실히 모르겠지만 신인 그가 말했으니 100% 맞을 것이다. 그녀는 이렇게 세 식구가 밤하늘의 별을 보며 영원히 함께할 수 있기를 기도했다.

그리고 그의 듬직한 팔을 베개 삼아 누워 밤하늘의 별을 오랫동안 바라보았다.

— THE END —

외전_ 베타의 화살

항상 인상을 쓰고 다니는 베타였다. 하늘의 별이 반짝이는 모습처럼 아름다운 그의 얼굴은 600년 전 에로스가 이 땅에 내려온 후부터 굳어져 버렸다. 베타는 천상에 올라갈 수 없는 반은 신 반은 인간이었다.

그렇지만 그리스에 있는 에로스의 신전을 지키며 그는 제사장으로서 400년의 세월을 보냈다. 에로스가 처음 베타를 본 건 그의 어머니 아프로디테 때문이었다. 아름다움을 사랑하는 어머니는 인간세상에서 눈이 부실정도로 아름다운 남자들에게 유독 관심이 많으셨다.

나르시스도 그러했고 베타도 마찬가지였다. 나르시스는 자신의 아름다움을 알았고 베타는 자신의 아름다움을 모른다는 차이일 뿐 둘의 아름다움은 에로스가 생각할 때 막상막하였다. 어머니인 아프로디테가 베타를 찍자 질투의 화신인 헤라 역시 베타를 찍었다.

둘은 인간으로 변해 베타를 유혹했지만 베타는 두 여신 누구의 꼬임에도 넘어가지 않았다. 지금 에로스가 생각을 해도 베타 녀석은 대단했다. 그렇게 아름다운 두 여신을 단칼에 거절한 걸 보면 말이다.

그런 그를 여신들은 죽이려 했고 그 와중에 베타를 구해준 게 그였다. 물론 아버지인 하데스와의 감정이 좋지 않은 베타가 처음부터 신인 그를 좋아하지는 않았다. 다만 에로스는 베타의 아름다움이 마음에 들었고 또 그의 우직함도 마음에 들었다.

하지만 베타는 시간이 지남에 따라 얼음보다 차가워졌다. 그는 아폴론과 에로스가 싸운 건 인간 여자 때문이라고 생각을 하고 인간들이 죄를 짓거나 그들에게 방해가 되면 가차 없이 죽여 버렸다.

베타의 손에는 언제나 인간의 피가 묻어 있었고 전쟁 때는 더 심했다. 아군 적군을 가리지 않고 베타는 사람들을 죽였다. 임진왜란 때는 아주 볼만했었다. 바다까지 진출한 베타의 살육 현장은 마치 인간의 씨를 말리겠다는 생각이 들 정도였다.

그렇게 600년이 흘렀고 에로스는 클럽 에로스를 만들었다. 물론 인간의 에너지를 받기 위해 만든 것이었지만 베타에게 좋은 짝을 만들어주고 싶은 마음도 있었다.

"이거 안 놔!"

클럽 에로스에 1층에 있는 그의 거대한 석상 앞에서 오랜만에 명상을 하고 있는데 남자와 여자가 그의 석상 앞에서 싸우고 있었다. 엄연히 이곳은 금지 구역이었다.

"뭐지?"

에로스는 석상 위에 앉아 인상을 쓰며 아래를 내려다봤다. 유니폼을 입은 걸로 봐서 여자는 클럽 에로스의 직원임에 틀림이 없었다. 하지만 남자는 아니었다. 에로스가 앉아서 보니 여자는 러브메이커인 김연희였고 남자는 처음 보는 얼굴이었다.

"이거 놔."

연희가 아주 매몰차게 남자의 손을 뿌리쳤다.

"연희야."

"우린 끝난 사이야."

"우리가 왜 끝이 나."

"너, 결혼하잖아."

"그건 너도 알고 있었던 거잖아. 그러면서도 우리는 만난 거고. 다 이해한 거 아니었어?"

아주 영화를 찍고 있었다. 3류 영화를 말이다. 남자는 얼굴은 모르지만 우리 회원이 틀림이 없었다. 그렇지 않고서는 이 건물에

발을 들일 수 없기 때문이었다.

"아니, 그리고 나 여기서 좋아하는 사람 생겼어."

"거짓말하지 마."

"진짜야."

남자가 여자의 어깨를 거칠게 잡았다.

"정말 나 죽는 꼴 보고 싶어?"

"그건 네가 결혼할 여자한테나 가서 해."

"김연희!"

"나, 여기 사장님하고 만나는 중이니까. 더 이상 미련 갖지 말고 결혼해."

"연희야, 네가 날 생각하는 마음은 알지만 우리는 잘할 수 있어."

"아니, 내가 생각을 그때 잘못한 거야. 우리 그만 헤어져."

김 실장이 지금 베타와 사귄다고 거짓말을 하고 있었다. 베타의 차가운 마음에 저런 정열을 가진 여인이면 아주 잘 어울리겠다는 생각이 든 에로스.

"왜 진작 그 생각을 못했을까?"

에로스의 얼굴에 미소가 흘렀다. 아주 사악하게.

사무실에 잠깐 있는 사이에 베타가 지하층에서 한 건을 저지르고 있었다. 부부클럽 회원들 중에 남자가 말썽을 부린 모양이었다. 에로스는 화면을 통해 그들의 모습을 보고 있었다. 에로스의 발밑에서 남자의 시체가 타오르고 있었다.

신의 불길은 냄새가 나지 않고 거의 순식간에 원하는 것을 태워 한 줌의 재로 만들어 버리기 때문에 그 위력이 대단했고 아무 때나 쓰지 않았지만 성격이 포악한 베타는 참을성이 부족했다.

인간들의 기억을 그때마다 지우기도 힘이 들었다. 약물을 만들어놓으면 그걸 베타가 다 쓰고 없었다. 기억을 지우는 약물을 스프레이 형태로 만들어 아예 이제는 편리하게 뿌리고 다녔다.

"점점 더 가관이군."

에로스가 베타를 소환했다.

"무슨 일인가?"

"……."

아직 살인의 흥분이 가시지 않은 듯 베타의 가슴이 들썩거리고 있었다.

"무슨 일이냐고 물었다."

"우리 직원을 겁탈하려 들었습니다. 얼굴을 때리고 옷을 찢었고 이를 말리는 자신의 부인도 마구 폭행을 했습니다. 우리 직원의 비명 소리에 제가 갔고 그 장면은 용서를 할 수가 없었습니다."

"그래서 죽인 것이냐?"

"네, 전 사람들의 추악한 심성을 용서할 수가 없습니다."

"베타!"

베타의 몸에서 에너지가 뿜어져 나오고 있었다. 베타는 분노를 조절하지 못하면 하데스의 피를 이어 받은 아들답게 온몸에 지옥의 불길이 나타나고 만다.

"저도 반은 인간이지만 이런 인간들을 그냥 두고 볼 수는 없습니다."

"만용이다."

"에로스 님."

"인간을 만들 때 신은 인간들이 신을 경배하기를 바랐다. 신만을 경배하고 사랑하게 하고 싶었지. 왜냐면 신도 외로웠기 때문이다. 하지만 인간은 발전을 하고 신을 우습게 보기 시작했다. 그리고 바벨탑을 세워 그들 스스로가 신들과 어깨를 나란히 한다고 생각했다. 분노한 신은 그들을 쓸어버렸고 남은 게 무엇이냐?"

"……."

"새로 시작한 인간들 역시 신들을 무시하기는 매한가지다. 애초에 만들지 말았어야 했다. 하지만 이미 만들어졌고 우리는 이들을 벌할 수 있지만 보호할 의무도 있다."

"전 신이 아닙니다. 저주받은 인간이지."

"베타!"

"아니라고 말을 해보십시오. 사랑하는 이들이 죽어가는 걸 보고만 있을 수밖에 없는 불사의 저주를 말입니다."

"베타, 넌 인간들을 어찌할 생각이냐?"

"저는 죄를 지으면 죽음으로 갚아야 한다고 생각합니다."

베타의 몸에 불이 사그라졌다. 하지만 베타의 눈 안에 가득한 살기는 여전히 번뜩였다.

"그만 나가보겠습니다."

"베타, 사랑은 해보았느냐?"

"전 사랑을 하지 않습니다. 어떠한 경우에도 전 사랑을 하지 않을 겁니다."

"그래?"

"네."

"알았다. 10분 후에 김 실장의 방에 가서 이걸 가져다주어라."

"이게 뭡니까?"

"지난번에 그 방의 회원이 김 실장에게 전해달라는 감사의 선물이다."

"이게 어떻게 제 방이 아니고 회장실에 왔을까요?"

"글쎄다."

그는 베타를 내보내고 아주 묘한 미소를 띠었다. 그리고 자신이 잘 들어가지 않는 그의 방으로 들어갔다. 그곳에는 그가 몰래 숨겨둔 활과 화살이 있었다. 예전에는 보란 듯이 어깨에 메고 다녔지만 아폴론에게 맥없이 빼앗긴 다음에는 절대로 가지고 다니지 않았다.

필요할 때만 쓰려고 했는데 600년 동안 굳이 쓸 일이 없었다. 이제 생겼지만 말이다. 이 화살은 신들마저도 사랑에 빠지게 하는 화살이었다. 반신반인인 베타가 거부한다고 거부할 수 있는 게 아니었다.

"베타, 이걸 맞고도 네가 사랑에 빠지지 않는다면 내가 더 이상은 건드리지 않으마."

그는 이렇게 말을 하고는 금 화살촉의 화살을 자신의 활에 꽂았다. 그리고 연희의 방 안에 몰래 숨어들었다.

베타는 투덜거리며 김 실장에게 줄 선물을 보았다. 가끔 고맙다고 선물을 보내는 회원들이 있는데 대부분은 그의 방으로 보내거나 아니면 본인에게 직접 보내지 회장실로 보내지는 않았다.

그는 핑크색 포장지에 싸인 작은 상자를 들고 김 실장의 방으로 향했다. 김 실장은 지금 여자 회원의 질 강화 운동을 하고 있을 텐데 그 방 안으로 들어가는 게 관건이었다.

똑똑!

"들어와요."

문을 두드리자 안에서 들어오라는 소리가 들렸다.

찰칵!

그는 손잡이를 돌려 문을 열었고 문을 열자마자 가슴에 뭔가가 꽂힌 듯한 통증이 왔다.

"윽!"

참 신기한 일이었다. 고통스러움은 그에게 익숙하지 않은 것이었다.

"괜찮으세요?"

김 실장이 그에게로 다가와서 괜찮은지를 물었다. 원래 이렇게 예쁜 사람이었나? 그는 그에게 따뜻하게 마음을 써주는 김 실장이 오늘따라 예뻐 보였다.

"물 좀 드릴까요?"

그가 걱정이 되는지 그에게 물을 마실 걸 권유하는 그녀였다.

"그럼 한 잔만……."

"네, 소파에 앉으세요. 오후에 예약하신 회원님이 갑자기 차가 펑크났다면서 30분 딜레이를 시켜달라고 해서 갑자기 한가해졌네요."

그녀의 목소리가 마치 숲속의 작은 새의 지저귀는 소리처럼 들리고 있었다. 그리고 물을 따르는 그녀의 뒤태는 완전 예술이었다. 예전의 유럽 미녀처럼 그녀는 완벽하게 풍만한 볼륨감을 가지고 있었다. 거기에 흰 피부는 한번 만지고 싶은 충동을 일게 만들었다.

"오늘 오전에 뵈었는데 그때 제 인사를 안 받으셨어요. 아세요?"

"내가?"

"네."

그는 김 실장뿐 아니라 다른 실장의 인사도 제대로 받지 않았다. 굳이 인사를 받아야 할 이유를 아직 느끼지 못하고 있었다. 아침에 솔직히 그녀가 그에게 인사를 했는지도 기억이 나질 않았다.

하지만 왜 이렇게 미안한 걸까?

“내가 그랬다면 사과하지.”

“아이고, 무슨 사과까지요. 못 보셨나 보죠.”

그의 사과에 그녀가 당황해서 얼굴이 빨갛게 변했다. 그 모습이 왜 이렇게 사랑스러운 걸까? 그는 김 실장의 입술을 한참이나 바라보고 있었다. 붉게 물든 입술은 통통하게 살이 올라 있었다.

그 입술에 키스를 할 수만 있다면 진정 영혼까지 팔고 싶은 기분이었다.

“제 얼굴에 뭐라도…….”

“아니, 얼굴은 예뻐.”

“…….”

그의 대답에 김 실장은 더욱 당황한 기색이었다. 한 번도 이런 식으로 말을 한 적이 없던 그가 이런 말들을 쏟아내니 당연히 당황할 수밖에 없을 것이었다.

“김 실장은 남친 있나?”

“없습니다.”

담담하게 반응을 해야 하는데 그의 얼굴엔 자신도 모르게 미소가 떠올랐다. 김 실장은 현재 솔로인 것이었다. 그처럼 말이다.

“오늘 저녁 약속 있나?”

“네?”

너무 급했다. 이건 아니었다.

"아니, 농담이었어."

"그런데 무슨 일로?"

김 실장은 그가 안 가고 그녀의 방 안에 눌러 앉을 생각인 것 같자 그렇게 물었다.

"어? 이거 선물이 와서."

그녀에게 작은 핑크색 상자를 건넸다. 혹시 회원 중에 그녀에게 마음이 있는 녀석일까 봐 그는 선물을 전해주었음에도 방을 나가지 않고 있었다.

"사장님?"

"어, 무슨 선물인가 궁금해서. 안 풀어봐?"

"네?"

"아니, 직원들은 회원들에게 어떤 선물을 받나 해서."

끝까지 봐야겠다는 생각으로 그는 그 자리에서 버티고 있었다. 김 실장은 한숨을 쉬며 선물을 열어보았다. 그 안에는 카드도 있었다.

"남자 회원인가?"

"아뇨."

"그래?"

거기까지는 안심이었다. 그리고 그녀가 선물을 뜯자 그의 시선은 온통 선물에 가 있었다.

"아이고."

김 실장은 당황한 표정이었다. 선물은 속옷 선물이었다. 그것도 아주 야한 망사 브라팬티였다. 순간 그녀가 이걸 입으면 어떨까라는 생각이 들었다.

"이제 되셨나요?"

그녀도 선물이 불편했는지 얼른 뚜껑을 닫았다.

"어, 그렇군. 여자들이 더 야한 선물들을 하나 봐."

"자주 받아요. 저런 선물."

"그런가?"

"이제 다 된 것 아닌가요?"

그녀가 자꾸 그를 밖으로 내보내려고 하고 있었다.

"안 가세요?"

"가야지."

그때였다. 회원이 들어와서 그는 어쩔 수 없이 그녀의 방에서 나올 수밖에 없었다. 아쉬웠다. 왜 갑자기 이런 느낌이 들까? 베타는 알 수가 없었다. 하지만 이상하게 김 실장 생각이 났고 더 이상한 건 미친놈처럼 웃음이 났다.

그의 가슴이 간질거리고 있었다. 그 후로 그는 아침, 점심, 저녁 언제나 김 실장 근처를 배회하고 있었다. 이런 느낌이 싫지는 않았다. 김 실장은 그보다도 더 스탠다드한 사람이었다. 하루 종일 자신의 배정된 방에서 잘 나오지 않았다.

그녀는 여성들의 질 기능 강화에는 아주 유능한 사람이었다.

"김 실장은 타이트할까?"

"뭐?"

에로스가 옆에서 그의 중얼거림을 듣고 물었다.

"아닙니다."

그녀는 분명 타이트할 것이다. 그 생각만으로도 그는 강한 성욕을 느꼈다. 제사장으로 산 적도, 금욕 자체의 삶을 살았던 적도 있는 자신인데 왜 이렇게 김 실장은 갖고 싶은지 알 수가 없었다.

"이상한 일이야."

"자꾸만 뭐라고 중얼거리는 건가?"

다시 귀가 밝은 에로스가 그에게 물었다.

"아닙니다."

"아니긴, 계속해서 중얼거리고 있으면서."

"신경 쓰지 마십시오."

"신경 쓰이게 하지 마."

"네."

아무래도 그가 병에 걸린 게 분명했다. 그러지 않고서는 그의 눈과 귀가 이렇게 한 여자에게로 향해 있을 수만은 없었다. 모든 게 갑자기 꼬이게 되었다. 그는 가끔씩 주변으로 신경을 돌려 나쁜 인간들을 없애 버렸는데 요즘은 김 실장에게 신경이 온통 가 있어서 그는 다른 일은 안중에도 없었다.

"미치겠군."

그는 이렇게 맘을 조이며 김 실장의 주변을 맴돌기 시작했다. 누가 시킨 것도 아닌데 어쩌면 이렇게 성실하게 그녀의 출근 시간부터 퇴근 시간까지 주변에서 얼쩡거리는지 상이라도 줘야 할 것 같았다.

오늘은 10명의 실장들과 한 달에 한 번씩 하는 회의가 있었다. 그는 가장 먼저 가서 자리에 앉았다.

"안녕하십니까?"

하라가 오늘은 회의 준비를 했다.

"오늘은 하라 씨가 준비하나?"

"네."

이번 신입 중에 가장 마음에 드는 직원이었다. 착한 성품에 아름답기까지 했고 이상하게 그의 주인인 에로스가 그녀에 대한 관심을 표하는 일이 요즘 자주 있었다. 하긴 저렇게 예쁘고 착한데 신이라도 마음에 드는 건 당연한 일이었다.

"아침은 먹었나?"

"네, 엄마의 철칙이세요. 식구들이 모여서 밥을 먹지 않으면 큰일 나시는 줄 아세요. 그래서 아침, 저녁은 될 수 있으면 같이 먹으려고 애를 쓰죠."

"아주 바른 가정이야."

"감사합니다."

그녀가 회의를 다 준비해 갈 무렵에 조 실장이 먼저 들어왔다.

"안녕하십니까?"

그는 조 실장의 인사를 미소로 답했다.

"오늘 사장님 기분이 좋으신가 봅니다."

"내가?"

"네, 얼굴에 미소가 가득하신데요."

"그런가?"

조 실장은 그에게 하트를 남발하고 있었다. 그걸 모르는 베타가 아니었다. 그것도 지금 몇 년째 그러고 있으니까 말이다. 눈치가 아무리 없어도 그 정도의 눈치는 있었다.

"사장님, 스테이크 좋아하세요?"

그가 환장을 하고 덤비는 메뉴였다. 구내식당에서 그 때문에 메뉴에 스테이크를 넣을 정도였다. 그걸 알면서 묻다니 아주 노골적인 꼬리치기였다.

"좋아하지."

"그럼, 저하고……."

그때 김 실장하고 최 실장이 들어왔고 조 실장의 노골적인 꼬리치기는 끝이 났다.

"안녕하십니까?"

이렇게 하나둘씩 정확하게 10시에 모든 인원이 다 모였다. 회의 내내 그의 시선은 김 실장에게, 조 실장의 시선은 그에게로 고정이 되어 있었다. 참으로 답답한 일이었다. 그 후로 베타의 시선은 계속 연희에게 가 있었지만 그녀는 전혀 눈치를 채지 못하고 있었다.

그리고 그에게 기회가 왔다. 진상 회원을 에로스가 처리를 하고 나서 그는 갑자기 연희가 생각이 나서 그녀의 집으로 향했었다. 키스까지는 성공을 했지만 그녀는 사랑에 상처를 받았고 더 이상 차이나는 남자와는 사랑을 하지 않기로 했다고 말한 이후로는 그를 피했다.

하지만 그는 연희를 잊을 수가 없었다. 그래서 그는 그녀의 집 앞에서 퇴근 후에 돌아오는 연희를 보고만 갈 생각이었다. 하지만 그날 운명의 신은 그의 편이었고 그는 연희를 가질 수 있었다.

만약 그날 연희의 전 남친이 그녀의 집 앞에서 연희에게 매달리지 않았다면 그는 연희를 구하고 그녀의 집에 들어갈 기회를 얻지 못했을 것이다.

그 후로 그에게는 매일매일이 행복이었다.

뜨거운 시선에 온몸이 타들어갈 것만 같았다. 그녀의 베타는 언제나 연희를 바라볼 때 그런 시선이었다. 사랑을 믿지 않는 그녀에게 베타는 선물 같은 존재였다. 그와 이렇게 산 지 오늘로 1년째 되는 날이었다.

"오늘은 어제보다 더 예뻐."

"고마워요."

아이를 안고 수유를 하는 동안 그녀를 보며 그가 말했다. 아이를 낳은 지 이제 3개월이 되었다. 남자아이를 낳자 베타는 그에게 세상에서 가장 큰 사랑을 받고 살라고 러브라는 이름을 지어주었다. 그래서 한국 이름으로는 사랑이 집에서는 러브라고 불렀다.

러브는 태어나자마자 걸었고 지금은 말도 한다. 하지만 아직 모유는 끊지 못하고 있었다. 베타의 말에 의하면 러브는 자신보다는 이상하게 에로스를 많이 닮았다고 했다. 금발 머리에 아쿠아블루색 눈동자 때문에 더 그럴 것이었다.

그래서 그녀는 아직 러브를 데리고 밖으로 나가지 못했다.

"엄마, 아빠가 쳐다봐."

"예뻐서 보는 거야."

세 살 정도의 아이 같은 러브였다.

"러브는 내일부터 밥 먹어."

"싫어!"

러브가 가장 싫어하는 말이었다.

"저 녀석 다 알면서도 당신 젖 먹는 거야."

"어때요. 아직 앤데."

"뭐가 애야?"

러브가 혀를 내밀고 도망가자 그가 러브를 쫓았다.

"거기 안 서?"

오늘도 러브는 아빠를 놀리는 재미에 사는 것 같았다. 처음에는 그가 사람이 아닌 신이라는 사실에 깜짝 놀랐었다.

그날을 생각하면 그녀의 인생에서 더없이 충격적인 날이었다. 에로스가 죽었다고 생각되던 날 그가 그녀의 방으로 들어왔다. 늦게까지 근무를 해야 그와 잠시나마 오붓한 시간을 가질 수 있으니 그녀는 기꺼이 늦게 남아 일 처리를 했다.

"연희!"

그가 갑자기 헐레벌떡 방 안으로 들어왔다.

"무슨 일이에요?"

"회장님이 깊은 잠에 빠졌어."

"네?"

"에로스 님이, 아니, 회장님이 죽었다고. 이곳을 닫아야 해."

"그럼 회사 문을 닫나요?"

"그 비슷한 일이야. 어쩌면 그것보다 더한 일이지."

그는 알 수 없는 말을 했고 그녀의 손을 잡고는 갑자기 빛 가운데로 들어갔다.

"아악!"

놀란 그녀가 소리를 질렀지만 금방 빛이 사라졌다. 하지만 그녀가 지금 보고 있는 건 더 놀라운 광경이었다. 여기는 그녀의 회사가 보이는 옆 건물 옥상이었다.

"사장님, 지금 이게……."

"나중에 설명할게."

그는 이렇게 말을 하고는 공기 중에 무언가를 뿌렸다. 그리고 갑자기 클럽 에로스를 향해 조금 전의 빛보다 더 큰 빛을 쏘았다. 그러자 클럽 에로스는 사라지고 그 자리에 공원이 생겼다. 건물 안의 모든 사람들과 경비원들까지 모두 내보낸 상태에서 이루어진 일이었다.

"이건 뭐 하는 거예요?"

"만일의 사태에 대비해서 에로스 님이 만들어놓은 것들이야."

"형체야 바뀌어도 사람들은 기억할 거예요."

"아까 기억이 사라지게 하는 약과 이 상황을 기억하는 약을 뿌렸기 때문에 괜찮아."

"난 기억하잖아요."

"당신을 제외시킨 건 날 기억하지 못할까 봐 두려웠기 때문이야."

그의 말에 진심이 묻어나 그녀의 마음을 건드렸다.

"절대로 그럴 일은 없어요."

그녀가 그를 두 팔로 안았다. 그는 자신이 지하 세계의 왕인 하데스와 인간 여인의 아들로 불사의 반신반인이라고 했다. 그리고 그녀와 가정을 꾸리고 싶다고도 말했다. 그녀를 불사신으로 만들 수는 없지만 그녀의 아이는 불사신으로 태어난다고 했다.

그는 자신에 대한 이야기를 깊이 있게 하려고 하진 않았다. 그녀도 더 이상 그에게 묻지 않았다. 세상에 있는 동안 그는 그녀가 늙어도 사랑해 준다고 약속했다. 지켜줄지는 모르지만 지금 상황으로는 그의 말을 믿을 만은 한 것 같았다.

"러브!"

러브가 돌에 걸려 넘어졌다. 그가 러브를 목에 태우고 그녀를 향해 걸어왔다. 러브가 울고 있긴 했지만 그가 러브를 잘 달래고 있었다. 그는 확실하게 매력적인 그녀만의 신이었다.

"이제 에로스 님이 인간의 모습으로 다시 나타난 것 같군."

저녁식사를 하다가 그가 뜬금없는 소리를 했다.

"회장님이요?"

"응, 사랑하는 여인을 두고 언제까지 누워 있을 수만은 없겠지. 일어나서도 힘이 회복되는 시간도 있어야 했을 테고. 물론 신들의 시간으로는 얼마 걸리지 않았겠지만 말이야."

"무슨 말인지 모르겠지만 이제 에로스 님이 오고 하라 씨는 행복해진다는 얘기죠?"

"응."

"우리처럼 말이에요."

그가 연희의 입술에 자신의 입술을 강하게 부딪쳤다. 그러자 아들 러브가 자신의 눈을 손으로 가렸다.

"부끄러워."

아이의 말에도 부부의 입술은 하나가 되어 있었다. ♠